조동춘 박사의 세상사는 이야기 51가지

의식있는 여성이 행복을 만든다

조동춘 지음

비전코리아

의식있는 여성이 행복을 만든다

초판 1쇄 인쇄 2001년 1월 1일
초판 6쇄 발행 2011년 5월 27일

지은이 조동춘
펴낸이 이범상
펴낸곳 (주)비전비엔피 · 비전코리아

기획 편집 최정원 황지유 고은주 노영지
디자인 정정은 강진영
영업 한상철 한승훈
마케팅 이재필 김희정
관리 박석형 이미자

주소 121-865 서울시 마포구 서교동 377-26번지 1층
전화 02) 338-2411 | **팩스** 02) 338-2413
이메일 ekwjd11@chol.com/visioncorea@naver.com
블로그 http://blog.naver.com/visioncorea

등록번호 제313-2007-000012호

ISBN 89-87224-13-9   03810

여성만이 할 수 있다

요즈음 우리 사회에는 인생의 가치관이나 역사관도 없이 제멋대로 살아가는 사람이 너무도 많은 것 같다.

미래학자 앨빈 토플러 박사가 지적한 '권력의 이동'은 우리나라의 여성에게 있어서도 예외는 아니다.

옛날의 여성은 '아버지', '남편', '가장'이라는 이름을 가진 남성이 결정하고 이끌어주는 대로 의존해서 맹목적으로 살아갈 수밖에 없었다. 그러나 이제는 '어머니', '아내', '주부'라는 이름의 여성 자신이 모든 것을 선택하고 결정하며 실행해 나가는 힘의 주체가 된 것이다.

'힘의 주체'가 됨으로써 우리 여성의 역할과 책무가 더욱 막중하게 되었고, 그 책무를 다하기 위해서는 인생의 가치관과 올바른 의식이 있어야 한다.

그런데 오늘날 우리 사회는 어떤가? 심각한 불신풍조와 수단과 방법을 가리지 않는 황금만능주의, 게다가 지나친 이기주의가 팽배해 가는 무서운 세상이 되었다.

이러한 가치관의 붕괴는 가정을 파괴시키고, 사회를 혼란시키며, 더 나아가 국력까지 쇠퇴시켜 국가를 위기에 몰아넣게 된다.

이런 모든 문제의 해결은 우리 여성만이 할 수 있다고 나는 생각한다. '세상을 지배하는 것은 남자이지만, 그 남자들을 지배하는 것은 여자이다'라는 말도 있듯이, 사회를 구성하는 기초단위가 가정이며, 가정의 주도권은 여성에게 있기 때문이다.

지금 우리는 발등에 불이 떨어져 경제성장이 가장 큰 급선무인 양 야단들이지만, 경제성장보다 더 중요한 것은 '신용사회'와 '양심사회'를 건설하는 것이다.

국민의 사고가 바로 되지 않는 한 더 이상의 사회발전이나 경제성장을 기대할 수는 없다. 모든 국민이 올바른 주체의식을 가지고, 건전한 생활을 해야 한다.

이 책은 체계적인 학술서나 사회비평서가 아니다. 나는 사회의 모든 현상은 가정에서 출발한다는 관점에서 「건전한 가정만들기 운동」을 20년 이상 해오고 있다. 그러면서 나름대로 느낀 이야기들을 모아보았다.

모쪼록 나의 소박한 세상 사는 이야기들이 가정의 행복과 삶의 질을 높이려는 많은 여성들에게 도움이 되었으면 하는 마음이 간절하다.

조동춘

머리말 · 여성만이 할 수 있다

1 아내의 길

2 결혼

차 례

 사 랑

가 정

5 자녀교육

6 아름다운 삶

차 례

 성 공

 **가치있는 인생**

제1장

아내의 길

1

여성의 시대

　지금은 바야흐로 '여성의 시대'이며, '주부의 시대'이다. 여자가 크면 시집가서 밥이나 하고 빨래와 청소나 하면서 소처럼 일만 하던 단순노동의 시대는 지나가고, 이제는 한 여성으로 독립적으로 살아가거나 결혼을 하여 한 가정의 주역으로서 막중한 책임과 역할을 다해야 하는 여성의 시대가 온 것이다. 직장도 남성 중심이었던 '늑대의 시대'에서 여성파워가 강해지는 '백조의 시대'가 온다고 말하는 사람들도 있다.

　여성이 독신녀로 살아가는 경우도 있지만, 대부분의 여성은 결혼을 하여 가정을 꾸리고 아내로서 살아간다.

　가정에 있어 여성의 역할을 크게 둘로 나누어 보면, 자녀를 잘 키워서 훌륭한 인물을 만드는 것과 남편의 사회적 성장을 돕는 일이 아닐까?

*

　자녀의 성장에 가장 직접적인 영향을 미치는 것은 어머니인 여성이다. 사람이 세상에 태어나서 다섯 살만 되면 인격형성의 윤곽이 잡힌다고 학자들은 말한다.

　이 사회의 가장 큰 고민거리가 청소년의 문제라면 그 해결방법의 열쇠는 어머니인 여성이 갖고 있음을 알아야 한다. 아무리 법을 강화하고 엄격한 규범을 만든다고 해도 이미 굳어져 버린 인격의 틀을 되돌릴 수는 없다.

　사회범죄의 근본이 자녀양육 과정의 성패에서 비롯된다면 그 책임은 여성에게 있으며 그 해결책 또한 여성의 손에 달려있다고 하겠다. 그래서 영국의 대처 수상도 '여성이 국가에 충성하고 인류에 공헌하는 첫째 방법은 자녀를 훌륭하게 키워내는 일'이라고 하였다.

　이처럼 여성 자신의 인격과 자질은 이 사회의 초석이 된다는 사실을 우리는 자각해야 한다.

　자녀가 어머니에게 자신의 고민이나 궁금한 점을 터놓고 이야기할 수 없는 수준이 된다면, 밥이나 지어주고 옷이나 갈아 입혀주는 단순한 보모의 존재로 살아가는 것과 다를 게 없다.

　어머니는 자녀와 함께 이야기를 하고, 함께 고민하며, 때로는 서로에게 충고와 위로도 해 줄 수 있는 유능한 카운슬러가 되어야 한다.

　*

남편의 사회적 성장에 미치는 여성의 영향력은 대단하다. 선진국에서는 물론이고, 우리나라에도 좋은 실례가 있다. 모그룹의 경우 과장으로 승진을 하려면 세 개의 관문을 통과해야 된다고 한다.

첫째가 승진시험에 합격하는 일로 50점이 배점되고, 둘째가 인사고가인데 직속상사의 고가평점이 30%, 부하 및 동료간의 인기도가 70%로 100점이 배점되며, 셋째는 부인에 대한 평가로 부인의 건강상태와 동네주부들의 여론, 그리고 교양정도를 체크하는데 150점이 배점된다. 결국 부인의 점수가 남편 승진의 50%를 좌우하고 있다는 것이다.

조사하는 방법은 의료보험 카드로 건강을 체크하고, 세일즈맨을 동원하여 동네 부인들로부터 여론을 듣고, 교양정도는 부부동반 야유회를 통해서 파악하는 등으로 치밀하게 아내의 점수를 반영시킨다고 한다.

아내의 건강상태가 나쁘면 남편은 자연적으로 집에 있는 아내에게 신경이 쓰여 회사업무에 집중하기 힘들고, 또한 아내의 교양 정도는 남편이 소신을 갖고 일을 하는데 크게 작용을 하게 된다.

남자가 아무리 똑똑해도 부인의 말을 모조리 무시하는 사람은 없다. 듣기 싫다고 돌아누워 버린 남편의 등 뒤에 대고 빨리빨리 하고 싶은 말을 다 한 뒤, '끝. 내 말은 다했어요.' 하고 입을 다물어도 부인의 말은 이미 남편의 귀에 전달되어 머리 속에 입력된 것이다.

아내의 생각이 비뚤어져 있으면 남편 또한 평정심 내지는 올바른 사고를 가지고 올바르게 행동할 수 없게 됨은 두말할 나위가 없다.

이 세상에 훌륭한 업적을 남긴 남자들 뒤에는 훌륭한 어머니, 아니면 현명한 아내가 있었다. 그의 성장에 여성이 밑받침이 되었다는 사실을 우리는 잘 알고 있다.

근속연수 10년이 다 되었는데도 계장, 주임 등에 머물러 있는 남편을 아내들은 무시하거나 윽박질러서는 안 된다. '남편의 승진 문제가 내 탓이 아닌가?' 하고 반성을 해야 하는 것은 남의 이야기가 아닌 바로 우리 자신의 문제라는 사실을 깨달아야 한다.

❀

이렇게 여성의 책임과 역할이 자녀와 남편에게 막중한 영향을 미치고 있다는 사실을 생각할 때, 여성은 더욱 많이 배우고 더욱 깊이 생각해야 할 것이다. 그 나라의 백년 대계는 교육에 있고, 그 중에서도 특히 여성교육에 그 관건이 달려있다고 해도 과언이 아니다.

하지만 이런 시대에 살고 있으면서도 우리나라 여성들은 자녀와 남편에게 쏟는 정성에 비해 자기계발에는 그다지 충실하지 못한 것 같다. 그 결과 그런 여성들은 자라나는 자녀들에게 무시를 당하고 남편에게 구박을 받기가 쉬운데, 자신을 무시하는 자식과 남편을 원망해본들 무슨 소용이 있겠는가?

가까운 일본 여성들만 해도 주 2~3회씩 세미나에 참석하고 평소의 독서량이 상당하다고 한다. 우리의 경우는 과연 어떤가? 우리에게는 노력도 하지 않고 좋은 대접만을 받고싶어 하는 근성이 있는 것은 아닌지.

우리나라 여성이 공부를 하는 것도 직장생활을 하는 것도 모두가 '좋은 신랑감을 얻기 위해서'라는 갤럽조사의 발표를 보고, 아직도 우리나라 여성의 수준이 이런 정도인가 하는 생각에 씁쓸한 입맛이 감돌았다.

자녀를 올바르게 기르고, 남편을 출세시키고 하는 것이 바로 우리 여성 자신의 손에 달려있다는 사실을 알고, 우리들 자신이 주인공이 되어 가족들의 가슴에 행복을 심어주어야 한다는 것을 상기해 주기를 바란다.

❀

바구니도 준비하지 않고 맨 손바닥에 행복을 주워담으려는 것은 어리석은 일이다. 바구니를 준비하되 큰 바구니를 준비하여 행복을 한 아름 담을 수 있도록, 자기계발을 하고, 자기의 책임과 역할을 생각해 보자.

2
무지를 애교로 착각하는 여성은 없을까?

　푸르른 하늘, 넓은 들, 작렬하는 태양과 열대의 숲이 우거진 곳 아프리카. 이곳에서 태어나 이곳에서 자라, 보고 듣고 배운 것이라고는 씨를 뿌리고 가꾸고 추수하는 것밖에 모르는 작은 검둥이 소녀 린나.

　그녀는 6년 전부터 미국인 선교사의 집에서 잡일을 거들어 주고 있었다. 선교사의 집에서 내용물을 다 꺼내 먹은 빈 깡통이 생기면, 린나는 얼른 챙겨 두었다가 저녁때가 되면 그것들을 다 싸가지고 집으로 돌아가곤 하였다.

　궁금하게 여긴 선교사의 부인이, 어느 날 린나에게 물어 보았다.

　"애야, 넌 그 빈 깡통을 가져다가 뭐에다 쓰니? 그것도 하루 이틀도 아니고 6년 동안이나……."

　눈을 동그랗게 뜬 린나는 선교사 부인을 쳐다보며 되물었다.

　"정말, 그걸 몰라서 묻는 거예요?"

"그래, 그 많은 걸 가져다가 어디에 쓰니?"

"그거야 당연하죠. 우리도 언젠가 자유롭게 잘 살 수 있을 때를 만들기 위해서, 정성 들여서 하나씩 하나씩 땅 속에 심어 놓았어요. 그 곳에서 싹이 나고 무럭무럭 자라서 자동차도 열리고, 통조림도 열리고, 당신들이 갖고 있는 것들이 다 열려서, 언젠가는 우리도 풍족하게 살 수 있게 될 거예요."

확신에 찬 표정으로 린나는 순진한 논리를 폈다. 무지한 사람은 용감하다고, 이 얼마나 딱한 일인가?

❁

하나밖에 모르는 단순한 지식으로 모든 것을 적용시키려는 무지(無知)의 논리, 이런 논리를 가진 사람을 우리는 어리석다고 말한다.

좋은 옷을 입고 배부르게 먹고 등 따시게 잠자면 행복하다고 생각했던 시대에 비추어 볼 때, 요즈음은 너무도 많은 것을 요구하는 세상이 되었다.

처녀 총각이 만나서 결혼하면 평생을 숙명처럼 감수하며 살아왔던 우리의 선조들. 그들은 '여자가 결혼을 하면 그 집 귀신이 되어야 된다'는 논리 하나만으로 모든 역경을 참고 견디어 낼 수 있었다.

이들에게 우리가 어리석은 삶을 살았다고 냉소를 보낼 수 있을까? 어떤 면에서는 오히려 순진한 그들의 논리에 박수를 보내고 싶은 심정이다.

그러나 지금은 복잡다단한 세상이 되었다. 하나만으로는 모든 것이 통용될 수 없는 세상이다. 우리가 부부문제를 의논하고, 가정의 문화 수준을 향상시키며, 자녀의 올바른 교육에 신경을 쓰는 것은 당연한 일이다.

그렇지 않으면 남편도 자식도 모두 우리를 무시하고 우리 곁을 떠나 버리기 때문에 아무리 그 집 귀신이 되어야 한다는 단순논리를 펴도 소용 없을 것이다.

린나처럼 농사의 원리 하나 밖에 모르는 단순논리, 무지의 논리만을 펴서는 통용될 수 없는 세상이 되었다.

어린 검둥이 소녀 린나, 그녀는 물질문명의 세계와는 동떨어진 곳에서 태어나고 자랐기 때문에 그녀의 무지는 동정 받을 수도 있지만, 지금 우리들의 사회와 우리들의 생활에서 무지는 결코 용납 받지 못한다. 남편에게도 자식에게도 친구에게도 이웃에게도 자신의 무지는 통용될 수 없다.

'나는 모른다, 내가 그걸 어떻게 아느냐?'

이런 식의 모르는 것이 당연하지 않느냐는 배짱이 인정될 수 없는 세상에서 무지를 애교로 착각하는 어리석은 여성들도 있다.

그러나, 오직 상황과 여건에 맞는 문화인으로서의 지식이 요구되는 요즈음은 더 이상 나이와 신분, 권위로 얼버무려진 경륜만으로 살 수 있는 시대가 아니다.

정치 · 경제 · 사회 · 문화 · 예술, 어느 면에서도 시대에 뒤지는 지식을 갖고 있어서는 대접을 받을 수가 없다.

그렇다고 전문가나 그 분야의 대가들처럼 완벽한 지식을 요구하는 것은 아니다. 세상이 돌아가는 방향과 아울러 자기의 생각이 정리되고 새로 나오는 말들의 뜻 정도는 알아들을 수 있어야 한다는 것이다.

그리고 나서 우리는 건전한 가정, 화목한 가정, 사랑이 넘치는 가정을 이루어 나가도록 노력하며, 자신의 임무에 충실해야 한다.

❁

일본의 어느 과학자가 자기가 하던 실험을 다 끝내고 기분이 좋아서 몇 년 만에 거리로 나왔다.

"전쟁이 끝났다! 이젠 전쟁이 끝이다!"

수많은 군중들이 거리에서 소리를 지르며 뛰어 다니는 것이 아닌가?

그래서 무슨 전쟁이 끝났냐고 물으니, 세계 2차대전이 끝났다고 하더라는 것이다.

과학자는 어리둥절해서 언제 전쟁이 시작되었느냐고 되물었다고 한다. 이처럼 한 분야의 대가는 '전문 바보'가 되어도 된다.

그러나 우리는 세상이 돌아가는 사정을 잘 알아야 가정을 순조롭게 이끌어 가는 가정경영자가 될 수 있다.

이래도 모르고 저래도 모르고 오로지 아는 것은 옛날에 사용하던 구태의연한 생활방법 뿐이어서는 안 된다.

농업경제시대가 산업경제시대로 바뀌어진 지금은 가전제품의 개발로 얼마나 생활하기가 편해졌는가? 그런데도 옛날의 사고방식 대로 김장김치를 많이 해야 한다고 고집하는가 하면, 대가족에서 핵가족으로 바뀌었는데도 국이나 찌개를 한 솥씩 끓여서 먹다먹다 지겨워 버리기도 하고, 집에서 허드레로 입는 옷도 한 두 벌만 가지면 충분한데, 시장에 나갔다가 싸다고 하면 용도도 생각하지 않고 마구 사들여 집안만 어지럽히는 낭비를 하기로 한다.

시대가 바뀌고 상황이 바뀌었어도 생활방식을 고치지 못한다면 얼마나 시대착오적인 어리석음의 소치인가?

놀러 다니고 화투 치고 새로 유행하는 노래나 춤은 쉽게 배우면서도, 시대적 논리를 익히고 실행하는 데는 왜 그렇게 더딘가?

우리 여성들도 많이 보고 많이 듣고 새로운 자극을 접해야 한다. 우리에게 더 이상 무지의 논리는 인정될 수 없기 때문이다. 분명히 순진의 논리와 무지의 논리는 다르다는 사실을 명심할 것.

3

좋은 아내가 되기 위한 세 가지 조건

아내는 결혼하여 남편이 있는 여자에게만 붙는 호칭이다. 결혼한 여자라도 남편이 없으면 과부가 된다. 아내라는 명사는 남편의 대칭명사이다.

결혼하여 한 남자의 파트너가 되어 한평생을 동고동락하며 살아가는 것은 생각보다 쉬운 일이 아니다. 자기 자신의 입장만 생각하면 상대가 상처를 받게 되고, 상대의 입장만 생각하고 살아가다 보면 자신의 희생이 너무 커서 아픔을 겪게 된다.

상대가 상처를 입게 되면 그가 같이 사는 것을 거부하게 될 것이고, 자신이 아픔을 참다 보면 억울하다는 생각이 들어 상대에게서 벗어나고 싶어질 것이다.

서로 형평의 원칙이 어긋나게 되면 평생동안 부부관계를 유지하기가 어렵다. 따라서 남편과 아내는 파트너십을 갖고 살아 가야 검은 머리가 파뿌리가 되도록 해로할 수가 있다.

❀

그렇다면 남편에게 걸맞는 파트너로 살아 가기 위한 '아내의 조건'
으로는 어떤 것을 들 수 있을까?

첫째는 보완성(補完性)이 있어야 한다.

부부는 서로 필요충족, 즉 서로 부족한 것을 보충하여 완전하게 할
수 있는 사이여야 한다.

남편이 어떤 욕망을 가지고 있을 때 아내는 남편이 그 욕구를 충족
시킬 수 있도록 도와야 한다. 남편도 혼자서 해결할 수 없는 어려움에
처할 때도 있고, 누군가 조금만 거들어 주면 해결할 수 있을 것 같은
안타까움에 처할 때도 있다.

그럴 때 남편은 아내가 조금만 거들어 주면 쉽게 용기를 내거나 문
제를 해결할 수 있을 것 같아서 파트너에게 기대를 걸어 본다. 이럴
경우 남편에게 도움을 줄 수 있는 아내가 된다는 것, 이것이 아내의
내조, 즉 보완성이다.

남편이 높은 곳을 올려다 보면서 꼭대기에 올라갔으면 좋겠다고 희
망사항을 이야기하면, 아내는 남편이 왜 올라가고 싶어하는지 충분히
의사를 교류해 본 후 타당하다고 생각되면 그를 적극적으로 도와야
한다.

높은 곳으로 올라가지 못해 안타까워하는 남편에게 '그까짓 것도

혼자 못해내고 전전긍긍하느냐'고 구박을 하거나, '올라가지 못할 나무는 쳐다보지도 말라'는 등 무능함을 자각시키면, 남편은 아내가 소중하고 고마운 존재라는 생각이 들기보다는 오히려 싫어지게 된다. 직접 도와줄 능력이 없는 경우에는 돕지를 못해서 미안해하는 겸손한 마음이라도 가져야 옳지 않은가?

오늘날은 남편이 젊어서 열심히 돈을 벌어다 주면 아내는 알뜰하게 살림을 하면서 자녀들 잘 키우며 살아가면 되었던 단순 논리가 적용되는 사회가 아니다. 아직도 젊고 일할 수 있는 체력과 능력이 있는데도 일정한 나이가 되면 직장을 그만 두어야 하는 정년퇴직제도 등이 아내의 보완성을 더욱 요구하고 있다.

남편이 열심히 경제활동을 하고 있을 때 아내들은 정년퇴직을 대비하여 어떤 능력이든 준비해 놓아야 한다. 그리고 정년퇴직이 다가오는 남편에게 말해 보라.

"여보, 당신 정년 퇴직하면 우리 이렇게 살아요."

남편이 별 관심을 갖지 않는 것처럼 보여도 마음속으로는 한결 든든함을 느끼게 될 것이다.

때로는 남자들이 겉으로 표현은 하지 않아도 어딘지 모르게 불안한 마음이 들 때가 있고, 모든 굴레에서 벗어나고 싶은 충동을 느낄 때도 있다. 따라서 아내의 내일을 위한 준비는 심리적으로 남편을 한결 여유롭게 할 수도 있고 또 외로움을 덜어 줄 수도 있다.

그 뿐 아니라 현실적으로도 남편이 갑자기 직장에서 해고를 당해 놀

고 있을 때 아내가 나서서 경제문제를 해결할 수 있다면 얼마나 든든
한 일인가?

❀

둘째는 독자성(獨自性)이 있어야 한다.

부부가 서로 보완성을 갖고 내조나 외조를 하면서 살아간다고 하더
라도 독자성이 없으면 안된다.

"저 여자는 남편 덕에 출세한 거야."

"저 남자는 아내 덕에 성공한 거야."

남들은 이렇게 말을 해도 내조와 외조는 20% 내외로 보아야 한다.
나머지 80%는 자기의 능력인 독자성이 성패를 좌우한다.

남편을 내조하여 높은 곳에 올라가게 해 놓고, 아내는 언제까지나
바닥에서 남편을 쳐다보며 만족할 수는 없다. 아내도 나무 위로 같이
올라가야 한다.

남편의 외조는 아내가 어떤 일을 시작할 때 지원해 주는 것이 아니
라, 아내가 혼자서 독자성을 갖고 해결을 하여 조금만 도와주면 성취
될 수 있겠다는 가능성이 보일 때 도움을 주는 것이 일반적이다.

남편이 높은 수준에 올라가 있으면, 그곳의 정황을 물어보고 여러가
지 방법을 동원하여 아내 스스로 올라가야 한다. 80%정도 혼자 해내
는 독자성이 있어야 20%정도의 외조를 얻어 완성할 수가 있다.

독자성은 그 사람의 능력이다. 아무리 결혼을 했다고 하더라도 자신

의 능력이 없이 상대의 능력에만 의존하여 살아갈 수는 없다. 항상 자신을 지켜주고 사람들의 인정을 받을 수 있는 유일한 재산은 자기의 능력 뿐이다.

❀

셋째는 공통성(共通性)이 있어야 한다.

아무리 독자성이 있고 보완성이 있다고 하더라도 공통성이 없으면 대화가 단절되고 이해가 엇갈리기 쉽다. 부부가 서로의 수준에 맞추어 가려는 노력은 부단히 지속되어야 하는 중요한 과제이다.

머리를 싸매고 공부를 하던 가난한 하숙생이 사법고시에 합격을 했다. 시험공부를 하던 하숙생 시절, 하숙집 딸과 사랑을 나누며 장래를 약속했다. 밤늦게 공부하는 연인을 위해 고구마, 감자, 과일, 과자 등을 몰래 숨겨 가지고 들어가 같이 먹으며 사랑을 나눌 때는 하숙생에게 그녀는 더없이 고마운 존재일 수밖에 없다.

그러나 사법시험에 당당히 합격하여 연수원으로 들어가 보니 촌닭 같은 하숙집 처녀가 짐스럽게만 느껴지기 시작했다. 도덕적, 윤리적으로 마음이 변하면 안되는 것이지만, 인위적으로 마음을 얽어매어 살아간다면 그것도 불행한 일이고, 결국 마음이 변하여 그녀의 곁을 떠나게 될 때 얼마나 괴롭겠는가? 남을 가슴 아프게 하려면 자기의 마음도 아픈 법이다.

그렇다면 왜 이런 문제가 생기는 것일까? 두 말할 것도 없이 밸런스가 맞지 않기 때문이다. 수준이 같아야 대화가 통하고 신이 나며 서로 대등한 감정을 유지하게 되는 것이다.

남편이 승진을 하면 아내도 따라서 계급 없는 승진을 하게 된다. 과장의 아내는 과장의 아내다운 처신을 해야 하고, 부장의 아내는 부장의 아내다운 처신을 해야 하며, 중역의 아내는 중역의 아내다운 처신을 해야 한다.

그런데도 남편은 날로 발전하여 수준급의 사람이 되었는데, 아내는 옛날의 촌스러운 수준에 계속 머물러 있다면 그 부부관계가 원만할 수가 있겠는가?

아내는 자기의 수준대로 살 것이 아니다, 항상 자신을 남편의 수준에 걸맞도록 변화시키고 발전시켜서 적응해 나가려는 부단한 노력이 경주되어야 사랑을 잃지 않고 행복하게 살아갈 수 있다.

당신은 아내가 갖춰야 할 세 가지 조건 중에서 어느 것을 더 계발해야 할까?

4
좀벌레가 쓰러뜨린 세쿼이어

당신은 세쿼이어란 나무에 대해서 들어본 적이 있는가? 세쿼이어는 낙우송과에 딸린 상록교목으로써, 세계에 가장 크고 가장 오래 사는 나무로 알려져 있다. 큰 것은 지름이 4.5m, 높이는 100m이고, 수명은 1,000년이나 되는 나무중의 왕이다.

콜롬부스가 아메리카 대륙을 발견했을 당시에도 푸르고 정정했던 세쿼이어 나무 한 그루가 록키산맥에 우뚝 서서 아메리카의 장래를 지켜보고 있었다. 수많은 풍수해를 겪고 무시무시한 산불도 피하면서 4백여 년을 견뎌 온 것이다. 나무는 날이 갈수록 건장하게 위풍을 과시하며 산중턱에 떡 버티고 서 있었다.

그런데 어느 날, 그 세쿼이어 나무는 잎새도 채 마르기 전에 갑자기 그 자리에 풀썩 쓰러지고 말았다.

그 많은 천재지변도 잘 견디어낸 거대한 세쿼이어가 좀벌레에 잠식

되어 굵은 나무허리를 갉아 먹히기 시작했던 것이다.

처음에는 한 두 마리의 좀벌레였으나 삽시간에 수십, 수백, 수천, 수만 마리로 불어났고, 그렇게 불어난 좀벌레들이 그 작은 이로 나무를 열심히 갉아대어 마침내 나무는 중심을 지탱하지 못한 채 쓰러진 것이다.

외부의 적보다 내부의 적, 가까이에 있는 작은 문제가 더욱 크다는 것을 일깨워주는 이야기가 아닌가?

❀

요즈음 내가 만나 본 40대 이상의 여자들은 마구 흔들리는 중심 잃은 세쿼이어 나무와 같았다.

누군가가 매질을 한 것도 아니고 욕을 퍼부은 것도 아닌데, 매를 맞은 것보다 더 뻐근해하고, 욕을 먹은 것보다 더 무력하게 지쳐 있었다. 그냥 멍청하게 눈만을 뜨고 있을 뿐 삶에 대한 아무런 의욕이 없는 것 같았다.

오랜만에 후배를 만났는데, 언젠가 한 번 만나서 인사를 나누었던 여류화가와 같이 있었다. 그녀는 사십대 후반인데, 힘이 하나도 없고 너무나 무기력해 보이고 어깨는 축 처져 있었다.

"지난번에 여행은 잘 다녀오셨어요?"

"잘 다녀왔죠. 병원으로 가서 수술을 잘 끝냈거든요."

"네, 병원이라구요?"

놀라서 되묻는 나에게 그녀는 피식 웃으며 말했다.

"주위 사람들에게 폐를 끼치기 싫어서, 입원하는 걸 그냥 여행 간다고 했어요."

그녀의 남편은 남편대로 유럽에 출장을 갔고, 혼자서 병원에 누워 잘 이겨낸 듯 했는데, 어깨도 아프고 무릎도 시리고 모든 것이 권태로워져, 요즈음은 그림도 못 그리고 멍청하게 지낸다는 눈이 큰 그녀는 아마도 자기 자신과 싸우고 있는 듯했다.

❋

사람이 살아가는 동안에는 수많은 병마가 찾아오고, 사회적인 어려움이 다가오지만 결국은 자신의 마음가짐에 의해 견디어 내기도 하고 쓰러지기도 하는 듯싶다.

내가 결혼을 할 때, 웨딩마치를 쳐주며 싱글벙글 좋아서 나의 새로운 출발을 축하해 주었던 직장동료 교사가 있었다.

3년 이상을 나와 같은 직장에서 근무를 했는데 항상 명랑하고 밝은 표정에 콧노래까지 부르는 살 맛 나게 사는 남자 친구였다.

그후 그는 직장을 몇 번인가 옮겼고, 소식을 자주 접하지는 못했지만 늘 궁금했었다. 들리는 소식에 의하면 처남의 보증을 섰다가 뜻밖에 몰아치는 회오리바람을 맞아 고통을 겪었는데, 자신의 의지로 견디지 못해 매일 술로 세월을 보냈다는 것이다.

그는 몇 년을 그렇게 버티다가 한창 싱그러운 젊은 나이에 결국 간경화로 생을 마감하고 말았다.

모든 세상살이는 마음먹기에 달려있다는 것을 너무도 잘 아는 사람들이 왜 마음먹은 대로 살아가지를 못하는 것일까? 사십대 후반에 접어든 사람들의 마음이 이토록 권태롭고 무력해지는 이유는 무엇일까?

눈에도 보이지 않는 '괴로움'이라는 마음의 좀벌레에게 자신을 갉아먹히고 있다고 생각해 보자. 얼마나 허무하고 어처구니없는 일인가?

❀

요즈음 사람들은 내가 나답지 않다고 야단이다. 늘 바람이 꽉 찬 공처럼 탱탱 튀는 탄력과 생동감 넘치는 음성, 그리고 빛나는 눈빛이 나를 대표했다는데 요즈음은 축 처진 어깨, 균형을 잃은 고개, 멍청해진 눈빛 때문에 예전의 나를 전혀 찾아 볼 수 없다고 한다.

이런 것이 모두 나이 탓인가?

동장군이 마지막 기승을 부리는지 하늘에서 눈이 쏟아지고 있다. 굵은 눈송이가 펑펑 내리다가 어느덧 진눈깨비가 사방으로 흩어지기도 한다. 학교 앞 산에 미끈하게 서있는 소나무가 그렇게도 늠름하고 멋있게 보였는데, 지금은 아무런 감흥이 없다.

얼마나 갈까? 이런 기분이······. 일주일 내내 칙칙한 날씨마저 나의 씁쓸한 마음을 더 하게 하는 듯하다.

새로운 자극이 있었으면 좋겠다. 새로운 일, 새로운 대상, 새로운 상황이 내 앞에 다가오면 적당히 긴장하고 적당히 설레고 적당히 두려워하며 마음을 다스릴 수 있을 것 같다. 그 속에서 생기도 찾고 의욕도 찾을텐데……

어떤 상황도 어떤 여건도 결국은 자신이 만드는 것 아니던가? 사실, 어떻게 되기를, 어떤 상황이 오기를 기다리는 것 자체가 마음의 좀벌레이다. 스스로 어깨를 올리고, 고개에 힘을 넣고 솟구치는 정열을 만들어 보자.

장미도 시들면 매력이 없는데 하물며 미인도 아닌 내가 축 처지면 얼마나 볼품이 없겠는가?

자리를 박차고 일어서자. 꽃망울도 터지고 새순도 나오는데 내 마음속에 웅크렸던 기운도 터져 나오게 하자. 마음의 좀벌레에게 계속 갉아 먹히지 말고, 친구도 만나고 남은 일도 서둘러 처리하자.

나이가 들수록 다가오는 마음의 좀벌레를 무사히 퇴치하고, 다시 활기를 찾아야 한다.

5
아내의 병을 고친 말

모 금융회사에 강의를 하러갔다. 사원들의 친절 교육이다. 고객응대법과 상사와 부하 사이, 그리고 동료들 간에 원만한 인간관계를 이루기 위한 대화법 강의였다.

강의를 끝내고 회사의 간부 몇 사람과 차를 들며 이런저런 이야기를 나누게 되었다.

총무부장의 말이 언젠가 내가 '아내의 값'에 대해 강의한 테이프를 듣게 되었단다. 그 내용에 많은 공감을 하였고, 집에 돌아가 아내에게 말했다고 한다.

"당신은 값을 정할 수 없을 만큼 내게 있어 더없이 소중한 사람이야."

몇 마디 칭찬과 감사의 말을 건넸더니, 아내가 진정으로 감격해 눈시울을 붉히더라는 것이었다.

그 후부터 이 사람은 아내에게 늘 감사하게 생각하며 고마움을 전하는 말을 하게 되었고, 아내는 그런 남편에게 더욱 감사하며 정성을 쏟아 잘 해준다며 자랑을 늘어놓았다.

그런데 어느 날 그의 대학 후배가 오랜만에 찾아왔는데, 얼굴이 꺼칠하고 세상살이가 싫어진 눈치였단다. 사연을 물어보니, 아내가 시름시름 앓더니 요즈음 몹시 괴로워하며 집안의 사사로운 일도 해내지 못하고 짜증만 일삼는다는 하소연을 늘어놓더라는 것이다.

그래서 그 부장은 후배의 부부 사이를 진단해 주었다고 한다.

"여보게, 그 동안 자네, 아내가 꼴 보기 싫고 우습게 생각되었지? 그까짓 집에서 하는 일—밥하고, 빨래하고, 청소하고, 아이를 낳아 기르고, 남편 뒷바라지 같은 단순노동이나 하는 여자라고 무시했지! 자네, 지금까지 아내에게 진심으로 수고가 많다, 감사하다고 느끼고 말해준 적이 있나? 아마도 없었을 걸?"

그 후배는 말없이 푹 숙인 채 고개만 끄덕였고, 부장은 자신을 얻어 열변을 토했다고 한다.

"자네 말이야, 아내의 값이 얼마나 되는지 아나? 아무리 줄잡아도 자네가 알아 맞추지 못할 걸. 자네가 아무리 엘리트라고 해도 아내가 있기 때문에 어깨를 펴고 다니지, 아내가 없어보게. 매일 밤 잠자리가 걱정되고 자식은 누가 그렇게 애정을 쏟아 길러 줄 것이며, 일과를 마치고 귀가하면 누가 반겨주겠나? 아내가 없으면 땅이 꺼지는 것과 같은 거야."

"글쎄, 선배님 말씀을 듣고 보니 그런 것 같네요."

"이제 자네의 아내가 아픈 이유를 알겠지. 하루에 한 두 번이라도 좋으니, 고맙다는 말이나 칭찬을 해줘보게. 쑥스럽고 멋 적더라도 사랑한다고 눈 딱 감고 말해봐. 그러면 아내의 병이 나아질 걸세."

"알았습니다. 선배님의 처방대로 한 번 해보지요. 쑥스럽긴 하지만……."

머리를 긁적거리며 돌아간 그 후배가 얼마 전에 다시 찾아와 다음과 같이 말하더라는 것이다.

"선배님! 그 작전이 특효약이던데요. 아내의 건강이 많이 좋아졌어요. 감사를 드리러 왔습니다."

남편이든 아내든, 누구라도 위로 받고 싶고 칭찬 받고 싶은 마음은 비슷한가 보다. 그런데 밑천도 들지 않는 입 서비스, 그 쉬운 위로의 말 한 마디를 하기가 왜 그렇게 힘이 든다는 말인가?

"여보, 수고했지? 애 많이 썼어."

어깨에 얹히는 남편의 손을 느끼며 하루의 피로가 말끔히 가시는 것이 아내의 마음이다.

"전 괜찮아요. 당신이 더 고생하죠."

이렇게 주고받는 위로의 말을 하기가 무엇이 그리 어려울까? 남도 아닌 부부 사이에.

그 후배가 매일 하루에 두 번 이상 작심하고 '사랑한다'는 말을 아내한테 해 주었더니, 처음에는 "이 이가 갑자기 왜 이러나?" 하고 이상하게 생각하더라는 것이다.

"나이가 들면서 당신이 자꾸 좋아져. 생각하면 내겐 당신보다 더 소중한 사람이 없지……."

이런 말이 며칠, 몇 달 반복되는 동안, 아내는 남편의 말이 진실한 표현이라고 여겨졌고, 남편에게 위로를 받고 사는 자신이 누구보다 행복하다고 느낀 뒤에 속병이 거뜬히 나았다는 것이다.

좋은 학교를 우수한 성적으로 나와서 좋은 직장에 취직하고 월급을 많이 타다 주면 1등 남편인 줄로 착각하는 남자들이 이 세상에 얼마나 많은가?

❀

그렇다면 일류학교에 우수한 성적, 그리고 깨끗한 외모에 많은 혼수를 준비한 세칭 1등 남편이라고 일컫는 사람에게 시집을 간 여자들은 모두 행복해야 하지 않겠나. 그러나 실제는 그렇지가 못하다. 왜 그럴까?

사람은 밥만 먹고는 못 산다. 명분만 가지고도 못 산다. 남에게 보여지는 조건이 아무리 훌륭해도, 두 사람의 마음에 뚫린 휑한 공허(空虛)의 구멍은 두 사람만이 느끼는 불행일 뿐, 그 누구도 알지 못한다. 그래서 벙어리 냉가슴이다.

경제수준이 좋지 않았던 옛날, 한 30여 년 전이라고 하면 실감이 날 것이다. 그때는 이혼도 적었고 부부간의 존경심도 컸었다. 그때는 부부가 대부분의 문제를 같이 의논했으며, 서로에게 미안함과 감사함을 표현하는 마음의 인사를 할 줄 알았다.

그러나 지금은 다르다. 많이 배우고 풍요로워지니까, 저 잘난 맛에 산다고나 할까? 상대를 대하는 조심스러움과 겸허한 마음이 없어졌으며, 위로와 감사는 고사하고 요구밖에 할 줄 모르는 경우 없는 부부가 많아졌다.

'사랑한다', '고맙다'는 남편의 말이 아내의 병을 고쳐주고, '당신이 최고예요', '당신 아니면 누가 그 일을 할 수 있겠어요' 등등의 위로와 격려, 칭찬과 감사의 말들은 남편의 기(氣)를 살려주고 희망과 의욕, 자신감과 용기를 샘솟게 한다.

필요한 말은 아낌없이 사용할 줄 알아야 한다. 위로 받고 싶은 마음을 충족하고, 또 충족시켜주기 위해서.

6

행복은 준비하는 사람에게 찾아온다

인간의 자연수명을 80세로 본다면 앞으로 당신의 삶은 몇 년이나 남았을까? 당신의 나이가 28세밖에 되지 않은 젊은 여성일지라도 남은 인생은 52년 뿐이다. 52년도 옹글게 다 쓸 수 있는 것이 아니라 그 중에서 20여 년은 인생정리기로 떼어놓아야 하니 옹글게 쓸 수 있는 시간은 32년밖에 안 되는 셈이다.

왕성한 활동을 하면서 살아갈 수 있는 세월이 32년, 이 짧은 세월 속에서 자신의 근본적인 삶의 가치를 추구하게 되는 것이 우리들의 인생이다.

우리에겐 이렇듯 충실하게 살아갈 수 있는 삶의 시간들이 너무나 짧다. 짧은 삶의 기회를 후회 없이 보내기 위해서는 무엇보다도 훌륭한 자기의 역할을 찾는 것이 급선무이다. 현대 여성들에겐 가정에서의 역할들이 너무 빨리 끝나고 말기 때문에, 사회적 역할을 찾지 못하면 무료한 인생을 살아갈 수밖에 없다.

결혼을 하든 하지 않든 관계없이 자기의 역할은 자기가 찾아야 한다. 결혼을 했다고 남편이 자기의 무료함을 달래줄 수 있으리라는 기대는 애초부터 그만 두는 것이 상책이다. 남편에 의해 무료함을 덜 수 있다 해도, 장기적이거나 지속적일 수는 없다는 것을 명심해야 한다.

결국 자기의 역할은 자기 스스로 찾고 스스로 개척해야 지속적일 수 있으며 만족과 보람을 얻을 수 있다.

❀

현대의 여성은 자녀를 낳아서 기르는 출산과 육아의 기간이 짧을 수밖에 없는 이유가 있다. 옛날과는 달리 자녀를 적게 두기 때문이다.

예전처럼 자녀를 7~8명씩 두게 되면 어머니의 역할을 해야 되는 기간이 길어져 열심히 자녀를 기르는 중에 자연수명이 끝나게 된다. 그 때는 자연수명이 60세 전후로 짧았기 때문에 더욱더 그러했다.

그러나 지금은 자연수명이 길어졌고, 자녀출산의 수도 적어지게 되어, 어머니의 역할로 인생의 의미와 가치를 다 찾기에는 여유로운 시간이 너무 많아졌다.

또한 경제수준도 예전에 비해서는 좋아졌지만 욕구가 무한대로 팽배해 가기 때문에 가장이 혼자 벌어서 가족의 욕구를 모두 충족시키기에는 역부족이다. 따라서 젊은 주부들은 남편인 가장에게 많은 욕구를 충족하려고 하면서 불만이 쌓이게 되고, 나아가 상대를 평가 절하하는 입장이 되어 남편을 무시하고 거부하게 되는가 하면 이것이 가정파탄의 요인이 되는 수도 있다.

자녀를 잘 기르는 일이나 살림을 잘 하는 일은 두 말할 것도 없이 중요한 일이지만, '당신은 무엇을 하는 사람입니까?' 하고 물었을 때, 명함을 척 내놓으며 자신을 소개할 수 있다면, 한층 더 자신의 존재에 대한 긍지를 가질 수 있을 것이다. 아울러 가족의 욕구를 충족시키는 일에 동참할 수 있다는 데 대한 자기 만족도 얻을 수 있다.

나는 이 시대의 젊은 여성들이 남편에게 모든 것을 의존하고 기대하는 쑥맥 같은 삶을 지양해 주기 바란다. 이 사회에 기여할 수 있는 자기의 역할을 찾고, 이를 실천해 나감으로써 자신과 가정과 사회에 쓸모 있는 존재로서 자신의 역할을 충실히 할 수 있는 여성이 되기를 권한다.

한 번 뿐인 인생을 자기가 하고 싶은 일을 하며 원 없이 살다 가야 되지 않겠는가? 이리저리 육신의 안일만을 추구하며 뒹굴다가 저 세상으로 가야한다면 사람으로 태어난 의미가 없다. 사람은 사람답게 살아야 한다.

모든 것을 스스로 해결하기보다는 어떻게든지 누군가가 해주기를 바라는 타성이 붙어서 살게 되면 자기의 역할이 없는 맹목적인 삶을 살게 된다. 편안한 삶은 되겠지만 의미 있는 삶이 되지는 못한다.

❀

알뜰한 주부 한 사람이 남편의 박봉으로 살림을 하면서 매달 십만 원씩을 떼어 저축을 하였다. 일년이 지나니 백이십만 원이 되었다. 가슴이 뿌듯하여 쪼들리는 생활도 뒷전이었다. 그녀는 다달이 통장이 불어 가는 것을 보며 현실의 부족함을 달랠 수 있었고 더없이 행복했다. 어언 세월이 흘러 십년이 지났다. 그녀의 통장에는 원금만 천이백만 원에 이자까지 붙은 큰 돈이 모였다. 그녀는 그 돈을 생각만 하여도 뿌듯하고 흐뭇했다.

그런데 호사다마라던가? 그녀의 남편이 다니던 직장이 문을 닫게 되었다. 세상물정을 모르는 그녀는 '남편이 그래도 어떻게 하겠지' 하는 마음으로 세월을 보내는 동안에도 저축한 돈이 큰 위안이 되었다. 한 달, 두 달 세월은 자꾸 가는데 남편은 일자리를 찾지 못하고 불안함과 위축감을 술로 달래기 시작했다.

밑천만 있으면 이렇지는 않을텐데, 돈이 없어 이 나이에 취직을 하러 다녀야 되는 신세가 부끄럽다고 했다. 그녀는 얼른 남편에게 그 동안 모아둔 돈을 내주며 용기를 주었다. 그러나 그녀의 남편도 단순한 직장생활만 해 봤지 사업을 해 본 경험이 없었다. 결국 그는 아내가 모아준 돈 뿐 아니라 친척과 친구의 돈까지 모두 빌려서 빚 투성이가 된 채 사업에서 손을 뗐다.

그녀는 알뜰한 여성이었지만, 지혜로운 여성은 아니었다. 지혜로운 여성이라면 현금만 모으지는 않았어야 했다. 능력이 없는 자의 현금은 남의 돈이나 마찬가지라는 사실을 알아야 한다.

현금으로 십만원씩 저축을 하지 말고, 매달 십만원씩을 투자하여 무엇인가를 할 수 있는 능력을 길러 놓았다면 지금처럼 막막한 상황에 놓이지는 않았을 것이다.

결국 그녀는 어떤 역할도 할 자신이 없어 단순노동을 하며 살고 있다. 능력이 없는 자의 막막함은 비록 이 여성에게만 해당되는 문제는 아니다. 준비하지 않는 사람에게는 누구에게나 올 수 있다.

행복은 준비하는 자의 것이지만 불행은 준비없이 찾아온다는 사실을 알고, 떳떳하고 만족스러운 삶을 위해 젊은 여성들은 자기의 역할을 찾고 능력을 계발해야 한다.

당신은 앞으로 어떤 역할을 하고 싶은가? 그 역할을 하기 위한 능력계발에 당신은 지금 얼마만큼의 시간과 노력 그리고 돈을 투자하고 있는가?

제2장

결혼

7

백마 탄 왕자를 기다리는 여자

"당신은 흠뻑 사랑에 빠져본 적이 있습니까?"

"아뇨, 난 아직 그런 사랑을 해본 적이 없어요. 그러나 해보고 싶어요. 언젠가 멋진 남자가 나타나 사랑을 고백하면 헤어나지 못할 사랑을 소원 없이 해보고 싶어요."

"그럼, 어떤 남자라야 당신의 마음을 사로잡을 수가 있을까요?"

"글쎄요……. 키는 180cm를 넘어 훤칠하고, 호탕한 웃음이 있고, 우직스러우며 건강하고, 일에 대한 승부욕이 있고, 가정을 소중히 생각해서 아내와 자녀를 사랑하고 아껴줄 수 있는 사람이라면……. 아참, 하나 더 있어요. 날 처음 보는 순간 '당신은 내가 찾아 헤매던 바로 그 사람입니다. 당신을 사랑해요. 내 사랑을 받아주시지 않겠습니까?' 하는 말을 빼놓지 않는 사람이면 되겠죠."

당신은 이 대화를 읽고 김빠진 웃음을 지었으리라. 그러나 요즈음의 여성들은 이런 수퍼 프린스가 나타나 주기를 은근히 바라고 있다. 하지만 그런 남자는 아무 데도 없다. 그것은 여성 자신이 너무나도 잘 알고 있을 것이다.

그러나 그것은 머리 속으로 알고 있는 것이고, 가슴 속 어디에선가 나에게만은 그런 멋진 남자가 백마를 타고 달려와 사랑한다고 고백해 주기를 진심으로 기대하고 있는지도 모른다.

고등학교 시절, 처녀로 영글어 가던 소녀들의 가슴 속에 이런 환상의 남자를 한 번쯤 그려보지 않았던 사람이 있겠는가?

❋

한 친구가 고등학교 시절부터 군인과 위문편지를 주고받았는데, 나중에 직접 만나게 된 편지의 주인공은 그녀가 꿈속에서 그리던 왕자님 같은 모습이었다.

키는 180cm를 넘고 딱 벌어진 어깨, 서글서글한 눈매, 운동으로 단련된 균형 잡힌 몸……. 게다가 그 남자는 처음 만나자마자 프로포즈를 해 왔다.

"내가 상상하던 것보다 훨씬 더 멋진 분이시군요. 얼마나 꿈속에 그리며 당신을 사랑해 왔는지 아십니까?"

그 친구는 심장이 멎을 것 같은 황홀감에 젖어 자신의 이성을 잃어버리고 불타는 가슴으로 열렬한 사랑에 빠졌다. 모든 친구들은 그녀의 행복, 그녀의 사랑을 마음속으로 부러워했다.

그러나 멋진 남자와 사랑을 만끽하던 그녀에게 서서히 불행의 그림자가 다가오기 시작했다. 그 남자의 아이를 갖게 된 것이다.

그녀는 그들의 사랑의 결실인 새 생명에 대한 기쁨과 환희도 느낄 새 없이, 현실의 도덕이라는 사슬에 얽혀 불안과 공포에 떨고 있었다. 게다가 그 남자는 완강히 결혼을 거부했고, 임신한 것은 그녀가 조심하지 않은 탓이라며 책임을 회피하려고 했다.

그녀의 사랑, 그녀의 행복은 환상이었던가? 혼자서 고민하던 그녀는 음독자살을 기도했다. 다행스럽게도 가족들에게 일찍 발견되어 생명을 건졌다.

그 남자는 할 수 없이 아이라는 사슬에 씌워진 채 결혼을 승낙하기에 이르렀다. 그들은 서로 원해서 사랑했고 부러움의 대상이 되었으나, 결혼은 주위의 이목 때문에 이루게 된 것이다.

그러나 그들의 결혼생활은 결코 행복할 수 없었다. 두 아이를 둔 그녀에게 남편의 횡포는 날이 갈수록 심해갔다. 폭언과 폭행, 술과 여자, 그리고 놀음, 어느 것 하나 손 안 대는 것이 없는 잡놈이 되어 버린 것이다.

백마를 타고 그녀 앞에 나타나 사랑을 고백하던 그 멋진 남자가 그녀의 인생을 보장해 주었던가?

그 남자는 수많은 미혼여성들이 막연하게 가슴으로 그려온 외형적인 수퍼 프린스였을 뿐, 내면적인 인품과 인격을 갖춘 사람은 아니었던 것이다. 신체적 조건이 정신적 조건과 비례되리라고 생각한 허영에 들뜬 처녀들의 마음에 경고라도 하듯이, 현실은 거의 예외가 없이 신체와 정신은 다르다는 것을 보여준다.

❀

사랑은 결코 남에게 보여지기 위한 전시품이 아니다. 자신이 느끼고 음미하는 마음이다. 사랑은 사랑 그 자체로서 가치가 있다. 둘만의 사랑은 둘만이 간직하는 보물이어야 한다. 두 사람이 사랑의 감정에 젖어 있을 때 나눈 대화는 그 순간에만 효력이 있을 뿐, 그것이 평생의 비료가 되어주길 바래서는 안 된다.

참된 사랑은 상대에게 어떤 대가도 구하지 않아야 한다. 결혼하기 전에 이미 식어버린 두 사람의 가슴을 결혼생활로 달구어 가기는 더욱 힘겨운 노릇이다.

사랑은 영원한 것이 아니라 늘 새롭게 만들어 가는 것이다. 한 때 그를 사랑했다고 영원한 행복을 꿈꾸지는 말자.

8
여자의 과거는 유죄?

열렬한 연애 끝에 결혼을 한 신혼부부가 멋진 행복의 꿈을 안고 신혼여행을 떠났다. 그들은 무조건 행복하고 무조건 좋기만 했다. 분위기 있는 최상급 호텔에서 달콤하고 황홀한 첫날밤을 지냈다.

그런데 이게 어인 일인가? 아침이 되어 신부가 눈을 떠보니 신랑이 시무룩해져서 뚫은 표정을 하고 있는 것이다. 더없이 사랑스러워야할 신부에 대한 신랑의 마음이 왜 흔들리고 있는 것일까?

신랑은 마치 더러운 것을 피하고 싶다는 눈빛으로 신부를 외면하는 것이었다. 신부는 멋도 모르고 무언가 달라진 신랑에게서 어색하고 어정쩡한 기분을 느끼고 있었다.

"잠시 나갔다 올께……."

등을 획 돌리고 방을 떠나는 신랑을 잡을 여유도, 어디를 가느냐고 물어 볼 기분도 나지를 않았다.

신부는 불안해지기 시작했다.

"왜 저럴까? 혹시……."

신부는 체념이라도 한 듯이, 드디어 올 것이 왔구나 하는 담담한 기
분에 빠져들면서도 '이대로 끝나게 되는 건가' 하는 어처구니없는 생
각에 서글픔이 밀려들었다.

❈

시간이 얼마나 지났을까. 그는 술기운이 얼큰해서 돌아왔고 신부는
고해성사를 하는 속죄양이 된 것처럼 말없이 다소곳이 앉아 있었다.

"이리와 앉아 보시죠."

갑자기 신랑의 입에서 존댓말이 나왔다.

"우리 터놓고 이야기합시다. 숨긴다고 숨겨질 것도 아닌데……."

신랑은 몹시 괴로워 견디기 어려운 듯 숨이 거칠었다.

'올 것이 왔구나. 이판사판이다.'

이런 생각이 들었는지 신부는 다소곳이 마주 앉았다.

"왜 그러세요? 어디가 불편해서 그래요? 아니면 무슨 불쾌한 일이
라도 생긴 건가요?"

이런 걱정과 염려의 말이라도 할 수 있었다면 얼마나 좋을까? 그러
나 신부는 아무 말도 할 수가 없었다.

"다 터놓고 솔직해집시다. 이 시간만은 누가 뭐래도 양심을 속여서
는 안됩니다."

신랑의 말은 신부를 더욱 꼼짝 못하게 하고 있었다. 결국, 그들은 그 날로 각자 자기 집으로 돌아갔다.

신혼여행에서의 파경, 왜 그들은 결혼을 해서, 같이 생활도 못 해보고 이런 결말을 내야만 했는가?

※

요즘 젊은이들은 무척 개방적이라고 떠든다. 기성세대의 어른들이 자신의 기준에 맞추어 이야기하면 구세대적인 사고라고 즉각 반박하기 일쑤이다. 그러나 막상 어떤 일이 자기들의 눈앞에 놓이게 되면, 객관적이었을 때와는 무척 상반되는 반응이 나타난다.

'신부에게 처녀 출혈이 없었다'는 이유로 그들 부부는 신혼여행에서 파경이 온 것이다. 그 신부는 과거에 어떤 남자와 첫 정을 나누던 그때에 성관계를 가졌던 것이다.

이 신부는 신랑에게 용서해 달라는 말도, 이해해 달라는 말도 없이 잘못했던 일이 발각이 되었으니 처분 대로 하겠다는 입장을 보일 뿐이었다. 아직까지 옛날의 그 남자를 잊지 못해 괴로워하는 일도 없으면서, 과거의 실수에 대한 죄(?)의 대가를 다소곳이 받겠다는 심산일까? 남자는 더 이상 생각해 볼 여지가 없다는 식이고, 여자는 들켰으니 어쩔 수 없다는 식으로 포기해버리는 것이다.

우리가 한평생 살아가면서 어떤 실수나 잘못을 한 번도 안 한다는 보장이 있던가? 그것은 누구도 장담할 수 없는 일이다. 다만 실수를 하지 않으려고 노력하고 있고, 그 노력에 더 큰 가치를 부여해야 할 일이다.

한 번의 실수는 병가상사(兵家常事)라고 하지 않던가? 그 한 번의 실수로 평생을 망친다는 것은 너무나도 자기의 인생에 무책임한 것이다.

그 두 사람은 도대체 무슨 마음을 먹고 결혼한 것인가? '우리는 처녀, 총각이다'는 유세를 하는 것이 결혼인가? 누가 누구를 속였단 말인가? 그렇다면 그 신랑도 숫총각이었다는 말인가? 신부는 실수였을지 몰라도 신랑은 상습적일 수도 있었을 것이다. 그런데 상대에 대한 심문을 그렇게 당당히 할 수 있는 일인지 어안이 벙벙할 뿐이다.

이런 말을 하는 나에게 '정신 나가지 않았느냐'고 반문할 사람도 꽤 많으리라. 그러나 사랑은 이해하는 것이 아니라 용서하는 것이다. 서로 사랑을 해서 부부가 되기로 만인 앞에서 맹세했다면 이목이 두려워서라도 그렇게 쉽게 끝낼 수는 없는 일이다.

'숫처녀가 아니기 때문에 너와는 살 수가 없다.'

이런 것이 젊은 남자들의 사고라면, 과연 기성세대의 사고방식을 소리 높여 비판할 자격이 있는 것일까?

중년의 남자들이 때로 상처를 하거나 이혼을 해서 혼자가 되면 재혼을 하게 된다. 이 사람들이 가장 좋아하고 자랑하는 일은, 처녀에게 새장가를 가는 것이란다.

나로서는 이해가 잘 가지 않는 일이다. 신부가 처녀냐, 아니냐가 그렇게 대단한 가치가 있는 것인지…… 처녀 총각이야 하룻밤 잠자리

이전까지이지, 하룻밤만 지나면 이런 명예스럽던(?) 이름은 끝나는 것이 아니던가? 그런 것을 평생을 같이 하면서 동고동락해야 될 아내에 대한 자격기준으로 삼는 것은 예나 지금이나 어처구니없는 일이다.

적어도 부부가 된다는 것은 그런 육체적 개념에 뜻을 두어서는 안 된다. 더 큰 차원으로 뜻을 돌려 더 깊게, 더 넓게 세상을 보며 두 사람의 인생을 갈고 닦아 가정이라는 공동의 작품을 지혜롭게 이루어 가는 데 그 의미를 부여해야 한다. 한 번밖에 사용할 수 없는 보물은 잘 간직해야 한다. 그러나 잃어버린 보물에 노예가 되어 헤어나지 못한다면 더 큰 보물을 잃게 되는 것이다.

9
사랑의 방해꾼, 권태기

한 남자와 한 여자가 만나 서로 사랑을 하고, 서로 필요에 의해서 결혼을 하게 된다. 그러나 결혼을 해서 신혼의 단꿈이 채 가시기도 전에 두 사람에게 권태기가 닥쳐와 감미로운 사랑의 마음을 말려 버리기도 한다. 사랑과 미움은 모두가 관심에서 비롯되며, 상대에 대한 마음의 평가인 것이다. 자기 자신이 주체가 되어 사랑도 일어나고 미움도 싹튼다.

사랑이 미움으로 변하지 않도록 관리하는 것은 상대의 마음이 변하지 않도록 당부하는 것보다, 자기 자신의 마음이 변하지 않도록 조절하는 것이 더 중요한 일이다. 상대는 내 마음대로 할 수 없는 것이지만, 나는 내 마음대로 할 수 있지 않은가?

사랑은 아름답고, 기쁘고, 상쾌한 것이다. 이러한 사랑이 내 곁에 오랫동안 머물도록 하기 위해서 우리는 감정의 주기를 잘 조절해 볼 필요가 있다.

❀

인간의 감정에는 다섯 단계의 주기가 있다.

그 중에서 제일 먼저 오는 것이 '꿈의 시기'이다. 꿈의 시기는 도래하지 않는 미지의 세계에 대한 동경과 기대, 그리고 희망의 시기이다.

학교에 다니며 시험공부라는 지옥에 시달리는 학생에게는 졸업이 가장 큰 기대며 꿈이다.

'졸업만 하면 그 지긋지긋한 시험도 안보고, 어른들처럼 멋도 부릴 수 있고, 좋은 직장에 취직도 하고, 멋진 상대를 만나 데이트도 하고……'

이런 저런 생각이 모두 꿈이고 희망이다.

결혼을 하지 않은 처녀들에게는 결혼 그 자체가 꿈이다. 말만 들어도 가슴이 두근거리고 설레인다. 결혼은 미혼에게는 환희이고, 기쁨이며, 기대인 것이다.

"결혼식을 올릴 때 난 이런 면사포를 써야지. 너무나 멋지고 잘 어울릴 꺼야. 드레스는 어떤 걸 입을까? 내 평생에 단 한 번 뿐인데……"

결혼식 날의 황홀한 자기의 이미지를 그리며 마음이 들떠있는 처녀의 심정, 이것이 꿈이다. 말로는 다 표현할 수 없는 행복과 기대감에 부풀어 상상의 나래를 마음껏 펴 보는 심정, 이것이 꿈의 시기이다.

❀

그러나 아무리 아름답고 황홀하던 그 어떤 꿈도 깨어나 보라. 얼마나 허전하고 씁쓸하던가? 마찬가지로 아직 도래하지 않은 세계를 동경하던 꿈이 현실로 다가왔을 때 그것은 절망, 후회, 원망이 뒤얽혀 서글퍼진다.

어른들은 학생들을 보고 '너희들 때가 제일 좋은 때'라고 한다. 그러나 학생들이 이런 말을 이해할 수 있던가? 결혼을 해서 한참 살아 본 사람들에게는 결혼생활이 그토록 아름다운 꿈일 수만은 없다.

그래서 오는 것이 '환멸의 시기'이다. '환멸의 시기'는 현실로 다가온 모든 문제가 생각하고 기대했던 것과 너무나 차이가 많아 실망하고 후회하는 시기이다.

그렇게 멋지고 남성답게 보이던 그이가 왜 그렇게 초라하고 형편없이 보이는지, 그이가 싫어지고 결혼을 후회하며 회의를 느끼게 된다. 남편에게 문제가 생긴 것이 아니라 아내 자신의 감정에 변화가 일어난 것이다. 이것이 권태기의 시작이다.

권태기는 아내인 여성들에게만 오는 것이 아니다. 남편인 남성에게도 온다. 누구에게 먼저 오느냐 하는 것은 감정의 주기가 어떻게 되어 있느냐에 따라서 달라진다.

자기 감정의 변화에 의해서 일어나는 권태기, 상대가 싫어지고 귀찮고 짜증이 나기 일쑤이다. 짜증은 상대에 의해서 좌우되는 것이 아니라 자신의 내면에서 발생되는 것이다.

'이런 것이 결혼생활인 줄은 미처 몰랐다.'

'내가 어쩌다 이 모양, 이 꼴이 되었는지 몰라.'

갖은 푸념을 다하며 넋두리를 한다. 자신도 괴롭겠지만 다른 사람에게도 결코 아름답게는 보이지는 않는다.

남편과도 서로 으르렁거리고 말다툼이 잦아진다. 서로를 존중하는 마음이 없어지고 무시하고 얕보는 못된 습성이 발작을 일으키는 것이다. 몸도 무겁고 의욕이 떨어지며 매사에 권태를 느끼게 된다.

✤

이 환멸의 시기가 어느 정도 지나가면 좌절이 오고 의욕상실이 되며 타성에 젖어 팔자와 신세 타령을 하는 '불행의 시기'가 온다.

불행의 시기는 온몸에 몸살 기운이 있는 것처럼 괴롭다. 누구하고도 대화하기 귀찮아지고 만사가 싫어진다. 희망이 없고 자신이 불쌍하게 여겨지며 슬퍼지는 것을 느낀다. 권태기가 절정에 이른 것이다.

어떠한 타협과 이해와 대화도 단절한 채 스스로 달팽이처럼 자기 속에 들어앉아 현실도피만을 생각하며 그것이 한 가닥 희망인 양 착각을 하게 된다.

'불행의 시기'에서 생각하는 현실도피, 이것은 다시 '꿈의 시기'로 가고 싶어하는 청신호이다. 자기 자신을 괴로움과 고통에서 벗어나 아름답고 감미로운 쪽으로 바꾸어 보려는 심리이지만, 결혼생활에서 답을 찾지 못하면 이혼을 생각하게 된다. 올바른 자기조절의 묘수가 아닌데도 이 길밖에 없는 것으로 생각하기 쉽다.

'이혼이 차라리 낫겠다. 이렇게 지겹게 살려면…….'

그러나 이혼을 해보라. 이혼하기 전까지는 이혼을 하면 뭐든 어떻게 되겠지 하는 꿈을 꾸며 살고 있지만 막상 이혼을 하고 나면 얼마나 허전하겠는가?

결국은 다시 환멸의 시기로 접어들게 될 것이다. 그래서 불행의 시기에는 현실도피를 생각하지 말고 현실을 극복해 나가는 투지와 의지가 필요한 것이다. 그래야 감정을 다음 단계로 조절할 수 있는 것이다.

❀

불행의 시기의 지독한 권태로움을 스스로 벗어 던지고 심리적 해방감을 맛보는 것, 이것이 '각성의 시기'이다. '각성의 시기'는 처절하고 지겨운 현실에서 도피하는 것이 아니라 극복하는 것이다.

'내가 이래서는 안되지. 이만하면 나는 행복한 거야. 내가 뭐 잘났다고……. 내가 인물이 잘났나, 학벌이 뛰어난가, 가문이 좋은가……. 이만하면 됐지…….'

이렇게 자기를 격려하며, 분수를 깨닫는 것이다.

'사실 내 남편 만한 사람도 드물다.'

스스로 자신의 인간성을 반성하여 미안해하고 자기의 도리를 찾아 행하려는 마음의 결심이다.

자기 자신을 스스로 편안하게 조절하는 것은 물론 상대를 기분 좋게 해주니까, 서로 이해와 타협이 이루어지고 대화가 시작된다. 이것이 권태기의 극복이다.

권태기는 누가 어떻게 해 주어야 극복할 수 있는 것이 아니다. 자신의 마음을 스스로 조절해야 한다. 권태기에 파경을 초래하는 신혼부부들은 스스로를 각성하지 않기 때문에 문제가 되는 것이다.

마음에서 스스로 자라난 독버섯을 누가 제거해 주겠는가? 스스로 제거하지 못하면 독이 퍼져 비극적인 종말을 초래하게 된다. 우리들의 감정에도 독버섯이 있다.

❀

스스로 오만하고 남을 무시하며 건방졌던 자신을 나무라며, 현재의 자신에 만족하려는 심리조절, 즉 '각성의 시기'가 지나면 '완성의 시기'가 온다.

인생의 근본 이치를 깨닫고 세상살이에 지나친 기대를 하지 않으며, 인생은 잔디밭과 같다는 진리를 깨닫게 된다. 인생의 쓴맛과 단맛을 다 보고 도통한 사람처럼 동고동락의 근본 이치를 터득하게 되는 것이다.

'고통을 같이 나눈 사람이 기쁨도 같이 할 수 있다.'

이 당연한 진리를 순간순간 잊어버리고 우리는 동락(同樂)만을 요구하기 일쑤이다. 동락만을 요구하고 기대하는 사람은 대체로 '첩'의 의식구조를 가졌거나 아니면 인생의 참뜻을 깨닫지 못한 사람이다.

동고동락이 인생살이의 기본임을 아는 사람들은 '본처(本妻)'의 의식을 가진 경우이다.

부부가 좋을 때만 같이하고 고통은 같이하지 않겠다면 이 얼마나 모순인가? 남남이 만나서 부부가 되어 공동생활을 해 나가는 가정은 같이 가꾸고 노력하지 않으면 존속할 수가 없다. 어려울 때는 부부가 서로 위로를 하고 같이 거들어서 외로움과 힘겨움을 덜어주는 도리, 이것이 없이 공동생활은 유지되기가 어렵다.

이와 같이 감정은 스스로 움직이며 조절이 되는데 '완성의 시기'에 있을 때 가장 깊이가 있고 품위 있게 느껴진다.

그러나 완성의 시기에 감정이 어긋났다고 해서 거기에 머물러 있는 것은 아니다. 어떤 계기로 인해 '꿈의 시기'로 옮아갔다가 다시 '환멸의 시기', '불행의 시기'로 옮아가고, 더 이상 극복하기 어렵다고 괴로워하다 보면 다시 내면의 힘이 생겨 '각성의 시기'를 맞고 '완성의 시기'에 이르는 것이다.

❀

이러한 감정의 주기는 수시로 변화되기 때문에 기쁨과 괴로움, 사랑과 미움은 항상 교차되기 마련이다.

권태기가 한 번 지나갔다고 해서 다시 오지 않는다고 생각해선 안 된다. 권태기는 수시로 찾아오는 불청객이다. 불청객을 어떻게 잘 대접을 해서 빨리 보내느냐 하는 것이 생활의 지혜이다.

그렇다면 사랑의 방해꾼 불청객이 무엇을 좋아할까?

영화를 좋아하면 영화를 보고, 책을 좋아하면 책을 보자. 훈시를 좋아하면 좋은 말씀을 듣자. 음악을 좋아하면 음악을 듣고, 음식을 좋아하면 맛있는 음식을 먹자. 그리고 분위기를 바꾸기 원하면 분위기를 바꾸어 보자.

불청객인 권태기는 남편이 아니고 내 마음이다. 원하지도 않는데 권태롭고 짜증을 내며 모든 것을 거부하거든 '아! 불청객이 끼여들어 왔구나' 하고 생각하자.

불청객이 찾아오면 몸이 무겁고 만사가 귀찮고 서글퍼진다. 이것이 '환멸의 시기'이다. 환멸의 시기와 불행의 시기를 단축시키고 '꿈의 시기', '각성의 시기', '완성의 시기'가 오래 머물도록 조절을 해야 한다.

불청객이 있으면 남편이 미워지고 보기 싫어진다. 그러나 불청객이 떠나고 나면 다시 남편이 늠름하고 멋지고 근사해 보인다.

사랑과 미움은 자기의 마음에서 싹트기 때문에 마음의 횡포를 그대로 당해야 한다. 마음의 횡포는 다른 사람에 의해서 조절되는 것보다는 자기 자신의 노력으로 막아나가는 것이 가장 효과적이다.

아름다운 마음으로 아름다운 노래를 하며 아름답게 살기를 바라는 것은 누구나의 바램이다.

그러나 처음의 마음처럼 깨끗한 순백의 색깔이 그대로 지속되지는 않다. 우리의 마음은 감정의 주기에 따라 변덕이 심하다. 감정의 주기를 잘 조절하여 환멸과 불행의 시기를 단축시켜 나가면 바람직하고 행복하고 멋있는 인생을 살아가게 되는 것이다.

환멸과 불행의 시기를 단축시키지 못하면 괴로움과 불행 속에서 자신의 인생을 학대하고 팔자 타령만 하며 무가치한 하루하루를 살아갈 수밖에 없다.

아름다운 사랑을 그대로 지속시켜 나가려면 권태기가 불러들이는 마음의 불청객을 빨리 쫓아 버려야 한다.

❀

사랑과 미움은 어차피 교차되는 것이지만 사랑의 길은 폭이 넓고 미움의 길은 폭이 좁았으면 하는 바램이다.

권태기는 일생동안 여러 차례 찾아오는 불청객이지만 가볍게 인사해서 빨리 내보낼 수 있는 생활의 지혜를 감정의 주기에서 찾아보면 좋겠다.

당신의 감정은 지금 어느 주기에 있을까?

10

사랑은 지키기가 더 어렵다

"선생님! 어떻게 하면 남편을 일찍 들어오게 할 수 있을까요?"

"박사님! 남편이 집에 들어오면 통 말을 하지 않아요. 어떻게 하면 좋아요?"

아내들은 나만 보면 물어본다. 그럴 때면 뭐라고 대답을 해야 할지 망설여질 때가 한 두 번이 아니다.

남편이 늦게 들어오는 사람은 남편만 일찍 들어오면 아무런 불만이 없고 고소한 깨가 쏟아질 것 같이 생각하지만, 정작 퇴근만 하면 쏜살같이 집으로 달려오는 남편과 살아도 불만은 있는 모양이다. 이혼율이 높기는 오히려 후자 쪽이니 말이다.

이래도 문제, 저래도 문제, 이래도 타박, 저래도 타박, 세상살이는 흠도 많고 탈도 많다. 그래서 인생은 고해(苦海)라고 하지 않았던가?

언젠가 미국의 신문에 "크리스마스 아빠가 202명 잡혔다"는 기사가 실렸다. 도대체 무슨 말인지 알 수가 없어 내용을 자세히 읽어보았다.

미국에서는 아내가 첫 번째 외박(외도)을 하고 돌아오면 남편이 아내에게 최대의 친절을 베풀고 비위를 맞추려고 노력을 아끼지 않는다고 한다. 하지만 아내가 두 번째 외박을 하고 돌아오면 남편은 우울증에 걸리고, 친절이나 위로의 말도 잊어버린다는 것이다.

아내가 세 번째 외박을 하고 돌아오면 남편은 서서히 마음의 정리를 한다고 하는데, 며칠 지나면 법원에서 소환장이 날아오고, 아내가 신청한 이혼 사유에는 "남편은 내 남자친구보다 덜 친절하기 때문에 이혼을 하겠다"는 내용이 적혀있다고 한다.

법정은 아내의 이러한 이혼 사유를 인정하여 판결을 내려주고, 남편의 재산은 아내에게 위자료로 지급되고, 자녀의 양육권은 아내가 가지지만 양육비는 남편이 부담하여 매달 남편 월급의 60%가 차압을 당한다. 한 마디로 이혼한 남편은 알거지가 되고, 아이들까지 빼앗겨 단단히 인생의 쓴맛을 보게 되는 것이다.

결국 이혼한 남편은 생활을 할 수가 없어서 몰래 다른 주로 도망을 가서 살게 되는데, 그럭저럭 직장도 얻고 열심히 일을 해서 어느 정도 심리적 물질적으로 회복기에 이르게 된다.

그러면 아이들이 보고싶어 견딜 수가 없어서 참다 참다못해 크리스마스를 틈타 아이들을 보러 예전에 살던 주로 몰래 숨어들어 가는데,

이혼한 전 남편의 심정을 알아챈 아내가 미리 신고를 하여 잡는다는 것이다.

이렇게 크리스마스 때 아이들을 보러 몰래 숨어들어왔다가 잡히는 아빠가 200여 명이라니, 세상은 참으로 요지경 속이다.

우리들의 상식으로는 도저히 생각할 수도 없는 일이 아닌가? 이것이 여성천국이라는 미국의 실상이다.

멀쩡한 남편에게도 '불친절'이 아니라 '덜 친절하다'는 이유로 이혼이 가능하고, 이혼만 하면 남편은 못살게 되고 아내는 불이익을 당하지 않는 것, 이것은 진정한 남녀평등이 아니다. 아무리 내가 여자라도 입맛이 쓸 뿐이다.

누구든지 사랑하기 때문에 결혼한 것이다. 그런데 어떻게 그토록 쉽게 사랑을 마무리지을 수 있단 말인가?

이 땅의 남편들이여! 하늘에 감사하며, 착실하고 순진한 당신의 착한 아내들에게 감사하며 살아야 한다.

이래도 참고, 저래도 견디어내는 이 땅의 착한 아내들, 나는 이런 아내들에게 구태여 고맙다는 말을 하고 싶지는 않다. 이 나라의 아내들은 서로의 책임을 다하는 것이 사랑이라는 것을 알고, 사람의 기본 도리를 다 하는 것 뿐이니까.

❋

언젠가 친구가 행복에 겨운 말을 한 것이 생각난다.

"난 그이와 결혼만 할 수 있다면 두메 산골에 들어가 논밭을 갈고, 벌떼 윙윙거리는 숲 속에서 오두막을 짓고 살아도 행복할 것 같았거든. 그런데 지금, 대도시에 집도 있고 남편의 직장도 좋고 아이 둘 낳아서 교육시키며 잘 살고 있는데, 때로 불평불만을 늘어놓고 못마땅해한단 말이야. 욕심은 한도 끝도 없나봐."

사랑을 시작하기는 쉽다. 그러나 사랑을 지속하기란 그리 쉬운 일이 아니다. 그래서 사랑은 더욱 소중하게 가꾸어야 하는 것이 아닐까?

현실과 타협을 하랴, 한없는 욕심을 쫓으랴, 요즈음의 사랑이란 바로 이런 것이다. 이런 사랑은 환상에서 시작되겠지만 종말은 냉혹하고 무섭게 끝이 난다. 자기중심적으로 상황을 판단하고 처리하는 사람은 결국 남을 괴롭고 불편하게 만들며, 자신도 한계를 느껴 불행과 허무를 자초하게 되는 것이다.

사랑을 핑계로 우리는 얼마나 많은 죄를 짓고 있는가? 늦게 들어오면 늦게 들어오는 대로 사랑을 하고, 말이 없으면 말이 없는 대로 사랑을 할 수는 없을까?

내 입맛에 꼭 맞게 뜯어 고쳐, 그를 통제하고 그를 교정하고 그를 소유해야만 직성이 풀린다면, 그 사랑의 종말은 상처와 아픔, 허무와 슬픔 뿐일 것이다.

부부의 사랑은 뜯어고치는 것이 아니라 있는 그대로를 인정하는 것이며, 내 것으로 만드는 것이 아니라 제자리에 두고 가꾸며 두 사람의 소망을 같이 이루어 가는 자세에서 자라나는 것이다.

어떤 고난과 역경도 같이 견디고 이기면 그 기쁨, 그 만족, 그 보람을 어디에 비길 수 있겠는가? 이것이 바로 사랑의 결실인 것이다.

❀

우리는 사랑학자가 아니다. 또 그렇게 되기를 원하는 이론가도 아니다. 다만 사랑에 대한 일반적인 믿음을 실천하는 '사랑의 실천가'가 되면 그만이다. 진정한 사랑의 실천가가 되어 사랑의 결실을 얻도록 노력해 보자.

11
행복과 불행이라는 이름의 두 자매

　사람의 마음속에 일고 있는 욕망의 물결은 가라앉을 날이 없다. 이 것을 가지면 저것을 얻고 싶고, 저것을 얻으면 다음 것을 또 탐낸다. 그래서 끊임없이 고군분투하는 것이 우리들의 인생이 아니던가?

　사람은 꿈을 먹고 사는 동물이다. 자기의 꿈이 실현되면 성공자가 되고, 꿈을 이루지 못하면 실패자가 된다.

　그렇다면 우리는 어떤 꿈을 가지고 결혼하여 가정을 이루었는가? 또 그 꿈은 얼마나 실현이 되었는가?

　꿈이 어느 정도 이루어지면 "아! 이제 내가 원하던 바를 이루었구나, 난 이제 성공한 거야" 하고 만족하며 행복해하지만, 꿈을 이루지 못하 면 불만과 갈등 속에서 불행을 만들며 살아가게 된다.

　그러나 한 가지 꿈이 이루어졌다고 성공적인 생활을 하고 있다고 말 하는 사람은 없다. 왜냐하면 한 가지를 이루면 다음 목표를 세우고 또 도전하며 살기 때문이다.

우리는 결혼을 해서 가정을 이룰 때 아주 작고 순수하고 아름다운 꿈을 안고 시작하였다.

'사랑하며 오손도손 행복하게 살아야지.'

이 작은 꿈을 이루기 위해 온 가족이 얼마나 노력을 하며 살아왔으며, 그 꿈은 지금 얼마만큼 이루었는가?

이런 소박한 꿈을 꾸며 결혼하였음에도 불구하고, 많은 사람들은 꿈을 잃어버리고 되는대로 살아가기 십상이다. 우리가 가정생활을 성공적으로 하기 위해서는 결혼 당시에 세웠던 목표를 다시 확인해 볼 필요가 있다.

※

부부는 공동의 목표인 그들의 꿈을 이루기 위해 노력하는 파트너이다. 우리가 가정생활을 실패하는 이유는 서로 상대에게 꿈을 이루어 달라고 요구하는 데서부터 시작된다.

서로 같이 노력하다가 한 사람이 지치면 위로하고 격려해 주고 협동하면서 살아야 하는데, 요즈음 부부들은 협동의 개념을 깨끗이 잊어버린 채 살아가고 있다.

부부란 무엇인가? 남녀가 한 쌍이 되어 서로 협력하며 사는 것이다. 그래서 영어에서는 커플(Couple)이라고도 하지 않는가? 커플은 명사로는 '한 쌍'이지만, 동사로는 '협력한다'는 뜻이다.

그런데도 서로의 아픔과 고통을 덜어주고 격려하며 위로하기보다는 오히려 무시하고, 상처를 내고, 추궁하고 심지어는 서로를 버리기까지 하는 어리석은 삶을 살아가는 사람들도 있다.

지치면 쉬고 싶고, 위로를 받고 싶고, 대접받고 싶은 서로의 요구를 무시한 채, 자신의 요구가 관철되지 못한 것에 대한 불만만 키우는 것이다. 이렇게 자기 자신의 분수도 모르고 일명 공주병이나 왕자병에 걸려서 대접만 받기를 원한다면 사랑은 멀리멀리 도망쳐 다시는 나타나지 않고 꼬리를 감추고 말 것이다.

사랑하며 행복하게 살기 위해서는 자기 자신이 해야할 일을 찾아 할 수 있는 일에는 최선을 다하는 정열과 함께 할 수 없는 일에 미안해할 줄 아는 겸허함을 잃지 않아야 한다. 사랑과 행복은 자기 자신의 마음 속에 있으니까.

❋

매서운 바람이 문풍지를 떨며 지척을 분간할 수 없이 눈보라가 치는 밤이었다. 주인은 따뜻한 차 한 잔과 함께 음악을 들으며 차가운 겨울 밤을 따뜻하고 편안하게 보내고 있었다.

그때 밖에서 문을 두드리는 소리가 들렸다. 누군가 하고 문을 열어보니, 웬 여인이 눈을 흠뻑 뒤집어쓴 채 덜덜 떨고 있는 것이 아닌가?

그 여인은 하룻밤만 쉬고 가게 해 달라고 간청을 했다.

주인은 처지가 딱하다고 생각이 되어 수락을 하였다. 그런데 이게 웬일인가? 그녀는 마치 선녀인 듯이, 그렇게 아름다울 수가 없었다.

"내가 착한 일을 하니까 하늘이 복을 내려 주었구나. 저렇게 어여쁜 여인을 보내 주시다니……."

주인이 아름다운 여인과 함께 잠시 행복감에 젖어 있는데, 밖에서 또 문을 두드리며 주인을 찾는 소리가 났다. 문을 열어보니 또 한 여인이 벌벌 떨면서 하룻밤 신세를 지자는 것이었다.

"오늘밤은 웬 일로 밤길을 다니는 여인들이 이렇게 많담. 어쨌든 추우니까 들어오시오."

주인은 나그네를 안으로 들어오게 하고는 따뜻한 차 한 잔을 권하려고 쳐다보았다. 그런데 이건 또 무슨 일인가? 이 여인은 혐오스럽고 못생긴 얼굴을 가지고 있었다.

주인은 들어오라고 말한 것이 후회되고, 잠시도 같이 있기가 싫었다. 그래서 주인은 이 여인에게 미안하지만 다른 곳으로 가달라고 하였다.

그때 먼저 들어온 어여쁜 여인이 말했다.

"나는 행복이고 저 애는 불행이라는 이름을 가진 자매입니다. 우리는 잠시도 떨어질 수가 없답니다. 함께 쉬고 가게 해 주십시오."

❀

주인은 잠시 고개를 숙이고 깊이 생각해 보았다.

'저들이 잠시도 떨어질 수 없는 자매라면, 아까 내가 느꼈던 순간적

인 행복감 뒤에는 분명히 불행이 기다리고 있다는 말이구나. 불행을 동반한 행복이 무슨 의미가 있겠는가?'

여기까지 생각한 그는 두 자매에게 당장 나가달라고 정중하게 부탁을 하였다.

이 예화는 우리에게 시사하는 바가 대단히 크다. 누구도 영원한 행복을 가져다주지는 못한다는 것이다. 누군가에 의해서 행복이 주어지기를 바란다면 그 뒤에는 반드시 불행이 바짝 붙어오게 된다는 것이다.

행복하고 성공적인 가정생활은 온 가족이 마음의 평화를 얻고, 신체적인 건강과 아울러 하는 일이 잘 되어, 감사하며 살아가는 삶이 아니겠는가?

이런 생활은 온 가족이 자기의 몫을 다할 때 비로소 이루어지는 것이다. 사랑하며 행복하게 살고 싶다는 그 꿈, 그 소망, 그 목표는 자기의 몫을 다 하는 사람만이 이룰 수 있는 소박하고 순수한 축복이다.

당신은 지금 성공적인 가정생활을 하고 있는가?

12

홀어머니와 공처가의 아내

내 방에 날아든 파리 한 마리가 유난히 윙윙거리며 활기차게 돌아다 닌다. 초대받은 적도 없는 제 놈이야 내 방에 날아든 기분이 대단히 좋 겠지만, 나는 파리에게 신경이 쓰여 무척 괴롭다. 어디 한 구석에 가만 히라도 있으면 못 본 척 하겠는데 주제파악도 못하고 설치는 꼴이란 참으로 가관이다.

'절에 가서도 눈치가 빨라야 새우젓 국물을 얻어먹는다'는 말이 있 지 않던가?

남의 방에 들어왔으면 눈치라도 있어야지, 제 세상을 만난 듯이 시 끄럽고 귀찮게 구니 명(命)이 오래가지는 못할 것이다. 드디어 파리와 나의 전투가 시작되었고 끝내 나는 승리의 쾌감을 맛보게 되었다.

내 방에 침투했던 파리의 일생은 이렇게 끝났고, 나는 조지 윈스턴 의 앨범 '겨울에서 봄까지'를 들으며 편하게 누워 이런 생각을 했다.

'아까 그 파리는 혼자 설치다 파리목숨이 되어 가 버렸구나. 그 녀석도 어디서 짝이라도 하나 만들어 같이 들어왔더라면 좀 더 오래 살 수 있었을지 모를텐데. 둘이 앉아 이야기도 하고, 사랑도 하고, 싸우기도 하고, 그쪽으로 가면 위험하다고 정보를 주기도 하며……. 그러는 동안 내게 방해는 덜 되었을 터이고, 귀찮게 굴지 않는 파리를 일부러 쫓아다니며 때려 죽여야 할 이유는 없었을 것 아닌가? 저는 저고 나는 나로서 존재할 수도 있었던 것을.'

❋

파리와 전투를 끝내고 나니 친구의 얼굴이 떠오른다. 사람은 오복(五福)이 다 갖추어지면 죽는다고 했던가?

학교 다닐 때는 공부도 잘 했고, 혼자되신 어머니를 도와 살림을 잘하던 마음씨 고운 친구. 더욱이 여성스런 섬세함과 따뜻한 잔정이 누구보다 많았던 친구였다.

일류대학을 나온 엘리트를 만나 결혼을 했고, 남편의 내조를 위해 열심히 뛰어 다녔다. 그후 나는 그 친구를 한 번도 만나지 못하였는데, 나중에 가슴 아픈 소식이 전해져 왔다.

친구에게는 친정과 시댁에 각각 홀어머니 한 분씩 생존해 계셨는데, 시어머니와의 마찰이 심해 정신에 이상이 생겼고, 마침내 병원 신세를 지게 되었다는 것이다.

모든 것에 일방적인 평가를 한다는 것은 큰 죄를 짓는 것이어서 함부로 말할 수는 없는 일이다.

그러나 나는 여기서 객관적인 홀어머니들의 이야기를 해보고자 한다. 부부가 같이 산다는 것은 서로 협조하고 이해하며 화합하기 위해 어떤 면에서든 지나치지 않도록 절충을 하며 사는데 그 의미가 있다.

집안에서 너무 크게 웃으면 어려서는 부모님이 그러면 못쓴다고 나무라셨고, 결혼하면 남편이 지적을 해 주었다. 그런 지적을 받을 때는 기분이 나쁘고 짜증이 나지만 같이 살기 위해서는 적당한 규제는 분명 필요하다.

지나치게 눈치를 보고 살면 창의력이 상실되고, 기가 죽어 생활하면 신바람이 없어져 신선하고 의욕적인 인생을 살 수가 없다. 그러나 적당한 규제와 눈치는 도를 지나치는 누를 범하지 않게 하는 도리요 예의라고도 볼 수 있다.

직장에서 상사가 없으면 아랫사람들이 제멋대로 하려든다. 그러나 상사가 있으면 눈치를 보고 예의를 갖추고 말 한 마디라도 조심하게 된다.

짝을 잃고 혼자 사는 사람들은 어떻던가? 혼자 사는 어른들에게는 누구도 지나친 점, 그릇된 점을 지적하고 일깨워 줄 사람이 없어 지나침을 초래할 때가 있다.

만약 아들이 "어머니, 그게 아닙니다. 이렇게 된 거지요" 하고 자초지종을 설명하고 바로잡아 드리면 수용하는 어머니가 극히 적다.

"이놈아, 내가 누구보고 고생하면서 살았는데, 네 놈마저 에미가 못

마땅해서 그러느냐. 어이구! 원통해서 못 살겠네……."

이렇게 행악(行惡)을 하며 아들을 포로로 만들려고 한다. 따라서 홀어머니의 횡포는 그 누구도 그릇됨을 지적할 수 없는 성역이 되기 쉽다.

아들이 결혼을 하기 전에는 혼자된 어머니의 문제점이나 횡포에 아들이 중재를 할 수 있지만, 일단 아들이 결혼을 하고 나면 심각하다.

어머니가 어떤 지나친 언행을 하여도 그것을 지적하거나 고치도록 분별력을 일깨워 줄 사람이 없다.

자세한 내막을 모르는 주변 사람들은 어머니의 넋두리만을 듣고 '불효자식'이라는 낙인을 찍어 버리기 쉽다. 그래서 자식들은 아버님이라도 계셨으면 얼마나 좋을까 하고 생각하게 된다.

※

혼자된 어머니만 그런 것은 아니다. 남편이 숙맥처럼 착해서 아내의 말이라면 꼼짝 못하는 공처가와 사는 여자도 마찬가지다.

제멋대로 하여도 누구 하나 야단을 칠 사람이 없는 여자는 기고만장해지기 쉽다.

참으로 딱한 일이다. 요즘의 여성들에게는 이러한 경우가 더 많다.

하루종일 화투를 치러 몰려다녀도 남편에게 당당한 여자들, 하는 일 없이 돌아다니면서 자식들 밥도 제대로 챙겨주지 않고 큰 소리만 치는 엄마, 이런 사람들이 자꾸 늘어나면 밝은 가정은 존재하기 어렵다.

사람이 같이 산다는 의미는 참으로 다양하다. 외로움을 덜기 위해서, 서로 협조하며 살기 위해서 등. 그 밖에도 많은 이유가 존재하지만, 그 중에서도 잊기 쉽고 실천하기 어려운 것은 스스로의 책임과 역할을 다하는 지나치지 않는 삶의 자세를 갖기 위해서이다.

정신이 이상해졌다는 친구를 생각하며 이런 생각을 했지만, 이것은 어디까지나 지금의 홀부모님들에 대한 규탄이 아니다. 다만 우리들의 장래에 대한 '삶의 자세'를 바로잡고 조절하기 위해서 조명을 해 본 것일 뿐이다.

적당한 긴장, 적당한 규제는 사람의 생활을 질서 있고 아름답게 가꾸어 준다.

제3장

사랑

13

사랑이란…

　어느 부부가 일곱 살이 된 아들과 다섯 살이 된 딸과 함께 다복하게 살고 있었다. 어느 날 아버지가 남매를 데리고 등산을 가던 중 교통사고가 났다.

　아들이 심하게 다쳐 중태에 빠졌다. 병원의 응급실에서 아들을 수술하게 되었는데 피가 모자랐다. 혈액형을 조사해 보니 아들과 같은 피는 딸밖에 없었다. 그래서 급한 아버지가 어린 딸에게 조용히 말했다.

　"지금, 네 오빠가 피가 부족해서 죽게 생겼으니, 네 피를 좀 주겠느냐?"

　어린 딸은 가만히 생각하다가 고개를 끄덕였다. 그 피로 아들은 수술을 했고, 의사가 성공했다고 하면서 나왔다. 아버지는 기뻐서 침대에 누워있는 딸에게 다가가서 말했다.

　"네가 피를 주어서, 오빠가 살아나게 되었다."

그러자 어린 딸이 물었다.

"아빠, 저도 기뻐요. 그런데 나는 언제 죽나요?"

딸의 말에 아버지가 깜짝 놀라서 말했다.

"네가 왜 죽냐?"

"그럼, 피를 뽑아도 죽지 않나요?"

그때 아버지는 숙연해 가지고 물었다.

"그래, 너는 네가 죽을 줄 알면서 오빠에게 피를 주었느냐?"

그러자 딸이 대답을 했다.

"네, 저는 오빠를 사랑하거든요."

이 얼마나 갸륵한 마음이며, 희생적인 형제애인가? 사랑의 힘은 이 토록 아름답고 깨끗하고 숭고한데 그 가치가 있는 법이다.

❀

동경 올림픽 준비가 한창이던 1960년대 초, 일본에서 있었던 실화이다. 올림픽 경기장을 새로 만들기 위해서 지은 지 3년밖에 안된 집을 헐게 되었다.

그런데 인부들이 지붕을 걷어내는 도중에 꼬리 부분에 못이 박혀 꼼짝도 하지 못하는 도마뱀 한 마리를 발견했다. 눈만 깜박깜박 하면서 눈치를 살피고 있는 도마뱀. 인부들은 너무도 기이한 일이라고 생각하여 집주인에게 언제 못질을 한 적이 있느냐고 물었다.

그러자 3년 전 집을 지을 때밖에 못을 박은 일이 없다는 주인의 말에, 사람들은 잠시 일손을 멈추고 멀리 떨어져 도마뱀을 주의 깊게 관찰해 보았다.

아니나 다를까? 또 다른 도마뱀 한 마리가 살금살금 사람의 눈을 피해 다가오더니, 꼼짝도 못하고 못에 박혀 있는 불쌍한 도마뱀에게 먹이를 물어다 주는 것이었다.

이 얼마나 놀라운 장면인가? 하루 이틀도 아니고 3년이란 세월을 눈이 오나, 비가 오나, 바람이 부나, 뙤약볕이 내리쬐나, 하루에도 몇 번씩 먹이를 물어다 먹였으리라고 생각하니 갸륵하기 이를 데 없다.

미물의 파충류에 지나지 않는 도마뱀, 하찮게 보았던 도마뱀에게도 신의와 사랑이 있었던가? 눈물겨운 도마뱀의 헌신적인 사랑이야기, 우리는 여기에서 무엇인가를 느끼게 된다.

그들 사이가 부부일 수도 있고, 형제일 수도 있다. 친구, 또는 부모와 자식 사이일 수도 있고 그저 평범하게 아는 사이일 수도 있다.

부부 사이라면 얼마나 애절한 사랑인가? 형제 사이라면 얼마나 두터운 우애인가? 부모와 자식 사이라면 그 사정이 얼마나 절실한가? 그리고 친구 사이라면 얼마나 믿음직스러운 우정일까? 남남으로 그저 아는 사이라면 얼마나 고마운 일이란 말인가?

❋

자기 자신만 호사하고 대접을 받으면 그만이지 상대를 위한 사랑은 바보스런 짓이라고 비웃는 사회이다. 사람들은 이제 아름다운 사랑이란 영화나 소설책에서나 볼 수 있는 것이라고들 한다.

친구를 배신하고, 이웃을 고발하고, 자식이 부모를 죽이고, 부모가 자식을 범하고, 남편이 아내를, 아내가 남편을 불신하고 무시하고 폭행하고 그러다가 서로 이혼하고, 자식을 서로 맡지 않겠다고 내동댕이쳐 세상에 홀로 버려진 채 살아가야 되는 소년 소녀 가장이 생기고……. 실로 서글픈 세상이 되어 간다.

애정이든 우정이든 '정(情)'이란 고귀한 것이다. 정 때문에 억울함도 고통스러움도 슬픔도 참아내며 견디어야 할 때가 얼마나 많은가? 그런 값지고 고귀한 정이 왜 점점 메말라 가고 있는지 안타깝기만 하다.

자기가 죽는 줄 알면서도 사랑하는 오빠를 살리기 위해 피를 주고 언제 죽을 것인가를 기다리는 어린 여동생의 형제애는 말할 수 없이 숭고한 사랑이다.

또 지붕 꼭대기에서 헤어날 수 없는 운명 속에 죽어가야 했던 도마뱀은 유별난 친구 도마뱀의 정 때문에 3년을 살아왔다. 경기장을 세우기 위해 그 집을 헐지 않았더라면 한 마리의 도마뱀은 평생 도움을 받으며 먹이를 조달 받고 살았을 것이다. 또 다른 도마뱀은 평생을 벌어다 먹이며 헌신적인 삶을 살 수밖에 없는 운명이었다.

그러나 하느님도 이 아름다운 도마뱀의 갸륵한 사랑에 감동이 되셨던 모양이다. 도마뱀은 치료를 받아 정상적으로 살아 갈 수 있게 되었고, 그들의 사연은 사람들 사이에 널리 알려져 아름다운 이야기로 꽃을 피우고 있다.

누구든, 지금부터 새로운 각오로 사랑을 시작하자.

어떠한 어려움과 난처한 일이 사랑의 길을 방해하더라도 꿋꿋이 견디고 헤쳐나가는 인내를 배워야겠다.

우리들도 아름다운 사랑의 신화를 만들며 살아가도록 노력하자. 많은 사람들이 배울 수 있는 사랑의 이야기를 남길 수 있도록.

❈

어느 마을에 이름난 아들 두 명이 있었다. 한 명은 굉장한 부자였고, 한 명은 몹시 가난했다.

부자는 어머니에게 물질적으로 풍요롭게 해 드렸다. 패물에서 옷가지에 이르기까지, 참으로 화려하고 멋지게 많은 사람들이 부러워 할 정도로 호강을 시켜드렸다. 동네 어른들을 모셔다가 잔치도 베풀고 효도여행도 자주 보내드리니, 사람들은 모두 이 어머니를 부러워하며 세상에 없는 효자 났다고 이구동성으로 칭찬을 해댔다.

그러나 그 부자의 어머니는 조금도 행복해 보이지 않았다. 있는 돈을 가지고 베풀어주는 아들이 당연하게만 느껴질 뿐이었다.

가난한 아들은 돈도 없고 생활이 궁핍하여 노동을 해서 살림을 꾸려나가고 있었다. 그는 하루의 일을 끝내고 집에 돌아오면 툇마루에 걸터앉아 큰 소리로 어머니를 불러댔다.

"어머니, 어머니! 저 왔어요. 어머니, 제 발 좀 닦아주세요. 냄새가 풀풀 나서 견딜 수가 없어요."

아들의 목소리를 들은 어머니는 기다렸다는 듯이 대야에 물을 담아 들고 나온다.

"그래 간다. 조금만 기다려라. 힘들었지? 쯔쯔……."

늙은 어머니는 툇마루 아래 쭈그리고 앉아 아들의 발을 대야에 담아 뽀독뽀독 씻기 시작한다.

동네 사람들은 가난한 노동자 아들을 '세상에 둘도 없는 불효자'라고 비난을 했다.

"아들이 어머니의 발을 닦아드려도 시원치 않을텐데, 멀쩡한 놈이 늙으신 어머니에게 발을 씻게 해? 돼먹지 못한 녀석!"

이런 식으로 욕을 하곤 했다. 그러나 그의 어머니는 항상 만족해했고, 얼굴은 항상 흐뭇함과 푸근함이 배어 있었다. 그 어머니는 아들의 발을 씻기면서 아들을 어렸을 때 목욕시키던 회상에 잠기곤 했던 것이다.

"손가락 두 개 반밖에 안되던 그 작던 발이 이젠 이렇게 장정의 발이 되었구나……."

아들의 장성을 대견스럽게 생각하는 어머니의 두 눈에서는 눈물이 후두둑 떨어져 아들의 발등을 적시곤 했다.

과연 누가 진정한 효자이며, 누가 불효자란 말인가?

❀

세상 사람들의 눈에 효자의 구분이 잘 안 될지도 모른다. 그러나 어머니에게는 누가 진정한 효자인지를 가려내는 혜안이 있는 법이다. 사랑을 하고 사랑을 받는 법이 사람에 따라서 다 다르겠지만, 요즘은 돈으로 모든 것을 해결하려고 한다.

돈이 사람을 순간적으로 즐겁고 기쁘게 해 줄 수 있다는 것은 누구도 부인할 수가 없지만, 가슴 속 깊은 내면의 풍성한 만족과 흐뭇함에는 미칠 수 없는 것이다. 그래서 가지면 가질수록 공허한 것이 물질이 아니던가?

요즈음 세상은 효도도 사랑도 돈이 없으면 불가능한 것으로 여기고 있다. 그러나 나이 먹은 장성한 아들의 발을 마음놓고 만져 볼 수 있는 사람이 몇 명이나 되겠는가? 어머니에게 돈은 드릴 수는 있어도 발을 씻어 달라고 내놓는 아들이 몇이나 되겠는가?

어머니의 발을 씻어 드리는 것만 효도가 아니고, 어머니에게 발을 씻어 달라고 떼를 쓰는 것도 효도인 것을 우리는 잘 모르고 있다. 부부간의 사랑도 가슴으로 느끼게 하는 것이 중요하다. 두 손만 잡고 있어도 이심전심으로 느껴지는 사랑이 참사랑이다.

결혼 기념일에 한아름 안고 들어오는 선물의 화폐가치가 사랑의 정도를 측정해 줄 수는 없다. 사랑이란 서로를 편하게 해주면 그만이지 그 이상이 없는 것이다.

여행을 같이 가주는 것만이 사랑이 아니고, 고급 레스토랑에서 식사를 대접하는 것만이 사랑이 아니다. 비싼 선물이나 풍요로운 생활만이 사랑의 실천이고 행복의 표현은 아니다.

사랑은 물질이 아니고, 서로 존중하고 서로에게 겸허하며 용서하고 책임을 지며 베푸는 것이다. 결국 사랑은 자기와의 약속인 것이다. 사랑하기로 한 약속을 지키려는 의지가 흐트러지면 사랑은 무순처럼 자라나는 욕심에 짓눌려 일그러지고 만다.

누가 뭐라든 사랑은 세인들의 입담에 놀아나거나 퇴색되어선 안 된다. 사랑하고 사랑을 받는 마음은 주관적인 것이고, 그것이 순수할 때 가치를 지니는 것이다.

당신은 사랑하는 마음을 얼마나 갖고 있으며, 또 그 사랑을 어떻게 표현하고 싶은가? 사랑은 숭고한 것이며 표현하는데 더욱 의의가 있다.

14
사랑의 힘으로 만든 인간 작품들

　사람은 사랑을 먹고 자라는 꿈나무와 같다. 사랑은 훌륭한 거름이 되어 이름 없는 사람을 유명한 사람으로 길러내는 힘이 있다.

　사랑은 사람을 키우는 무한한 힘을 갖고 있어, 위인이나 성공한 사람 뒤에는 반드시 어머니의 사랑, 아내의 사랑이 밑거름이 되었던 것을 볼 수 있다. 그래서 '사랑은 희생이다'라고 말하지 않던가!

　나폴리의 어느 공장에서 기계공으로 일을 하던 한 소년이 있었다. 그의 꿈은 성악가가 되는 것이었다. 어머니는 아들의 꿈을 키워주고 싶었으나 그러기에는 생활이 너무 가난했다.

　그래도 희망을 잃지 않고 노력한 어머니는 소년이 열 살이 되던 해에 유명한 선생님께 데려가 성악레슨을 받게 했다. 그의 노래를 들어본 선생님은 꿈을 산산조각 내는 혹평을 하는 것이 아닌가?

　"너는 가수가 될 수 없어. 너는 좋은 목소리를 타고나지 못했거든.

네 목소리는 마치 덧문을 떠는 바람소리 같단 말이야."

그러나 그 소년의 어머니는 아들의 재능에 대한 깊은 통찰력을 갖고 있었다. 그녀는 아들이 노래에 재능이 있다고 굳게 믿었지만, 너무도 가난해서 성악공부를 제대로 시킬 수 없는 것이 안타까웠다.

"아들아! 실망하지 말아라. 나는 네가 성악공부를 하여 훌륭한 성악가가 될 수 있도록 어떠한 희생도 감수하겠다. 열심히 노력하여라."

마침내 어머니의 뜨거운 격려와 헌신적인 희생은 그 소년을 세계적인 성악가로 만들었다. 그가 바로 유명한 앙리코 카루소이다.

그는 벨칸토 창법으로 세계에 이름을 떨친 테너가수가 되어 수많은 오페라에서 열창을 하였다. 어머니의 사랑으로 만든 훌륭한 인간작품이 된 것이다.

❀

어디 그뿐인가? 자식을 위해서라면 자기의 목숨까지도 내놓는 사랑이 모성애이다.

혹한이 몰아치는 어느 겨울날, 한 젊은 어머니가 사우스 웨일즈의 구릉지대를 가로질러 가고 있었다. 품안에는 어린 아기를 안고 있었는데, 앞을 분간할 수 없는 눈보라가 휘몰아치기 시작했다.

눈보라 속을 헤매던 그녀는 결국 눈에 덮여 얼어죽고 말았다. 그녀의 시체는 탐색단에 의해 발견되었는데, 그녀는 죽기 전에 겉옷을 모두 벗어서 아기를 감싸놓다. 놀랍게도 그 눈보라 속에서 아기는 살아 있었다.

아기를 위해 자신의 생명을 버린 거룩한 모성애가 아기의 생명을 구한 것이다. 그 아기의 이름은 데이비드 로이드 죠지. 그는 어른이 되어 영국의 수상이 되었고, 영국의 가장 위대한 정치가 중 한 사람이 되었다.

세상에서 가장 큰 힘은 어머니의 사랑, 모성애이다.

에디슨의 어머니가 그랬고, 한석봉의 어머니, 율곡의 어머니가 그랬고, 맹자의 어머니가 그랬다, 자식 하나를 위해서 자신을 돌볼 겨를도 없이 수많은 희생을 숙명처럼 감수해 왔던 모든 어머니들의 사랑 앞에서 지금 우리는 무엇을 생각해야 할까?

생활고에 시달리는 부모가 자식을 버리고 행방불명이 된다거나 자식이 부모를 가해하는 일도 빈번히 생기고 있다.

'어머니의 사랑은 하늘보다 높고 바다보다 깊다'고 노래하지 않았던가! 돈이면 모든 것이 해결된다는 단순 논리가 천륜을 흔들고 있어 슬프다. 모성애가 영원하다면 자식이 어버이를 공경하는 마음도 퇴색하지 않을 것을 믿는다.

❊

자동차의 왕 헨리 포드 역시 아내의 사랑으로 자라난 꿈나무이다. 말이 필요 없이 달리는 마차 즉 자동차를 만들겠다고 알량한 재산을 다 쓸어 넣고 빚을 내어 실험을 했지만 실패하고 말았다. 거듭되는 실패 속에 절망한 그는 용기를 잃고 좌절했다.

그러나 그의 아내는 "이 세상 끝까지 어디라도 당신만을 믿고 따르겠다"고 그를 위로하고 격려하였다. 핀잔과 무시가 아닌 신뢰와 기대를 준 아내의 사랑은 큰 힘이 되어, 결국 헨리 포드는 세계의 자동차왕으로 성공적인 삶을 이루었으며, 세상에 많은 기여를 했던 것이다.

❀

세계적인 오페라의 여왕 마리아 칼라스는 그의 남편 죠반니 메네기니의 인간작품이었다.

코끼리 같이 모양새 없는 몸매로 삼류극장에서 노래를 부르고 있던 그녀를 본 사업가 죠반니는 그녀의 가능성을 발견하고 프로포즈를 하여 결혼을 한다. 그 후 남편 죠반니는 사업도 팽개치고 아내 마리아의 재능을 갈고 닦고 계발하는데 공을 들였다.

미용체조로 몸매를 다듬게 했으며, 최고의 디자이너에게 의상을 부탁했고, 최고의 선생님께 성악공부를 하도록 하였다. 남편은 세공이 잘된 보석으로 아내 마리아를 치장을 하고, 세계 최고의 무대에 세워 최고의 가수를 탄생시킨 것이다.

사람 인(人)자에서 보듯이 사람은 누군가의 힘이 필요하다. 그 중에서도 사랑의 힘만큼 큰 힘은 없다.

❀

일본의 세계적인 오토바이 메이커인 혼다기연(本田技研)은 1947년에 자전거를 만드는 회사로 출발하여, 오토바이는 물론 자동차까지 생산하는 세계 굴지의 회사로 성장하였다. 이 회사가 이렇게 크게 된 데에는 재미있는 에피소드가 하나 있다.

어느 날 혼다 사장은 자기의 부인이 땀을 뻘뻘 흘리며 자전거를 끌고 고개를 넘어 집으로 오는 것을 목격했다.

'어떻게 하면 내가 사랑하는 아내에게 힘 안들이고 자전거로 고개를 넘게 해줄 수가 있을까?'

그리고 나서 이 궁리 저 궁리 며칠 동안 골몰하다가 한가지 아이디어가 떠올랐다.

'아내의 자전거에 작은 모터를 달아주면 고개를 힘 안들이고 쉽게 넘을 수 있지 않을까?'

그래서 혼다 사장은 바로 그 날 저녁부터 모터를 단 자전거의 설계를 하기 시작했다. 여러 날 동안 많은 연구를 하고 실패에 실패를 거듭한 끝에, 마침내 작은 모터를 단 자전거를 개발해 내었다.

새로 만든 자전거를 시운전하기 위해 뒤에 부인을 태우고 고갯길을 달려 보았다. 신기하게도 힘 안들이고도 빠르게 고개를 넘는 것이었다.

그 후 그것을 상품화 시켜서 혼다 오토바이가 탄생하게 되었고, 일본뿐만 아니라 전세계적으로 불티나게 팔려 오늘날의 거대한 기업 혼다가 된 것이다.

사랑은 배려하는 마음에서 나오며, 사랑의 힘이야말로 불가능을 가능하게 만든다. 특히 아내를 사랑하는 남편의 갸륵한 정성이 그를 세계적인 인물로 성장시켰다는 사실을 볼 때 사랑에는 축복이 따른다는 것을 알 수가 있다.

❀

세계 50억이 넘는 인구 중에서 만난 한 쌍의 부부, 서로 아끼고 사랑하며 행복하게 살자고 약속하고 다짐한 부부들이 서로에게 너무 많은 부담을 주고 기대를 하다가 실망하고 후회하며 갈등과 불행을 만들어 가고 있어 안타깝다.

아내는 남편이 만든 인간작품이고, 남편은 아내가 만든 인간작품이다. 재능이 있는 쪽, 능력이 있는 쪽을 갈고 닦아 훌륭한 작품을 완성하는 기쁨은 어디에도 비길 수 없는 행복이요, 보람이다. 이런 만족은 부부애의 결실이다.

일반적인 눈으로 보면 불가능하던 것도 사랑의 눈으로 보면 가능하게 보이고, 절망과 실의에 빠진 사람도 사랑만 있으면 용기와 힘이 솟아 다시 일어설 수가 있다.

'사랑의 힘은 죽음보다 강하다.'

러시아의 작가 체호프는 이렇게 말하지 않았던가?

부모님은 하늘로부터 받은 최고의 선물이고, 부부는 자신이 선택한 최고의 보물이다. 그래서 이들 사랑의 힘은 무한한 가능성을 꽃피워 세상을 밝게 만든다.

그런데도 지금 우리는 하늘이 준 선물에 감사할 줄을 모르고 자신이 선택한 보물도 귀한 줄을 모르는 딱한 사람들이 되어 간다.

세상은 사랑의 거름이 풍부해야 무성한 행복의 숲을 이루게 된다. 거름이 모자라 배들배들 말라 가는 식물들처럼 사람도 사랑이 모자라면 볼품과 쓸모가 없어지고 만다.

세상에 어머니가 없는 자식이 없으며, 어머니의 사랑과 희생 없이 성공한 사람 또한 거의 없다. 어머니의 사랑과 희생은 그 무엇과도 바꿀 수 없는 고귀한 것이다.

모두가 어머니의 은혜에 감사하고, 부부의 사랑이 소중함을 알아야겠다.

15

행복의 비결

사랑은 어디서부터 오는 것인가? 마음에서 온다. 그것도 상대의 마음에서 오는 것이 아니라, 자기의 마음에서부터 시작되는 것이 사랑이다.

사랑은 명령할 수도, 지시할 수도, 부탁할 수도, 사정하고 애원해서 이루어질 수도 없다. 그래서 사랑은 자기 마음 속 깊은 곳에서부터 시작되어야 하는 것이다.

마음속의 사랑은 인간관계의 끈인 말을 통해서 확인하고 일깨워져 간다. 탐욕과 질시, 부정, 불화, 소외 등이 난무하는 이 세상에서 충분한 대화로 따뜻한 사랑을 주고받을 수 있도록 노력해야 한다.

어떤 사람이 천당에 가서 바짝 말라 기운이 없어 보이는 부부를 만났다. 그들 앞에는 진수성찬이 놓여 있었는데도, 먹지를 못하고 서로 노려보며 미워하고 있었다.

'웬 일인가?' 하고 주의 깊게 살펴보았더니, 그들 앞에는 1m가 넘는 밥숟가락이 놓여 있었다. 그 숟가락으로 음식을 떠서 자기의 입에 넣으려고 애를 쓰는데, 마주 앉아 있는 상대에게 걸려서 다 쏟아지곤 하였다. 두 사람은 서로 '너 때문에 맛있는 음식을 못 먹는다'고 원망과 푸념을 늘어놓으며 미워하고 있는 것이었다.

그런데 다른 쪽으로 가 보았더니 살이 포동포동하게 쪄서 기름이 주르르 흐르는 듯한 부부를 만날 수 있었다.

그들 앞에도 역시 진수성찬이 차려져 있었고 1m가 넘는 숟가락이 놓여 있었다. 그래서 '이들 부부는 어떻게 이렇게 잘 먹고, 금슬이 좋게 앉아서 평화로운 여생을 보내고 있을까?' 하는 궁금증이 생겼다.

가만히 보고 있노라니, 그 두 사람은 1m가 넘는 숟가락으로 음식을 떠서 서로 상대의 입에 넣어주고 있는 것이 아닌가? 정말 지혜로운 사람들이었다. 서로를 소중하게 위해주는 마음, 이 마음이 사랑으로 울려 펴져 두 사람을 축복하고 있었다.

❀

결혼을 해서 살다보면 권태기가 오고, 짜증이 나고, 만사가 귀찮을 때도 많다. 이런 마음이 미움과 불행을 스스로 만들어 가고 있는 것이라면 어떻게 해야 할까? 결국 자기의 마음을 바꾸어야 한다. 상대를 존중하고, 아끼며, 소중하게 대접할 줄 아는 상태로 이끌어 가도록 하는 수밖에 없다.

그러기 위해서 우리는 적극적인 마음으로 살아야 한다.

적극적인 마음은 사랑의 종을 울리는 추가 된다. 인간은 자기의 마음을 자기 힘으로 얼마든지 자유롭게 조절할 수 있다. 이런 자기의 마음을 아낌없이 퍼부어 사랑을 베풀 때 '부부의 사랑'에도 깊은 의미를 더해갈 수 있을 것이다.

알프레드 스트루의 『인간의 조건』에는 한 은행원과 그의 부인에 대한 이야기가 나온다. 승진에서 탈락된 은행원이 집으로 돌아와 실망과 좌절감에 사로잡혔다.

'난 실패자다. 나는 실패한 인생이야.'

실의에 빠져 괴로워하고 있었다. 그도 그럴 것이 다른 사람은 다 승진했는데 자기만 제외되었다면 얼마나 처절하고 서글프겠는가? 그때 그 은행원의 아내는 적극적인 마음으로 남편에게 힘과 용기를 주었다.

"여보! 당신은 한 여인이 진정으로 당신을 사랑하게 했어요. 당신은 그 동안 성실과 진실 그리고 헌신을 보여주었어요. 그래도 당신이 인생을 실패한 분인가요? 당신은 이 세상의 누구보다도 성공한 분이에요."

이런 적극적인 마음이 적극적인 대화를 통해 사랑의 승리를 보여주고 있는 것이다.

❀

극중에서 뿐만 아니라 실제에도 그런 예는 있다.

만년 과장으로 승진에서 계속 낙오되어 의기소침해 있는 박과장. 그의 부인은 생각했다.

'어떻게 하면 남편에게 힘과 용기를 줄 수 있을까?'

곰곰이 생각하던 부인에게 묘안이 떠올랐다. 내 남편이 회사에서는 비록 만년 과장이지만, 내 집에서만은 사장님을 만들어 보아야겠다고 생각했던 것이다.

저금해 놓았던 돈을 찾아 장독대 밑 조그만 공간에 사장실을 꾸미기 시작했다. 자그마한 창문도 만들고 말끔히 도배를 한 다음, 사장 책상에 회전의자, 그리고 책장까지 들여다 놓고 분위기를 잡았다.

박과장의 아내는 퇴근해서 힘없이 돌아오는 남편을 맞아 아이들과 같이 간단한 사장 취임식을 갖고 '가정주식회사 사장님'으로 모시기 시작했다.

박과장은 집에만 돌아오면 사장님 대접을 받았다. 그는 자기도 모르게 사장의 체통을 지키기 위해 말씨라든가 행동에 신경을 쓰기 시작했다. 어느덧 박과장에게는 사장 같은 분위기가 잡혔다.

그러던 차에 남편이 다니는 그 회사의 윗사람들에게 문제가 있어, 사장 이하 중역들이 갑자기 모두 사표를 내지 않으면 안되게 되었다. 그러니 자연적으로 부·과장급에서 이사와 사장이 선출되게 되었다.

다른 사람들은 중역의 풍모가 갖추어져 있지 않아 어색하고 어울리지 않았으나 박과장은 그 동안 훈련된 이미지로, 중역·사장으로 승진을 하게 된 것이다.

적극적으로 사랑하는 아내의 마음이 남편을 변화시킬 수 있는 힘의 원천이 되었던 것이다.

❀

사랑은 진실된 마음속에서만 꽃을 피울 수 있다. 이기적인 마음이 아닌 상대를 향한 순수하고 애틋한 마음, 이것이 깊은 사랑을 만든다.

어느 저명인사가 친구의 집을 방문했다. 친구의 딸은 여섯 살의 아주 귀여운 아이였다.

"인형, 좋아하세요?"

자기가 갖고 있는 인형을 손님에게 자랑하고 싶어서 마음이 잔뜩 부풀어 있는 것을 쉽게 느낄 수 있었다.

"그래. 인형을 좋아하지."

"나도 인형을 좋아하거든요. 내 인형을 모두 보여 드리고 싶어요."

부리나케 방과 거실을 왕래하더니 열 개도 넘는 인형을 손님 앞에다 죽 늘어놓고는 물었다.

"이 인형 중에서 어떤 걸 제일 좋아하세요?"

"글쎄다. 넌 어떤 걸 좋아하니?"

"내가 제일 좋아하는 인형을 보고 싶으세요?"

"그래, 네가 좋아하는 인형을 보고 싶은데……."

"그러면 웃지 않겠다고 먼저 약속하세요."

꼬마는 다른 방으로 들어가더니 다 낡은 헝겊 인형 하나를 들고 나왔다. 그 인형은 솜이 빠져서 다리 하나는 없고, 머리도 가운데는 다 빠지고 가에만 몇 개 붙어있고 얼굴도 엉망이 되어 있었다.

손님은 자신도 모르게 웃음이 나오려는 걸, 꼬마와의 약속을 지키기 위해 꾹 참았다.

"그래, 이 인형이 네가 제일 좋아하는 거야? 어째서 이렇게 낡은 인형을 좋아하는 거니?"

"이 인형도 처음에 아빠가 사오셨을 때는 아주 새 것이었고 예뻤거든요. 그런데 그 동안 내가 너무 오랫동안 갖고 놀았더니 이렇게 되었어요. 내가 이 인형을 사랑하지 않으면 아무도 이 인형을 사랑할 사람이 없거든요."

손님은 꼬마의 이 말에 넋 빠진 듯이 입을 떡 벌리고 꼬마를 바라볼 수밖에 없었다. 세 살 먹은 아이한테도 배울 게 있다더니 정말 맞는 말이 아닌가?

우리들은 어린아이만도 못한 마음을 갖고 있다. 우리의 남편도, 아니 그의 아내도 모두가 처음에는 싱싱하고 매력 있고 아름다웠지 않았던가?

그런데 우린 같이 살아오면서 머리도 빠지고 주름살도 생기고 피부도 늙어지고 거동도 시원찮게 되고 모두가 다 낡아버린 것이다.

"저 보기 싫은 할망구."

"저 주책바가지 영감탱이."

이런 듣기 싫은 말들이 서로를 소중하게 생각하는 진정한 부부애를 퇴색시키고 있다. 상대만 늙고 자기는 늙지 않았다는 말인가?

부부란 어떻게 만난 사람들인가? 얼마나 절실하게 원해서 결혼한 사이였던가? 다시 한 번 돌이켜 보며 쉽게 퇴색되어지는 간사한 마음을 버리고 처음에 시작했던 마음, 진정한 마음을 이어나가야 한다.

❀

나는 어떤 존재인가? 이 세상에 무엇과도 바꿀 수 없는 단 한 명밖에 없는 유일무이한 존재이다.

누구에게나 자기 자신보다 더 소중한 존재는 없다. 이렇게 소중한 자기를 우리는 어떻게 대해 왔던가?

'나 같은 게 뭐, 맨날 집구석에서 일이나 하고, 무시나 당하고…….

돈이 나오나, 누가 알아주길 하나, 이렇게 살 바엔 차라리 죽어버리는 게 낫지…….'

죽지도 못하면서 심심치 않게 우리는 자기 자신을 깔보고 구박하며 무시한다. 이런 자기 비하(卑下)의 생각과 말들이 자기를 더욱 불행하게 만든다

행복이란 무엇인가? 자기의 존재나 행위에 대한 자기 만족감이 아니던가? 이러한 행복을 만들 수도 있고, 버릴 수도 있는 것은 오직 자신의 마음 뿐이다.

한 소녀가 들에 나갔다가 가시에 날개가 찔린 나비 한 마리를 발견하였다. 소녀는 푸덕이는 나비를 가시로부터 빼주며 조심스럽게 날려

보냈다. 나비는 서너 바퀴를 빙빙 돌며 고맙다는 듯이 인사를 하더니 날아갔다.

소녀가 나비가 날아간 하늘을 바라보며 흐뭇해하고 있을 때 나비는 다시 날아오더니 조그만 요정으로 변했다.

나비 요정은 소녀에게 다가와 말을 했다.

"아가씨, 아가씨의 소원을 하나만 말해주세요. 아가씨의 소원 한 가지를 들어 드릴께요."

"나비 요정님! 나는 행복해지고 싶어요."

요정은 소녀의 귀에다가 무어라고 속삭이고 어디론가 사라져 버렸다. 소녀는 어른이 되고 할머니가 되어서도 요정이 가르쳐 준 말 때문에 계속 행복하게 살았다.

어느 날, 동네 사람들이 이 행복한 할머니를 찾아와 행복의 비결이 무엇인지를 가르쳐 달라고 하였다.

할머니는 빙긋이 웃으며, 나비 요정이 가르쳐 준 세상에서 가장 행복하게 살 수 있는 비결을 공개했다.

"이 세상에 있는 어떤 대단한 사람이라도 당신을 필요로 합니다."

자기의 존재에 대한 긍지가 바로 행복의 비결인 것을, 우리는 행복이 누구로부터 내게로 오기를 기다리며 살고 있으니 얼마나 딱한 노릇인가!

'나는 이 세상에 쓸모 있는 사람이다'라는 자긍심이 행복을 만드는 마음이다.

사랑의 씨는 쉽게 뿌릴지 몰라도 행복의 열매는 거름 주고 가꾸어야 얻을 수 있다. 우리는 자기가 남편에게 가장 필요한 사람이고 아이들에게 꼭 있어야 되는 사람이며 가정의 주역이라는 긍지를 갖지 않으면 안 된다. 자긍심을 갖지 못하면 행복은 자기의 것일 수 없다.

❊

사람은 긍정적인 마음으로 모든 것을 볼 수 있어야 진실을 발견할 수 있다. 부정적인 마음으로 모든 것을 보면 괴로움과 서글픔만이 가득차게 된다.

교회에 열심히 나오던 한 크리스천이 어느 날부터 집에서 꼼짝도 않고 두문불출을 하고 지내고 있었다.

그녀는 계속 혼자 지내고 아무도 만나지 않았으며, 잠자리 날개 같이 얇은 천으로 된 잠옷을 걸치고 비싼 향수를 뿌리고 늘 손에는 술잔이 있었으며, 일주일에 한 번씩 어떤 남자가 자가용을 타고 와 대문 앞에 세워 놓고 안으로 들어가 한 시간쯤 머물다 떠나곤 하였다.

그러던 어느 날, 그녀의 남편이 목사님을 찾아와 장례식 인도를 해 달라고 부탁을 하며 불쌍한 아내를 생각하면서 눈물을 흘렸다. 목사님은 그녀의 남편을 위로하기 위해, 당신의 아내는 술에 늘 취해서 잠옷을 하늘거리게 해 입고, 향수를 진하게 뿌리고, 외간 남자까지 집으로 불러들여 못된 짓을 하는 나쁜 여자니까 너무 슬퍼하지 말고 잊어버리라고 말해주었다.

그녀의 남편은 깜짝 놀라 목사님의 말을 부정했다.

"제 아내는 결코 그런 여자가 아닙니다. 그녀는 불치병으로 뼈를 깎는 고통을 견디며 투병생활을 해왔습니다."

그리고 다음과 같이 설명했다.

그녀의 몸이 너무 나약해져서 옷의 무게를 덜기 위해 얇은 천으로 옷을 해 입었고, 지독한 냄새를 없애기 위해 향수를 뿌렸으며, 술이 아니라 고통을 견디지 못해 진통제를 마시고 살았으며, 일주일에 한 번씩 주치의사가 다녀가며 처방을 해주곤 하였다는 것이었다.

이처럼 긍정적인 시야와 부정적인 시야는 극과 극의 차이를 빚게 된다. 사랑은 마음에서 비롯되고, 마음으로 종식되어진다는 사실을 명심하고 긍정적인 눈으로 세상을 살아가자.

16

땜통 얼굴에 얽힌 사연

남들이 말하기를 '너는 애비 없는 후레자식', '네 어머니 얼굴은 찌그러진 땜통 얼굴'이라고 합니다.

그렇습니다. 여러분!

저의 어머니 얼굴은 제가 봐도 한 쪽으로 몰리고 흉터투성이고 찌그러진 땜통 얼굴입니다.

어느 날인가 저는 밖에 나가 놀다가 동네 아이들로부터 또 놀림을 받고 집으로 돌아와 어머니 품에 안겨 엉엉 울었습니다.

"엄마! 엄마의 얼굴은 왜 찌그러진 얼굴, 땜통 얼굴이 되었어요? 그리고 난 왜 아버지가 안 계세요? 애들이 글쎄 '애비 없는 후레자식', '네 어머니 얼굴은 찌그러진 얼굴, 땜통 얼굴'이라고 놀리질 않겠어요? 엄마!"

어머니께서는 한참동안 멍하니 계시다가 내 머리를 쓰다듬으시며 이렇게 말씀하셨습니다.

"애야, 내 손을 봐라. 그리고 내 얼굴을 봐라! 지금으로부터 15년 전, 네가 두 살 때, 너의 아빠는 직장에 나가시고 너는 이 어미 품에 안겨 자고 있었단다. 그래서 난 너를 침대에 뉘어 놓고 시장에 갔었지.

그런데 막 물건을 사려는 순간 어디서인가 앵앵하는 불자동차 소리가 들리지 않겠니. 난 깜짝 놀라 어디에 불이 났나, 어떤 집이 또 타는가 하고 불난 쪽을 보지 않았겠니.

그런데 이게 웬 일이냐? 내가 본 그 집, 불기둥이 충천한 그 집은 바로 네가 잠을 자고 있는 우리 집이 아니겠니.

나는 현기증을 느꼈고, 온 몸은 부들부들 떨리기 시작했다. 난 정신 없이 뛰었다. 신발은 벗겨지고 치마가 찢어져 속옷이 나와도 난 뛰고 또 뛰었다.

그러나 이미 집은 불기둥 속에 휩싸여 있지 않았겠니?

그래도 난 그 속으로 뛰어들려고 했다. 그런데 누가 내 손을 잡지 않겠니? 소방대원이었다. 들어가면 죽는다는 것이었다.

그래서 난, '우리 아기가 죽어요. 우리 아기가 죽어갑니다. 우리 아기를 살려야만 합니다' 하고 발버둥을 쳤지만, 모두들 들어가면 안 된다는 소리만 할 뿐 아무 대책이 없질 않겠니.

그래서 난 소방대원의 손을 물어뜯고는 불길 속으로 뛰어 들었다. 그 때까지도 넌 잠을 자고 있더라. 난 너를 담요로 싸서 창 밖으로 내던졌다. 그리고는 쓰러지고 말았다…….

얼마 후, 눈을 떴을 때는 병원이었고, 온 몸은 붕대로 감겨 있었단다. 그때의 그 붕대를 푼 손이 바로 지금 네가 보고 있는 이 손이고, 그때 붕대를 푼 얼굴이 네가 보고 있는 이 찌그러진 얼굴이란다.

그 후 네 아빠는 이 찌그러진 얼굴이 보기 싫다고 어디론가 행방을 감추고 말았단다."

이렇게 말씀하시면서 눈물을 흘리는 우리 어머니를, 만천하에 계신 여러분과 지금 어느 곳에 계실지 모르는 저의 아버님 앞에, 우리 어머니는 훌륭하시다고, 우리 어머니는 정녕코 훌륭하시다고 큰 소리로 외칩니다!

❀

앞에 소개한 것은 내가 고등학교 2학년 때 서울특별시에서 주최하는 「어머니날 기념 웅변대회」에서 최고상을 받았던 웅변 원고 내용의 일부분이다.

지금은 서울시 의회가 되었지만 그때는 시민회관이었던 그 곳, 1층에서 3층까지 꽉 찼던 청중들은 눈물을 머금으며 박수를 보냈다.

남편에게 버림을 받고, 그 좋던 얼굴이 불에 지글지글 타서 찌그러지고, 일그러진 땜통 얼굴이라고 놀림을 받아도 자세 하나 흐트러뜨리지 않고 딸자식 하나만은 훌륭하게 키워 보겠다고 묵묵히 살아온 어머니의 거룩한 사랑 이야기다.

내가 지금 30년이 넘은 지난날의 이야기를 꺼낸 이유가 있다. 요즘 어머니들의 사랑은 예전에 비해서 많이 퇴색되어지는 것만 같은 불안감 때문이다.

이 세상의 모든 것이 변한다 해도 어머니의 사랑만은 결코 변해서는 안 된다. 그런데 어찌된 일인가? 생명을 건 어머니의 사랑은 못 되더라도, 평생 동안 자식을 위해 봉사하겠다는 마음조차 없어져 가니 안타까울 뿐이다.

남편이 바람을 피워 다른 여자가 생겼다고 해서 이혼하고 시부모에게 자식을 내동댕이치고 뛰쳐나와 혼자 똑똑한 여자인 것처럼 살아가는 비정한 엄마도 있다. 아버지가 버린다고 어떻게 어머니마저 자기의 분신인 자식을 버릴 수 있단 말인가?

아비가 돌보지 않는 자식을 혼자 책임지고 길러 나간다는 것이 어디 쉬운 일이겠는가? 그러나 어머니가 된 이상 당연히 해야 하는 일이다. 고생 속에서도 자식이 무럭무럭 성장해 가는 모습을 보면 어머니는 마치 무슨 보약이라도 먹은 듯이 기운을 얻어 역경을 헤쳐나간다.

수많은 고생을 겪은 훈장인가? 인생의 계급장인가? 얼굴에 새겨진 주름살이 자랑스럽고 떳떳한 우리 어머니들…….

❃

많은 미소 중에도 가장 아름다운 것은, 자식이 티없이 무럭무럭 자라나는 것을 바라보며 흐뭇하게 배어 나오던 우리 어머니들의 미소가 아닐는지.

우리들이 아름다운 한국의 어머니 상을 퇴색시켜서는 안된다. 아무리 세상이 바뀌고 사람들의 마음이 바뀌어도 어머니의 사랑이 변질되어서는 결코 안 된다.

절대로 잊지 말자. 어머니의 사랑은 자식을 위해 생명까지도 버릴 수 있는 고귀한 것임을.

17
청부는 청빈보다 낫다

부모가 자식을 사랑하는 마음이야 어느 사랑에 비길 수 있을까만 그 사랑의 방식은 사람마다 각기 다르다. 나의 아버지는 자녀들에게 청빈사상(淸貧思想)을 가르치셨다. 깨끗한 가난뱅이는 더러운 부자보다 훨씬 떳떳하고 부끄러울 것이 없다는 것이다.

그래서 우리 형제들은 자라나면서 가난을 부끄럽게 생각해 본 적이 없다.

그러나 내가 내 자식에게 가르치고 싶은 말은 '청부(淸富)는 청빈보다 훨씬 낫다'는 것이다. 더러운 부자보다야 깨끗한 가난뱅이가 낫겠지만, 깨끗한 가난뱅이보다 더 나은 것은 깨끗한 부자가 아닌가?

❀

지난 가을 남편을 따라 학교 선후배 부부들이 모이는 모임에 참석하여 1박 2일간 목포로 여행을 하게 되었다. 모처럼 떠나 보는 한가로움이 더없이 좋았지만, 나는 그 속에서 더 큰 감동을 받았다.

우리를 초청해준 이화일 선배의 아버님, 이훈동 회장은 일찍이 자수성가하여 숱한 고생을 다 감수하여 온 분이었다. 술을 만드는 주조공장을 하여 돈을 좀 벌자 자식에게 물려줄 떳떳한 직종이 아니라고 처분을 했다.

그리고 유럽 각지를 여행하면서 당시의 우리나라 실정을 이야기하고, '앞으로 내가 미래의 조국발전에 기여할 수 있는 좋은 사업을 하나 하고 싶은데, 아이디어가 없느냐'고 물었다고 한다.

❀

유럽의 친구들은 신중하게 생각한 끝에 '당신네 나라도 머지 않아 독립하고 또 공업화가 될 것이니, 그 때를 대비해서 내화벽돌 공장을 세우라'고 권했다는 것이다.

내화(耐火)벽돌이란 불에 잘 참는 벽돌이라는 뜻으로, 쇳물을 끓여 그것을 쏟아 부을 때 다른 벽돌이나 그릇은 모두다 뜨거운 쇳물에 녹아 버리게 되지만 이 내화벽돌 만은 쇳물에도 녹지 않고 잘 견디기 때문에 제철소에는 필수적으로 필요한 물건이다.

이훈동 회장은 이 사업이야말로 자식에게 물려주어도 될 떳떳한 사업이라고 생각하고 1940년대에 공장을 건립, 창업을 하게 된 것이었다.

해방이 되고난 후 낙후된 나라의 사정은 공업화는 커녕 끼니도 잇기 어려울 지경이었다. 그 동안 회사는 적자가 계속되었고, 모두들 문을 닫아야 한다고 부추기는데도, 이훈동 회장은 확신을 가지고 기다렸다.

'언젠가는 내화벽돌이 필요한 시기가 분명히 온다.'

드디어 우리나라에도 제철사업이 시작되었고 내화벽돌의 필요성은 두 말할 것도 없었다. 고생 끝에 낙이 온다는 옛말이 실감나게 된 것이다.

※

그 후 우리나라가 고도성장기에 접어들면서 부동산값이 뛰기 시작했고, 아울러 부동산 투기 붐이 일기 시작하였다. 이훈동 회장의 처제가 영동에 땅을 사두면 재미를 볼 것이라고 부동산 매입을 적극적으로 권했다.

그러나 '사업하는 사람이 쉽게 돈버는 맛을 들이면 어렵고 힘든 사업을 누가 하려 하겠느냐'면서 굳이 한 평도 사지 않았다고 한다.

자식이 잘되기를 바라는 마음이야 어느 부모인들 다르겠는가마는 이훈동 회장의 올바른 자녀 사랑의 방식은 우리 시대의 젊은 부모들에게 큰 교훈이 아닐 수 없다.

자식이 쉽고 편하게 사는 방식을 배우지 못하도록 철저하게 막으셨던 이훈동 할아버지, 떳떳한 사업을 자식에게 물려줘 부끄러움 없이 살아가도록 하였으며, 조국의 발전을 생각하여 힘들지만 꼭 필요한 사업을 선택하였던 그 아버지의 진정한 사랑을 우리는 배워야 할 것이다.

요즈음 TV 뉴스나 신문을 보면 가슴 아픈 기사들이 참으로 많이 나온다. 이들이 하나같이 사랑에 굶주린 사람들, '사랑의 결핍증 환자'라는 것이 더욱 애처롭다.

이들에게 사회와 가정의 따뜻한 사랑이 있었더라면, 사람들이 붐비는 여의도 광장으로 눈 감은 채 차를 몰아 질주하는 끔찍한 일은 없었을 것이다. 세상이 나를 무시하고 미워하니 보기 싫은 세상을 태워버리겠다고 휘발유를 뿌려 불지르는 불상사는 결코 없었을 것이다. 또 결손가정의 여고생들이 세상이 살기 힘들다고 아파트 꼭대기에서 집단으로 자살을 하는 일은 없었을 것이다.

가진 것은 많아도 자신이 불행하다고 느끼는 사람, 그는 불행한 사람이다. 가진 것이 없어도 자신이 행복하다고 느끼는 사람은 행복한 사람이다. 행복은 소유함에 있지 않고 느끼는 데에 있기 때문이다.

맥아더 장군의 「자녀를 위한 기도문」은 너무나 잘 알려진 것이지만, 그 내용이 좋아서 다시 한 번 옮겨본다.

주여!
이런 자녀가 되게 하소서.
약할 때 자신을 분별할 수 있는 강한 힘을 주시고
무서울 때 자신을 잊지 않는 대담함과
승리에 겸손하고 온유한 힘을 주소서.

쉽고 안락한 길로 인도하지 마시고

역경과 환란을 주시고

그리고 그것을 이길 수 있는 용기를 주십시오.

폭풍 속에 용감하게 싸울 줄 알고

패자를 긍휼히 여기도록 인도하여 주십시오.

웃음과 함께 눈물도 아는 힘을,

미래를 바라봄과 함께

과거를 잊지 않는 지혜를 주십시오.

이에 더하여 유머를 알게 하며

인생을 경건하게 살아감과 함께

삶을 즐길 줄 알게 하시고

교만하지 않고 겸손한 마음을 갖게 하소서.

그리하여 진실로 위대한 것은 소박함이라는 것과

참된 힘은 온유함이라는 것을

깨닫도록 하여 주시옵소서.

아 - 멘.

18

사랑은 저축할 수 없다

"당신은 나의 인생, 나의 천사. 난 당신 없인 못살아."

남자한테서 이런 사랑의 교향곡 같은 말을 한 번도 듣지 못하고 결혼한 사람은 아마도 거의 없을 것이다. 남녀가 사랑을 할 때에는 이 세상에 무엇과도 바꿀 수 없는 소중한 보배들로 인식을 하고, 서로의 감정을 솔직하게 털어놓으며 사랑을 나눈다. 그러나 어느 누구도 사랑을 고백할 때의 심정으로 평생을 사는 사람은 없다.

결혼한 여성이든 결혼하지 않은 여성이든, 매력 있는 여성이 되어 영원한 사랑을 얻고 싶어하는 것은 모든 여성의 공통된 심리이다. 그렇다면 어떻게 해야 영원한 사랑 속에서 결혼생활을 할 수 있단 말인가?

"우린 너무나 사랑하고 있어. 그 어떤 것도 우리 두 사람을 절대로 갈라놓지는 못해."

이런 마음을 갖고 현재의 사랑 속에 안주하려는 사람이 있다면 이는 위험천만이다.

누구나 확신 없는 사랑 속에서 결혼하는 사람은 없다. 누구나 자기 두 사람의 사랑만은 자신만만한 상태에서 결혼하기 마련이다.

이런 사랑의 확신 속에서 결혼을 한 부부들이 왜 쉽게 실망하고 배신감을 느끼며 괴로워하다가 끝내 헤어지는 일까지 일어날까? 대답은 한 가지이다. 어제의 사랑이 오늘의 사랑에 밑거름이 되지 못하고, 오늘의 사랑이 내일의 사랑을 보장할 수 없기 때문이다. 사랑은 끊임없이 창출해 나가야만 유지되는 것이다.

❋

그렇다면 우리가 원하는 끊임없는 사랑, 영원한 사랑의 창출은 어떻게 해야 되는 것일까?

수백만 원 짜리의 보석과 모피 코트를 몸에 두르고 늙어 가는 육체를 위로하려고 한다든지, 육체의 아름다움을 되찾으려고 안간힘을 쓰는 여성들이 꽤 많이 있다. 그러나 진정 이러한 몸부림이 사랑을 샘솟게 하고 사랑을 유지시키며 부부의 생활에 윤기를 주는 요소가 될 수 있을지 자못 의심스럽다.

일본의 매스컴에서 재미있는 조사를 한 적이 있다.

'매력이 있고 사랑스러운 여성의 조건은 무엇이라고 생각하십니까?'

그 결과, 매력이 있고 사랑스러운 여성의 첫째 조건은 '친절'이었다. 얼마나 잘 생겼고 무엇을 입었고 무엇을 발랐고 무슨 액세서리를 하였느냐가 아니라, 그 여성이 얼마나 '친절한가'가 첫째 조건이라는 것이다.

아무리 아름다운 여자라고 할지라도 쌀쌀맞고 독선적이며 자기밖에 모르는 여성은 매력이 없다는 사실이다. 이런 여성은 사람을 순간적으로 현혹시키기는 해도 끊임없이 피곤하게 만들고 불쾌하게 만든다.

인간은 이기적인 동물이기 때문에 자기 자신에게 이익을 주고, 마음을 유쾌하게 해주고, 기분이 좋게 해주는 상대를 좋아하게 마련이다.

그렇다면 여성의 매력과 사랑을 창출하는 친절이란 과연 어떤 것일까?

친절이란 성의 있게 상대를 대하는 마음가짐과 언행(言行)이다. 무엇인가를 하고자 하는 남편에게 그것을 할 수 있도록 계속 관심을 보여주고 귀를 기울여 주는 태도는 친절이다. 이런 아내는 남편의 계속적인 사랑을 받을 수 있기 마련이다.

그러나 남편이 무엇인가를 원하고 있는데도 "그것은 당신이 알아서 할 일이지 내가 무슨 상관이냐"고 하며, 당신은 당신이고 나는 나라는 태도는 불친절이라고 할 수 있다. 이런 사람은 아무리 사랑했던 과거가 있었다고 해도 그 사람을 유지시키기 어렵다.

과거의 사랑으로 현재와 미래를 보장받을 수는 없는 것이다. 사랑은 결코 저축할 수 없기 때문이다.

❀

　목숨을 걸고 사랑을 굳게 맹세하고 결혼을 했다고 해서 안심할 수는 없다. 그 언약(言約)을 지키기 위해서는 끊임없는 두 사람의 노력이 필요하다.

　예전의 뜨거웠던 사랑, 예전에 못 다한 사랑을 음미하면서 일생동안 살아가기는 대단히 어렵다. 사랑은 저축할 수 없기 때문에 끊임없이 새롭게 창출해 가야 하는 자기의 노력이 절대적으로 필요하다. 살며 노력하며 사랑을 창출해야 한다.

　세기적인 미인, 미스 코리아, 인기 있는 연예인이라는 명성도 끊임없는 사랑을 받기에 충분조건은 되지 못한다. 그 명성, 그 미모에 버금가는 친절이 있어야 사랑의 창출이 이루어질 수 있다.

　내가 알고 있는 한 만화가의 아내는 항상 단정하고 깔끔하고 정갈한 용모로 사람을 대한다.

　그녀는 매일 아침 새벽에 일어나 깨끗하게 머리 손질을 하고 곱게 화장을 한다. 언제 보아도 한결같은 그녀의 모습은 그녀의 남편뿐만 아니라 그녀를 보는 그 누구도 기분이 좋게 만들곤 한다.

　결혼하기 전과 꼭 같은 몸매와 외모를 유지하기 위해서 노력하는 그녀를 보며 사람들은 '저렇게 하기도 어려운 일'이라고 한다. 물론 어려운 일이다. 처녀 때의 모습을 보고 남편이 좋아하고 사랑했는데, 결혼을 하고 나서는 전혀 다르게 흐트러진 모습을 보인다면 그녀의 남편은 어떤 마음으로 살아야 할까?

"옛날에는 저 사람도 괜찮았었지, 아주 아름답고 정숙한 여성이었어. 그런데 지금은……."

이런 마음으로 자신을 달래며 현실의 거부감을 참아내야 한다면 그 사랑이 오래갈 수 있겠는가.

남편에게 무리하게 부탁을 하는 것은 한 두 번은 가능할지 몰라도 계속적인 기대는 하지 않는 것이 현명한 일이다. 그가 사랑했던 분위기를 계속 유지해 보려는 성의 있는 노력은 사랑을 창출하는데 큰 힘이 된다.

그녀의 부드러운 미소와 친절하고 상냥한 어조, 남편을 친구처럼 대하는 고운 마음은 봄비처럼 촉촉한 사랑의 축복을 유지시키는데 도움이 될 것이다.

그러나 우리들 대부분은 각박한 생활에서 정신적 여유마저 상실해 버린 채, 메마른 경제생활에 더욱 숨막히는 곡선을 그어가며, 상대를 무시하고 무성의한 생활태도로 살아가기 쉽다.

그 결과 서로의 마음에 실망과 아울러 상처를 남기며 불평과 원망 속에 사랑을 잃어버린 슬픈 원앙이 되어 외로운 삶을 살아가게 된다.

행복과 불행은 하늘에서 선사하는 것도 아니고, 부모가 물려주는 것은 더욱 아니다. 스스로 어떤 마음가짐으로 얼마만큼 성실하게 살아가느냐에 따라 자기가 만들어 가는 것이다.

좋아하는 마음이 사랑을 만들고, 미워하는 마음은 증오를 만든다. 상대가 내게 어떻게 해 주기를 막연하게 바라지 말고, 상대를 위해 내가 무엇을 할 것인지를 먼저 생각하고 실천하는 사람이 되어야 사랑을 받는다.

시인 청마는 "사랑했으므로 행복하였네라!"라고 말했다. 사랑한다는 것은 사랑을 받는 것이다. 남편에게 잘하는 것은 자기를 위한 투자이고, 남편에게 아무렇게나 대하는 아내는 사랑을 잃어버리는 불쌍한 사람이 되고 만다.

상대에 대한 충실하고 성의 있는 삶의 태도는 자기의 삶에 대한 투자이며 사랑을 유지시키는 친절한 처세임을 우리는 알아야 한다.

제4장

가정

19

가정의 달 5월에는

　가정은 사회를 구성하는 핵(核)이다. 가정이 바로 서면 사회는 바로
설 수 있다. 우리 사회가 이토록 혼탁한 것은 가정이 제 구실을 하지
못하기 때문이다. 가정이 이렇게 중요하기 때문에 계절의 여왕이라는
5월을 '가정의 달'로 정한 것이 아닐까?

　5월은 가정의 달이다. 5월 5일은 '어린이 날'이요, 5월 8일은 '어버
이 날'이다. 일 년의 열두 달 중에서 어느 한 달을 정하고, 365일 중에
서 어느 날을 정하여 특정한 이름을 붙여 기리는 것은 상징적인 의미
가 크다.

　요즘은 '집은 있으나 가정이 없다'고 탄식하는 이가 많다. 집은 가족
이 거처하는 건물이고, 가정은 혈연관계의 가족이 함께 생활하고 있는
사회의 가장 작은 집단이다. 어린이나 청소년 그리고 노인의 문제가
심각한 것은 가정이 없고 집만 있기 때문이다. 그 결과 아이만도 못한

어른들이 있어서 아이들이 어른의 그릇된 점을 흉내내고 있는 무서운 세상이 되었다.

❀

우리네 형편이 어려웠던 지난 날에는 방 한 칸에 부모와 형제 자매들이 오글오글 모여 살았다. 그때는 집에 오면 눈에 보이는 것은 모두 가족의 얼굴이었고, 귀에 들리는 것은 모두 가족의 말소리였다.

그런 생활 속에서 자연히 가족들은 서로의 마음을 읽을 수 있었고, 서로를 알고 이해하는데 어려움이 없었다. 그때는 가난했지만 가족을 아끼고 사랑하며 살아가는 가정이 있었다.

그러나 지금은 집이 널찍해졌다. 방 하나에 한 명씩 들어가 있으니, 너는 너고 나는 나이다. 밥을 먹으라고 해도 밥이 그립지 않으니 얼른 뛰어나와 식탁에 앉지 않는다. 가족이 서로 마주보고 대화를 나눌 시간이 없다. 눈에 보이고 귀에 들리는 것은 온통 TV나 컴퓨터 아니면 게임기의 화면이고 거기에서 나오는 소리들 뿐이다.

몇 명이 안되는 핵가족이면서도 가족이 서로 만나 대화를 할 수 있는 시간이 없다. 대화가 없으니 가족이 서로를 파악하지 못하고, 자기의 주장만을 내세우며 점점 이기적이 되어가고 있다. 가족이라기 보다는 필요에 의해서 한 집 안에 같이 사는 동거인들이 되어버린 셈이다.

다투고 싸우고 울다가도 금방 다시 화해하고 얘기하고 사랑하며 살아온 우리의 아름다웠던 가정문화는 어디로 간 것인가?

이처럼 가정이 없고 집만 모여있는 사회는 어지럽고 혼탁할 수밖에 없다. 그렇다고 가난했던 시절을 동경하는 것은 아니다. 다만 이 시대에도 과거에 좋았던 가정의 생활문화를 꽃피워 보자는 것이다.

❊

어린이날에 우리 부모들은 어린 자녀를 위해 무엇을 계획하고 있는가? 먹을 것과 입을 것 그리고 갖고 싶은 물건을 사주거나 그들이 가고 싶어하는 놀이시설이 잘된 곳에 데리고 가는 것이 고작이다. 그날은 어린이들이 대접받는 날이라고 생각하고 부모에게 많은 것을 요구한다. 어디까지나 물질에 대한 요구요, 물질에 대한 배려뿐이다.

자녀들도 어버이날이 되면 부모에게 카네이션을 사서 가슴에 달아드리거나 선물을 사다 드리는 일 외에 진정으로 부모를 위하는 일은 하지 못한다. 어른들이 물질로 표현하니까 아이들도 물질로 대접하는 법만 배운 것은 아닐는지.

좀더 차원 높게 이런 날을 기념할 수 있었으면 한다. 온 가족이 모여 함께할 수 있는 가족농장 프로그램을 준비하여 그 곳에서 부모와 자녀가 같이 참여해 보는 것도 좋다. '몸으로 직접 수고하지 않고는 어떤 것도 얻을 수 없다'는 지혜를 터득하게 하자는 것이다.

또 역사기행을 하며 민족의 긍지를 갖게 한다던가, 부모가 살아온 곳을 여행하며 부모의 어린 시절의 이야기를 들려주는 것도 좋다. 자녀가 부모의 성장배경과 삶의 역사를 알고 이해할 수 있는 하루를 보내는 것도 남다른 의미가 있을 것이다.

'요즘 아이들은 요구할 줄밖에 모른다.'

어른들이 불평을 하지만, 이는 모두 어른들이 길러준 습성에서 비롯된 것이 아닌가?

요즘 부모들은 단순한 지식이나 기능만을 가르쳐 줄 뿐, 자기의 가족을 깊이 알고 이해하며 양보하고 인내하는 생활의 지혜를 익히도록 하는데는 소홀한 것 같다.

해마다 돌아오는 5월 가정의 달을 다람쥐 채 바퀴 돌 듯 반복되는 연중행사로 끝낼 것이 아니라, 올바른 가정교육 프로그램을 통해 가정의 소중함을 배울 수 있는 기회로 삼아야할 것이다. 가정교육의 기본은 가족을 알고, 민족을 알고, 국가와 사회를 아는 데서부터 비롯되어야 한다.

20
현대인에게는 가정이 없다

지금보다 모든 것이 부족하고 가난했던 옛날 우리의 선조들은 너그러운 삶의 여유가 있어서 좋았다. 옛날 어른들은 부모님을 모시고 자녀들과 둘러앉아 지난 날 살아온 이야기들을 함께 나누곤 했다. 그 어른들에겐 특별한 방법의 자녀교육이 필요치 않았던 것이다.

허나 지금은 어떤가? 물질은 풍요로워 살림은 넉넉해도 정신은 메말라 빈곤하기 그지없고, 부모는 부모대로 하늘만 쳐다보면서 외로운 나날들을 헤이고 있고, 자식들은 그들대로 과거와 단절된 미래만을 최상의 이상인 줄로 착각하며 성장하고 있지 않은가?

가정이란 혈족이 모인 소집단의 이름이다. 이들 혈족들을 우리가 가족이라 부른다. 가족은 부모와 자녀가 주가 되어 위로는 조부모, 곁에는 형제자매, 아래로는 손자손녀가 차례대로 대를 이어 살아간다.

불가(佛歌)에선 지나는 길에 옷깃만 스쳐도 500생의 인연이라는데,

한 가족이 되어 가정을 이루기까지는 얼마나 지극한 인연이 있었던 것일까?

그럼에도 불구하고 요즈음은 '집은 있으되 가정이 없다'는 말들을 종종 한다. 집이 가족의 몸이 쉬는 곳이라면 가정은 가족의 마음이 쉬는 곳이다.

예전에는 집이 없어 전전긍긍하며 남의 집에 방 한 칸을 얻어 허술하게 살았어도, 힘들고 짜증나는 마음을 나누고, 즐겁고 흐뭇한 마음도 나누며, 속상하고 괴로운 마음도 함께 나누는 가정이 있었다. 서로 이해하고 감싸주며 위로하고 격려하는 가족들이 같이 살면서 부모 형제와 자녀들이 함께 내일을 의논하고 건설하며 마음을 모으면서 살았다.

그러나 지금은 어떤가? 집은 번지르르하게 지어놓고 살아도 가족의 마음이 모이는 가정이 없다. 현대식 건물에 최신시설들을 갖추어 놓고 문화생활을 한다고 뻐겨도 그 속엔 공허만이 있을 뿐이다.

정부에서는 집이 부족하면 대량의 아파트와 주택을 공급해 주느라고 법석이다. 그러나 가정이 깨어져 자식이 부모를 때리고 죽이며, 부모가 자식을 버리는 일까지 생겨도 속수무책 아니던가?

가족의 마음이 어디 갔는지 찾아보기 어려운 오늘날, 집은 있어도 가정이 없는 곳에서 현대인들이 고독하게 살아가고 있다.

우리는 다시 가정을 찾아 재건해야 할 의무가 있다. 조상에게서 유산으로 물려받은 따뜻하고 포근한 가정의 전통을 잘 가꾸고 지켜 나가야 한다. 집만 짓다가 가정이 없어지는 줄 몰랐으니, 이제는 가정을 찾아 같이 살아가야 하는 것이다.

❀

　그러기 위해서 부모는 자녀에게 감정의 공유가 일어나도록 해야 한다. 부모가 자녀와 나누는 대화 중에서 으뜸이 되는 것은 부모의 역사를 이야기해 주는 것이다. 자녀가 부모의 과거를 하나씩 하나씩 알게 되면 부모와 자녀 사이에는 감정의 공유가 일어나게 된다.

　이것은 자녀가 부모를 알고 이해할 수 있는 방법 중 가장 쉽고 효과적인 것이다. 우리는 과거의 어른들처럼 살아온 이야기나 세상 살아가는 이야기를 자녀와 같이 나눌 기회를 갖지 못하고 있다. 그래서 자녀들은 부모가 살아온 역사를 전혀 알지 못하기 때문에 부모를 이해할 수가 없다.

　자식들은 대체로 부모의 말에 공감하기는 커녕 세대차이라고 느끼고, 자신을 위해 부모가 헌신하지 않았다고 반발만 하고 있다. 부모와 자식 간에 감정의 대립이 오고 마음에 균열이 생기는 이유가 그것이다.

　아이에게 모유를 먹이지 않은 어머니가 자녀에게 모유를 먹이지 못하게 된 이유를 이야기해 준 적이 있는가?

　대개의 부모는 자녀를 기르는 과정에서 모유 아닌 우유를 먹여서 기르게 된 동기를 이야기해 주지 않고도 자녀가 그 이유를 알고 있을 것이라고 착각하고 있다.

　나 역시 그랬다. 지금은 대학생이 된 우리 집 아이가 중학생이 되었을 때, 어느 날 불만 섞인 어투로 퉁명스럽게 말을 하는 것이 아닌가?

"너, 무슨 불만이라도 있니?"

아들은 망설이다가 말했다.

"어머니는 나를 낳고, 왜 젖도 먹이지 않았지요?"

그런 질문이 나올 것이라고는 짐작도 하지 못했던 나는 어이가 없어 입을 벌린 채 아들만 쳐다보았다.

"너 정말 몰라?"

"모르는데요."

"그럼 너는 왜 엄마의 젖을 먹지 못했다고 생각하니?"

"글쎄요. 아마 젖이 늘어질까봐 먹이지 않았겠죠."

"아니 얘야, 나이 먹은 여자들의 젖 콘테스트라도 열리는 거 보았니?"

"그럼 왜 먹이지 않았어요?"

"너를 낳을 때 난산을 해서 탈장이 되었단다. 그래서 독한 약을 먹고 고통을 참으며 치료를 하게 되었지. 그때 너에게 젖을 주면 그 약이 너에게 바로 간다는 거야. 그래서 널 그 독한 약으로부터 보호하느라고 젖몸살을 앓으면서도 너에게 젖을 주지 않았다. 그런데, 뭐? 젖이 늘어질까 봐 안 먹여?"

"그런 줄은 몰랐어요……."

이야기의 단편을 소개했지만 어머니인 나는 아들이 다 알고 있다고 생각을 했고, 아들은 어머니가 젖을 주지 않은 이유를 통념적으로 생각했기 때문에 오해가 생긴 것이다.

이렇듯이 부모는 자녀와 충분하게 살아온 역사를 이야기하여야 한다. 가정을 회생시키기 위해서는 감정의 공유가 이루어지는 대화가 우선되어야 한다.

가족의 사랑은 서로 아끼고 존중하며 행복한 인생을 만든다. 우리 자신들을 위해서라도 부서져가는 가정을 다시 일으켜 세우도록 노력을 해보자.

21
일과 가정

10억원 쯤 돈을 예금해 놓고 그 이자를 받아서 호의호식하며 편하게 살아가는 사람이 있다면 세상 사람들은 이런 사람을 몹시 부러워할 것이다. 그러나 이런 사람들처럼 부끄럽게 사는 사람도 없다.

30여년 동안 중소기업을 하던 박사장은 돈에 쪼들리고 사람에 치이고 지긋지긋해서 사업체를 정리했다. 그리고 남은 돈 10억원을 은행에 예금하고 이자만 받아서 풍족한 생활을 하게 되었다.

그런데 어느 때부터인가 자기에게 이상한 버릇이 하나 생긴 것을 발견하였다. 그것은 자신도 모르게 손톱을 물어뜯어 깎을 것이 없다는 것이었다.

왜 그런 버릇이 생겼나를 곰곰이 생각해 보았더니 미처 생각지 못했던 버릇이 발견되었다.

"사장님은 요즈음 무엇을 하시나요?"

라고 사람들이 물을 적마다 자기가 손톱을 물어뜯고 있더라는 것이었다.

떳떳하게 하는 일 없이 이자만 받아먹고 산다는 것이 콤플렉스가 되었던 것이다. 오죽했으면 끊임없이 자신의 손톱을 물어뜯어 떳떳치 못한 자신의 삶에 자학을 했겠는가?

깎을 손톱이 없을 정도로 물어뜯으며 살아가고 있는 이런 사람을 사람들이 부러워하는 이유는 무엇인가? 힘들여 일하지 않고 놀면서 편하게 산다는 것에 대한 동경일 것이다.

하지만 사람의 가치는 그 사람이 무슨 일을 하느냐에 의해서 평가되어 진다. 사람을 처음 만나면 명함을 내놓으면서 인사를 나눈다. 아무 일도 하지 않고 놀고 먹는 사람은 명함이 없다.

그렇다고 '놀고 먹는 사람'이라고 명함을 만들 수도 없는 일이니 얼마나 딱한가? 진정으로 행복한 사람은 눈코 뜰 사이 없이 바쁘게 일하며 사는 사람이다.

부지런히 일을 하다가 잠시 휴식을 취할 때는 그 휴식의 진가를 알게 되지만 매일 쉬는 사람은 쉬는 일도 지겨워지는 법이다.

그래서 10억을 가진 사람들 치고 놀고 먹으며 예금 이자로 쉽고 편안하게 살아가는 사람은 없다. 무엇인가를 열심히 하며 그 많은 돈을 다 투자하고도 모자라서 매일 돈 걱정을 하면서 살아 가고 있는 이유는 쉽게 말하면 남 앞에 내놓을 수 있는 명함을 가지고 떳떳하게 일하면서 살아가기 위해서인 것이다.

직장에서 하는 일 중에 재미있고 신나서 하는 일은 거의 없다. 돈을 벌어야 되기 때문에 마지못해 하는 일일 수도 있다. 재미도 없고 신나지도 않는 일이니까 계속하고 싶은 마음이 생기지 않을까봐 직장에서는 돈을 준다. 일종의 위로금이다. 돈이 필요해서 일을 하는 것은 이처럼 힘든 일이며, 이렇게 일을 해서 번 돈으로 인생을 살아가야 떳떳하고 행복한 삶이 된다.

　　국가의 최고 책임자인 대통령이 법을 어기며, 천문학적인 부정축재를 하며 살아 온 사실을 알게 되었을 때, 우리는 그들을 보며 무엇을 생각했던가?

　　톨스토이는 『바보 이반』에서 부지런히 일해서 땀흘린 사람은 식탁의 제일 상좌에 앉아서 따뜻한 밥을 먹을 수 있고, 빈들빈들 놀고먹기를 좋아하는 사람은 남이 먹다 남은 찌꺼기 밥을 먹어야 한다고 했다.

　　사람으로 태어나 일하지 않고 살아가기를 바란다면 스스로 사람이기를 포기하는 것이며, 사람답게 살기를 거부하고 짐승처럼 부끄럽게 살기를 자처하는 것이다.

　　그런데 요즈음 우리 사회에는 이런 사람들이 너무 많이 늘어나고 있다. 일은 하기 싫어하면서도 대접은 남다르게 받고 싶어하는 사람들이 남녀노소를 막론하고 늘어나고 있으니 참으로 딱한 노릇이 아닐 수 없다.

　　사람답게 떳떳하게 사는 방법을 알면서도 알량한 육체의 안일만을 원한다면 이는 비참한 삶을 자처하는 것이 아니고 무엇인가?

✻

하루종일 일에 시달리던 사람들이 저녁이 되면 누구나 할 것 없이 각자 자기의 집으로 돌아간다. 그들이 찾아간 집에는 가정이 있기 때문이다.

가정은 우리의 몸과 마음을 편안하게 쉴 수 있는 안식처이다. 사랑하는 사람들이 모여 서로를 위로하며 격려하고 따뜻한 사랑을 나누는 곳, 가정.

가정이 없는 사람처럼 불행한 사람은 없다. 일과가 끝나고 퇴근하는 시간이 되면 가정이 있는 사람의 발걸음은 가볍고 경쾌하지만, 가정이 없는 사람의 발걸음은 천근만근 무겁기만 하다. 지친 자기의 심신을 보살피고 위로해줄 사람이 없기 때문이다.

미국의 해리스라는 사람이 재미있는 설문조사를 했다.

"새해의 소망이 무엇입니까?"

그 결과 96%가 '행복한 가정생활'이라고 대답했고, '돈을 많이 벌어 잘 살고 싶다'고 대답한 사람은 불과 1.8%밖에 안 되었다.

행복한 가정생활은 미국인들 뿐만 아니라, 온 인류의 공통된 소망일 수 있다. 집은 있으되 가정이 없어 서로 사랑을 주고받을 줄도 모르고, 사랑을 배우고 익힐 수도 없다면 이것보다 딱한 처지는 없을 것이다.

사람은 가정에서 '사랑의 양식'을 먹고 자라난다. 부모의 사랑을 충분히 받고 자란 아이들은 좋은 성격을 가진 훌륭한 인격자가 되지만, 부모의 사랑도 형제간의 사랑도 모르고 자라난 아이들은 난폭한 성격의 불건전한 인격자가 되어 사회질서를 어지럽힌다.

가정은 서로를 아끼고 보살피며, 서로 믿고 의지하며 살아가는 사랑의 실천장이어야 한다.

남편은 아내를 믿고 자기가 번 돈을 모두 맡긴다. 그리고 한달 한달 알뜰하게 살림을 해 주는 아내에게 감사한다. 아내를 조금도 의심하지 않고 좀더 많이 벌어다 주지 못하는 미안한 마음을 갖는다. 이렇게 겸손한 마음으로 사랑을 실천하는 아름다운 가정들……

이러한 가정들이야말로 훌륭한 인격자를 길러내며 행복을 창조하는 순수한 사랑의 현장들이다.

때로 어떤 가정에서는 서로 무시하기 시합을 한다. 남편이 아내에게 일류학교를 다니지 못했다고 무시를 하여 아내가 평생동안 남편에게 학벌을 속이는 가정도 있고, 좋지 못한 학교를 다녔다는 죄스러움에 아내가 남편에게 눈 한 번을 제대로 뜨지 못하고 풀이 죽어 살아가는 가정도 있다.

또 어떤 가정에서는 돈을 많이 벌어오지 못한다고 아내가 남편을 마구 무시하며 사는 경우도 있다. 구박을 받으며 사는 남편은 남편대로 가족의 눈치를 보며 위축되어 살아간다.

이렇듯 교만한 마음은 온 가족에게 상처를 주기 때문에 고립되고 고독하게 살 수밖에 없으며, 결국 가정을 파괴시키고 만다.

셰익스피어나 모차르트, 바하 같은 불후의 명작을 남긴 세계적인 인물들도 자기보다 못한 사람에게 배워서 작품을 만들었다고 하지 않던가? 그들은 겸허하게 누구에게나 배우는 마음으로 살았기 때문에 남다른 작품생활을 할 수 있었다.

하물며 우리는 아는 것도, 가진 것도, 생긴 것도 변변치 못한데 마음마저도 오만이라는 병에 걸려 있어 가장 가까운 사람에게 상처를 주고 있으니 자성을 해야 하지 않겠는가?

❀

행복한 가정은 누가 대신 만들어 주지 못한다. 돈으로 살 수도 없다. 오로지 자기 자신이 진실한 마음으로 살아가면서, 참되고 착하고 인내하며 노력하는 가운데 이루어질 수 있을 뿐이다.

인간으로 태어나 가장 최악의 상태에서 살았던 헬렌 켈러, 그녀에게 누군가가 물었다.

"세상 사람들 가운데 가장 불쌍한 삶을 사는 사람은 누구라고 생각하십니까?"

"보이는 눈을 가지고 있으면서도 제대로 볼 줄 모르는 사람입니다."

우리가 아무리 고생스럽고 짜증이 난다고 해도 헬렌 켈러보다는 조건이 나은 인생일 것이다. 그녀는 주어진 여건을 탓하지 않고 최선을 다하면서 살았다. 우리는 그녀에 비하면 무한한 축복을 받은 인생이다. 볼 수도 있고, 들을 수도 있고, 말할 수도 있다. 이 풍부한 생활조건을 가지고 순수한 사랑을 실천하면서 살아가야 한다.

사회에서는 성실한 사회인으로 열심히 일하며 살고, 가정에서는 충실한 사랑의 실천자로 살아갈 때 우리는 행복한 생활을 창조할 수 있다.

그 누구도 아닌 바로 내가 내 삶을 창조해 나간다는 사실을 알고 최선을 다해서 살아갈 때 떳떳하고 행복한 삶을 살아 갈 수 있다.

22

가족 간의 대화는 이렇게

　사람은 누구나 행복한 인생을 바란다. 그러면서도 행복한 생활을 하기 위해 노력을 하는 데는 게으르다. '세상에는 공짜가 없다'고 하지 않던가? 행복하고 싶은 사람들이 노력을 하지 않고 행복해지기만을 바란다면 언감생심, 감히 그런 마음을 먹어서도 안될 일이다.

　행복한 가정생활을 하기 위해서는 행복할 수 있는 방법을 찾아 실행해 나가는 노력이 필요하다.

❊

　어린 시절 나는 어머니가 살아온 이야기를 들으며 자랐다. 어머니는 여덟 살 때 어머니를 여의시고 새어머니 밑에서 성장하셨다고 한다.

　어머니 나이 열여섯 살에 열세 살 된 아버지에게 시집을 오셨고, 어머니는 아버지와 한평생을 살며 겪어 온 인생의 우여곡절을 짬짬이 나에게 들려 주셨다.

할머니와 할아버지에 대한 말씀도 자주 들려 주셨기 때문에 내가 태어나기도 전에 돌아가신 그분들의 성품까지도 나는 잘 알고 있다.

평소에 어머니에게 들은 말씀 속에서 우리 형제자매들은 아주 곱고 부드러운 성품을 지니셨던 어머니를 알 수 있었으며, 남을 불편하게 하실 줄 모르는 곧고 바른 분이라는 것도 알 수 있었다. 어머니는 남들처럼 공부를 할 수도 없는 처지였고, 하루하루 밥 세끼만 배불리 먹을 수 있어도 행복한 삶으로 여겼던 분이셨다.

우리 형제자매들은 어머니의 삶의 역사를 들으며 자라는 동안 어머니를 더없이 사랑하고 존경하게 되었고, 이 세상의 누구보다도 서글픈 인생을 살아온 가엾은 분이라고 가슴 아파하였다. 어머니의 역사를 알지 못하였다면 우리 형제자매가 그토록 어머니를 뜨거운 가슴으로 사랑하지는 못했을 것이다.

❀

가족은 서로를 알아야 한다. 서로를 알아야 이해하고 사랑하고 포용할 수가 있다. 서로를 파악하지 못하는데 어떻게 이해하고 사랑을 할 수 있겠는가?

사람은 자기를 알아주는 사람과 있을 때 행복한 법이다. 따라서 행복한 가정생활을 하는 첫번째 조건으로 자아개방을 권한다. 부모와 자녀, 형제자매, 또 부부 간에도 자연스러운 자아개방이 이루어져야 서로의 입장도 알 수 있고, 끈끈한 정이 쌓일 수 있는 것이다.

서로를 알아야 진실된 사랑의 교류가 이루어지며, 마음이 열린 행복한 가정생활을 할 수 있지 않겠는가?

가족의 대화는 우리 몸의 혈액순환과 같다. 혈액순환이 순조롭게 잘 이루어지지 않으면 온 몸이 마비되는 것과 같이 대화가 소통되지 않으면 가족 간의 정의 교류가 마비되고 만다.

어느 가정에서나 대화의 필요성을 잘 알고 있다. 그러나 대화를 하다 보면 서로의 감정을 건드려 상처만 내기 때문에 많은 갈등과 대립을 빚어낸다. 왜 그럴까?

대화를 할 때는 상대의 입장을 생각하고 존중을 해야 하는데, 서로 자기의 입장을 먼저 내세우다보니 사랑과 행복, 그리고 흐뭇함을 느낄 수 없게 되는 것이다.

❊

남편은 부유한 가정에서 자랐고 아내는 풍요롭지 못한 경제여건에서 자랐다고 하자. 자존심을 내세워 아내가 자신의 이야기를 하지 않는다면 이들은 형식적인 부부일 뿐, 서로를 사랑하며 깊이 이해하지 못하게 된다.

"여보! 난 당신이 부러워요"

"뭐가?"

"당신은 어려서부터 가난한 것도 부족한 것도 모르고 귀공자로 자랐잖아요? 난 너무나 힘들게 자랐거든요. 그러니 당신이 부럽지 않겠어요?"

이렇게 말하는 아내를 어떻게 가난하게 자랐다고 무시할 수 있겠는가?

"여보! 난 당신이 참으로 자랑스러워요."

"뭐가 자랑스러워?"

"당신은 나보다 많이 배웠잖아요. 난 어려서 꿈이 공부를 끝까지 하는 것이었는데, 집안이 가난해서 꿈은 산산이 부서지고 말았죠. 내가 못 이룬 꿈을 당신이 이루어 줬으니, 얼마나 뿌듯하고 자랑스럽겠어요."

이런 아내에게 무식하다고 핀잔을 줄 수 있겠는가?

"얘야, 참으로 대견스럽구나. 네가 열심히 공부하는 걸 보니, 내 꿈을 네가 대신 이루어 줄 것 같구나."

"엄마의 꿈이 뭐였는데요?"

"응, 열심히 공부해서 우등상을 타는 거였거든. 그런데 난 우등상을 한 번도 못 탔단다. 학교 갔다오면 공부할 시간도 없이 집안 일을 돌봐야 했거든."

이런 어머니의 아픈 가슴을 달래 주려는 아이는 신이 나서 공부를 할 것이다.

대화는 상대의 가슴에 상처를 주지 않고 서로를 존중하며, 힘과 용기와 의욕을 북돋아 주는 대화라야 행복한 가정생활을 이룰 수 있다.

23
고슴도치 딜레마

마음에 맞는 배우자와 결혼하여 자녀를 낳고 가족이 한 가정에서 오손도손 재미있게 잘 살아가고 싶다.

얼마나 평범한 소시민들의 꿈인가? 그러나 이 소박한 꿈도 그리 쉽게 이루어지지는 않는 것 같다.

가족이 서로 마음을 합하고, 따뜻하고 포근한 감정으로 가정에서 행복을 찾으려면 무엇보다 '참을성'과 '인내'가 필요하다. 가족들이 서로 자기 자신의 기대 대로 움직여지지 않는 것에 대한 이해가 꾸준히 이루어져야 하기 때문이다.

서로가 남남이던 사람이 같이 생활하기로 공식적인 약속을 하는 것이 '결혼'이 아니던가?

그러나 생각과 실제는 너무나 다른 법이다.

서로의 모든 것을 받아들이고 사랑하기로 했던 남자와 여자, 그들이 실제로 생활을 같이 하게 되면 식사하는 방식, 음식의 취향, 잠자는 시간과 버릇, TV나 음악의 기호 등을 서로 받아들이고 이해하기는 커녕, 습관이 다른 것을 용납하지 못하고, 티격태격하는 데서 오는 충돌이 끊이지 않는다.

결혼생활에서는 하루가 시작되는 때부터 하루가 끝나는 때까지 불협화음이 늘 같이한다. 다만 그것이 노출되느냐 숨겨져 있느냐가 다를 뿐이다.

부부간의 불일치 뿐만 아니라 부모와 자식, 형제와 자매, 친척과 친지 그리고 이웃 등 서로 가까운 사람들끼리의 인간관계는 순조롭고 평탄하지만은 않다. 자기 자신의 마음에 들도록 상대를 움직여 보려는 욕심이 '가족간의 불협화음'을 유발하는 불씨라고나 할까.

우리나라 사람들은 이상한 버릇이 있는 것 같다. 자기와 별 관계가 없는 사람에게는 너그럽고 이해심도 많고 관대하다. 인류애를 설파하며 불우 이웃이나 지구의 반대쪽에 살고 있는 굶주린 난민을 위해서는 사랑을 베푸는데 인색하지 않으면서도, 자기와 가장 가까이에 있는 사람들을 받아들일 마음의 문은 좀처럼 열지 않고 그렇게 인색할 수가 없다. 왜 그런 것일까?

❀

두 마리의 고슴도치가 혹독하게 추운 어느 겨울날 서로 가까이 다가섰다. 그렇지만 고슴도치는 서로의 날카로운 가시 때문에 상대에게 상처만 입히고 떨어지지 않을 수 없었다.

그러나 그들은 다시 추위를 달래 보려고 가까이 다가섰고, 또 그들은 가시 때문에 서로 상처를 입게 되었다.

고슴도치는 몇 번이나 이런 시도를 반복한 후, 마침내 서로에게 상처를 입히지 않고도 서로의 체온을 전할 수 있는 안전거리를 찾아내게 되었다.

이 우화는 '고슴도치의 딜레마'로 알려져 있는 이야기로, 독일의 철학자 쇼펜하우어가 인간관계의 중요성을 일깨우기 위해서 쓴 것이라고 한다.

서로를 위해 주겠다는 마음이 서로에게 상처를 입히게 된다는 것이다. 가족도 마찬가지다. 부부이건, 부모자식 사이건 너무 지나치게 접근하면 대부분 예외 없이 섭섭한 마음이나 불쾌한 마음을 느끼게 되고, 아울러 서로를 아끼고 사랑하던 마음이 증오하는 마음과 고독한 마음으로 바뀌게 된다.

이렇듯 동일한 상대에게 상반된 감정을 품고 있는 상태를 양면가치, 즉 앰비밸런스라고 한다.

그래서 가족은 서로 사랑하면서도 상처를 입히고 또 자기 자신에게도 상처를 입힌다.

가족이라고 해서 무턱대고 친근감을 갖고 너무 큰 기대를 해서는 안 된다. 또 자기의 뜻대로 되지 않았다고 반발을 하거나 감정적으로 대립하거나 충돌해서도 안 된다.

그렇다면 어떻게 해야 서로에게 상처를 주기보다는 화합하며 어울려 생활할 수 있을까? 가족의 불협화음을 조율하기란 쉬운 일이 아니다. 아무리 정열적인 사랑을 했던 커플도 막상 결혼을 하고 나면 그 정열은 싸늘하게 식어 허무와 권태감이 밀려올 때가 있다.

상처를 받다보면 무감각해지고 무관심해지는 생활에서 결혼생활 자체가 지루하고 따분함의 연속이 될 수 있다. 어떤 것이든 반복되면 새로움은 없어지고 지루함만 찾아오게 된다.

미국에서 대학생들을 대상으로 음식에 대해서 실험을 했다. 가장 고급스럽고 맛있는 요리를 하루에 세 번씩 꾸준히 제공하는 것이었다.

예상대로 음식을 제공한 첫날은 학생들로부터 대단한 호응을 얻었지만, 같은 음식이 매일 세 번씩 거르지 않고 제공되자 학생들의 평가는 점차 낮아지기 시작했다.

이런 과정을 약 20일 동안 반복했더니 이제 학생들은 거의 음식을 먹지 않았다. 음식은 날이 갈수록 많이 남겨졌고, 학생들은 그 음식에 질릴대로 질려버렸다.

아무리 맛있는 음식도 매일 반복되면 신물이 나듯이, 아무리 좋은 사람도 계속 같이 살다가 보면 신선함은 없어지고 지겨움만 남게 되는 것이 일반적이다.

따라서 가족은 늘 새로워지기 위해서 부단히 노력을 해야 한다. 외모는 물론 정신적인 면도, 그리고 기능적인 면도 모두 새롭게 가꾸고 닦아야 한다.

'난 원래 이런 사람이야!'

이렇게 배짱을 부려서는 곤란하다. 단조롭고 지루한 생활에서 벗어나 새로워지려는 자기의 수고와 노력이 불협화음을 조절하는 최선의 방법이다.

당신은 새로운 자신과 화목한 가정을 만들기 위해 얼마만큼의 노력을 하고 있을까?

24

행복이 움트는 가정

인간의 최대가치는 꾸준한 자아발전의 추구와 창조적인 삶을 위해 노력하는 슬기에 있다.

한 국가가 국제사회를 구성하는 기본이라면 한 가정은 국가를 구성하는 기본이다. 따라서 밝고 건전한 가정생활은 국가와 국제사회를 건강하게 만드는 주축으로, 화목한 가정은 민주사회의 뿌리이며 핵이다. 그러므로 인간사회에서 일어나는 희로애락과 영고성쇠의 모든 문제는 가정에서 시작되고 가정으로 귀결된다.

국가사회가 가정의 총합이라고 볼 때, 사회구성의 기본인 가정이 밝으면 사회와 국가는 건전하고, 가정이 제 역할을 다하지 못하면 사회와 국가는 병들 수밖에 없다는 것은 만고의 진리이다. 이 평범한 진리 앞에 가정의 소중함을 새삼 깨닫게 된다.

꙲

　사람은 누구나 가정에서 태어나 가정에서 생을 마친다. 그러므로 우리는 가정에서 부모의 무한한 사랑과 자애를 배우고, 형제자매간에는 우애와 화목을 배우며, 또한 이웃간의 질서와 협동을 터득하고, 국가와 사회에 있어서의 정의와 관용과 조화를 체득하게 되는 것이다.

　우리는 생활의 필요 요소를 너무 쉽게 얻게 되면 그 중요성을 망각하기 쉽다. 공기와 물이 바로 그러한 존재이다. 이와 비유하여 볼 때 가정 또한 그렇다. 누구나 가정의 일원으로 생활하지 않는 사람은 없다. 부모형제가 있고 이웃이 있으니까, 그 존재의 중요성을 망각하고 그저 무의식적으로 살아가기 마련이다. 오히려 그 좋은 보금자리를 의식적으로 기피하려는 경향마저 있다.

　특히 현대에는 물질문명이 발달하면서 개인주의, 이기주의가 팽배하고 향락적 생활태도가 범람하여 사회가 병이 들어가고 있음을 실감한다. 건전한 가치관은 붕괴되고 공리적(公利的) 사조는 퇴조되며, 인간성 상실의 현상까지 나타나 사회적 병리가 심화되어 가는 것이 숨길 수 없는 현실이다.

　이러한 현상은 복합적 요인에 의한 것이지만, 그 중에서도 가정이 제 기능을 다하지 못 했다는 데에도 그 원인이 있다.

　우리 사회에는 '집은 있으되 가정이 없다'는 개탄의 소리가 여기 저기서 흘러나오고 있다. 이 말은 여러 가지로 시사하는 바가 크다.

　예전에는 물질적 빈곤으로 많은 사람들에게 집이 없었다. 그러나 가정은 건재하였고, 그 화목한 가정 속에서 삶의 지혜를 배우고 행복을 느끼며 살아왔다.

지금은 일만 불 국민소득 덕분에 대부분 집은 주어졌다. 그러나 가정이 없어 가족의 마음이 뿔뿔이 흩어져 행복의 보금자리가 파괴되고 도처에서 사회범죄가 일어나고 있다.

오늘날 우리에게는 세계화와 경제적 성장 그리고 사회적 복지가 절실한 시대적 요청되고 있지만, 그보다 더 중요한 것은 사회병리의 치유책으로 밝은 가정을 만드는 것이다. 사상누각이 허구이듯이 밝은 가정을 기반으로 서지 않은 국가는 존폐의 위기에 처할 수밖에 없다.

❋

이렇듯 밝은 가정은 행복한 사회구성의 기틀이기 때문에 가정에서 해야 할 몇 가지 사항을 제시하려 한다.

첫째는 세계화(世界化)에 대한 준비이다.

국가나 기업에서 21세기를 대비하기 위한 준비를 하는 것은 물론 가정에서도 이에 못지 않은 준비를 해야 한다. 세계화, 정보화에 따른 여러 가지 상황이 하루가 다르게 변화하고 있기 때문에 이들에 대비하기 위한 다각적인 준비를 해야 하는 것은 말할 것도 없다. 왜냐하면 가정은 국가 구성의 기본단위이며, 힘없는 국가의 가정은 행복할 수 없기 때문이다.

회사에서는 기술개발과 생산성 향상과 소득증대를 위해 힘써야 하겠지만 자원의 고갈은 심각한 위기를 가져오기 마련이다. 자연자원은 어쩔 수 없지만 인적자원은 각 가정에서 책임지면 가능하지 않은가?

지도상 국경의 개념이 날로 그 의미를 잃게되고 문화적 경제적 국경의 개념으로 바뀌게 된다고 볼 때, 가정에서는 출산량을 증가시켜 인적자원을 늘리고 우리의 문화를 보급 발전시키는 일에 앞장서야 하는 중요한 사명이 있는 것이다.

국가운영상 1억 만 명 이상의 인구는 있어야 바람직하다고 한다. 그런데 우리는 남북한을 합치고 해외에 이주한 우리 동포를 모두 합해도 이에 미치지 못한다. 소수정예화를 하는 것도 좋은 면이 있겠지만, 양에서 질을 추구하는 것도 바람직한 일이라고 본다.

세계는 넓고 살 곳은 많다. 우리 민족 우리 가정의 생존 무대가 좁은 한반도에 국한될 필요는 없다. 지구촌 곳곳에서 우리 문화의 꽃을 피우며 밝고 행복한 가정을 이루어, 우리 민족을 번성시켜 나가야 할 중대한 사명이 21세기 세계화를 준비하는 우리 가정의 과제이다.

❀

둘째는 가족들의 주인의식(主人意識) 고취이다.

사회구조가 농업사회에서 산업사회로, 산업사회에서 정보사회로 변화되면서 가정의 조직도 수직조직에서 수평조직으로 변화해 가고 있다. 따라서 명령과 지시로 움직여지는 수직조직의 입장에서와 같은 피동적인 생활태도를 가져서는 안 된다. 항상 창의적이고 능동적인 가치

추구의 생활자세로 변모해 가야 한다.

온 가족이 각자 주인의식을 갖고 서로를 존중하며 각자 자기의 역할에 충실해야 한다. 누가 누구에게 지나치게 많은 것을 기대하거나 요구하지 않아야 하며, 불평과 원망을 일삼아서는 안 된다. 가정은 사랑과 행복이 충만해야 하는 삶의 보금자리이기 때문이다.

그러기 위해서 부모는 자애롭게 자녀를 길러야 하고, 자녀는 부모님께 감사하며 효도를 해야 한다. 부부는 서로 사랑하며 존중해야 하고, 형제간에는 서로 이해하며 우애 있게 지내야 한다. 또한 이웃간에는 양보하며 협동하는 생활태도로 살아야 한다.

아내가 남편에게 요구하고 기대하면 남편은 아내에게 요구하고 기대한다. 자식은 부모에게 부모는 자식에게 요구와 기대를 하게 되면, 그 기대에 대한 충족이 이루어지지 않을 때, 불평과 불만이 자라게 되고 불평과 불만은 가정의 평화와 행복을 깨뜨리는 원인이 된다.

따라서 가정은 가족의 역할이 하나하나 충실하게 이행되어야 하며, 가족의 개별적인 목표가 하나하나 달성되어 가족의 공동 목표인 밝은 가정, 행복한 가정을 만드는 가족공동체의 구실을 다해야 한다.

❋

셋째는 가족들의 의사소통(意思疏通) 능력 향상이다. 가족간의 마찰을 해소하고 행복이 샘솟는 가정을 이루기 위해서는 감정의 표현은 물론 조절능력과 설득능력이 필요하다. 부부간에 마찰을 하는 원인 중 가장 큰 것은 의사소통 능력의 부족이다.

서로 사랑하는 감정이 있을 때는 아무 말도 하지 않고 속으로만 느끼고 말지만, 문제점이 눈에 띄면 참을성 없이 상대의 입장은 생각도 하지 않고 문제점을 지적하여 상처를 입힌다. 칭찬과 격려에는 인색하고 비판과 힐책에는 능숙하여 상대의 자존심을 상하게 한다. 이러한 감정이 싸이게 되면 부부금실은 금이 가게 되고 상대에게 받은 상처만 아파하며 불행을 키우게 된다.

부모와 자녀 사이에도 마찬가지다. 어떤 세미나에서든 부모와 자녀가 많은 대화를 나누어야 한다고 주장하지만 만족스러운 처방은 없는 것 같다.

그렇다면 어떤 대화를 나누는 것이 좋을까? 부모는 자식을 낳아서 길렀기 때문에 태어나서부터의 자녀의 역사를 모두 알지만 자녀는 부모의 성장 과정을 전혀 알지 못한다. 앞에서도 말했지만 부모는 자녀에게 자신의 역사를 알려 줄 필요가 있음을 다시 한 번 강조한다. 이렇게 하면 부모와 자녀 사이에 감정의 공유가 일어나게 되며, 자녀가 부모를 이해하고 존경하는 데 큰 도움이 되기 때문이다.

사랑이 움트는 행복한 가정을 만들기 위해서는 가족간에 대화가 늘 필요하며, 들려주고 들어줄 수 있는 대화의 공동의 장으로 가정은 존재해야 한다.

우리는 불원 21세기를 맞이하게 된다. 이에 우리는 준비를 해야 한다. 제일 큰 준비는 행복이 움트는 밝은 가정을 토대로 밝은 사회, 밝은 세상을 만드는 일이다. 아무리 물질적으로 풍요를 누린다고 하더라도, 가정이 밝지 못하고 사회가 병들면 모든 것이 허구에 불과하고 자멸의 늪으로 빠져들게 된다.

그러므로 우리는 사랑과 행복과 평화가 충만한 밝은 가정, 밝은 미래를 후손에게 물려주기 위해 부단한 노력을 경주하여야 한다.

25

현대사회의 가정문화

'결혼은 해도 후회하고 안 해도 후회한다'는 말을 들어 본 적이 있을 것이다. 그 이유는 무엇일까? 결혼을 하면 괴로워서 후회하고, 독신으로 살면 외로워서 후회한다.

그렇다면 괴로움을 감수하며 사는 편이 나을까, 외로움을 감수하며 사는 편이 나을까? 사람에 따라 다르겠지만 외로움 보다 괴로움이 좀 나을 것 같다. 왜냐하면 인간에게 주어지는 최고의 형벌이 외로움이기 때문이다.

그래서 사람들은 외로움을 덜기 위해 결혼을 한다. 그리고는 괴로워서 몸부림을 치는 것이다. 누구든 결혼하는 사람에게 물어보라.

"당신은 괴로워지려고 결혼을 하느냐?"

아마 "제 정신으로 묻는 말이냐?" 하고 대답할 것이다. 모든 청춘남녀는 "사랑하며 재미있게 살기 위해서 결혼을 한다"고 명백하게 대답을 할 것이다.

그러나 즐거움도 괴로움도 모두 자극인 것이다. 자극은 즐거움만 연속되는 것도 아니고, 또 괴로움만 연속되는 것도 아니다. 괴로움 속에 즐거움이 있고 즐거움 속에 괴로움이 있는 법이다.

삶이란 자극의 연속이다. 괴로움을 피하면 즐거움도 없어지고, 괴로움을 감수하다 보면 즐거움도 따르기 마련이다. 그런데 사람들은 즐거움만을 추구하고 괴로움을 거부하고 있다.

즐거움만을 추구하다 보면 외로움이라는 형벌이 따르게 된다. 외로움은 죽음과 같이 적막한 것이다.

❀

농업사회에서는 대가족제도 속에서 살아가며 다양한 자극을 체험했다. 이 체험의 대부분은 괴로움일 것으로 우리 머리 속에 입력되어 있지만 사실은 그렇지도 않다. 그 다양한 자극 속에 어찌 괴로움만 있었겠는가?

농업사회에서는 자급자족을 하며 살아야 했기 때문에 가족의 수는 노동력에 비례하므로 가족이 많으면 일손이 풍부할 수 있어 좋았다.

그러나 산업사회로 접어들면서 가족 중의 한 두 사람이 노동을 제공하여 온 가족을 다 책임지기에 이르렀다. 그래서 결혼을 하면 부부 당사자들이 사회에 노동을 제공하여 그 대가인 보수를 받아 생활을 한다.

두 사람이 가정의 주체가 되어 자녀를 임의대로 기르며 살아가는 것은 재미있고 즐거우면서도 부담스러운 일이지만, 그래도 대가족의 울타리 속에서 자기 자신의 주장이 전혀 생활에 반영되지 못한 채 살아가는 것보다 자유로워서 좋은 일이라고 생각해 왔다.

시부모님과 동서들, 그리고 시형제들의 층층시하의 시집살이 속에서 자기의 주관을 한 번도 관철시켜 보지 못했던 지난날의 여성들의 생활은 참기 어려운 고통이요 괴로움이었던 것이다.

그래서 자녀들은 부모님을 거부하고 자기들끼리만 살아가기를 원하고, 부모들도 역시 딴 살림을 내보내는 것이 신경이 쓰이지 않아 좋다고 생각한다. 이따금 필요할 때만 만나면 싫은 소리도 안하고 얼굴도 찌푸리지 않아도 되니 합리적이라고 생각을 하기에 이르렀다.

❋

산업사회를 먼저 이룬 선진국에서는 대가족제도는 거의 찾아보기 어렵고 모두 부부중심의 핵가족제도로 가족구성이 이루어져 왔다.

그러나 백 퍼센트 만족을 주는 제도는 없는가 보다. 자녀들이 다 커서 부모 곁을 떠나고 나면 노부부만 남게 되고, 세월이 더 지나게 되면 둘 중 하나만 남게 되어 견디기 어려운 외로운 삶을 살아가야 하는 것이 개인의 문제 뿐만이 아니라 사회문제로 등장하게 되었다.

경제적인 능력이 있고 없고에 관계없이 노인이 되면 신체적인 기능이 잘 되지 않아 더욱 안타깝게 된다.

국가 사회에서는 부랴부랴 사회복지 차원에서 양로원을 세우고 그곳에 노인들을 수용했지만, 그 노인들의 표정엔 너무도 외로움이 커서 얼이 빠져 있는 것을 볼 수 있다. 마치 반은 죽은 것이나 다름이 없이 초점 없는 눈망울이 허공을 응시하고 있을 뿐이다.

그런데 우리는 어떤가? 뒤늦게 산업사회를 이루었고, 그것도 짧은 시간에 이루었기 때문에 농업사회에서 생활해 온 사람들이 그 시대의 생활문화에서 헤어나기도 전에 사회 형태가 바뀌게 되었다. 그 결과 한 가정에서 복합사회 의식을 갖고 살아가는 부작용은 불협화음의 소리를 크게 만들었다.

젊은 층에서는 지난 시대의 제도와 생활문화는 무조건 거부하고 무시하는 경향이 생겨나기 시작했고, 나이가 든 사람은 옛날의 생활을 그리워하는 등 다양한 요구가 사회의 구석구석에서 분출되기 시작했다.

젊은이들에게 과거의 관습을 수용하고, 웃어른들의 의견을 존중하며 무조건 복종하고 따라주기를 바라는가 하면, 젊은이들은 젊은이들대로 어른들의 지배에서 벗어나고 싶어 몸부림을 치는 입장이 되었다.

❁

농업사회에서는 새로운 지식보다는 과거의 경험이 무엇보다 소중한 정보이며 자료였다. 그러나 지금은 경험에만 의존하는 것이 아니라 과학적인 증거와 자료에 의하여 수많은 지식과 정보가 범람하고 있다.

따라서 나이든 분들의 주장이 이치에 맞지 않을 때도 있고, 보다 더 좋은 개선책이 나오기도 하여 그들의 경험이 절대적인 것으로 대접을 받지 못하기에 이르렀다.

70대의 시어른을 모시고 살아가는 50대 부부는 부모님의 의견도 존중해야 하지만, 부모님들이 시대착오적인 주장을 하는 경우도 많아 많은 갈등을 겪으며 살아 왔다. 그러나 70대의 어른들은 무조건 본인들의 말씀이 법이요 진리인양 대접받기를 희망하고 있다.

70대 이상의 노인들은 그런 대로 농업사회의 가정문화를 주장하며 50대의 자녀들과 삐거덕거리며 견디어 왔지만, 이제 50대의 문제가 앞으로 21세기 가정문화의 방향을 결정하는 바로미터가 될 것이 틀림없다.

그러나 시대는 달라져 50대의 부부들은 부모님을 모시고 살면서 불편하고 성가셨던 점을 생각하며, 본인들은 절대로 자녀들을 데리고 살지 않겠다고 머리를 설레설레 흔든다.

지금은 아직 젊고 신체적인 불편이 없으니 간편하게 사는 것이 자식들과 의견도 상반되지 않고 좋겠지만, 나이가 더 들고 짝이 하나 없어지게 되면 그때는 외로움 속에서 눈에 초점을 잃은 채 시들어가게 될 것이다.

우리는 선진국들의 실패한 가족문화를 그대로 되풀이해서는 결코 안 된다.

그렇다면 우리는 21세기 정보사회에서 어떤 가정문화를 형성해 가는 것이 바람직할까?

70대 이상은 농업사회의 가정문화 속에서, 50대는 농업사회와 산업사회가 복합된 가정문화 속에서, 20대는 산업사회와 정보사회의 가정문화 속에서 살아가야 하는 복잡한 상황에 놓여 있다.

40~50대는 70대 이상의 노인들을 이해하고, 정보사회의 주역이 될 20대를 보살피며 새로운 가정문화를 이루어 가야할 막중한 책임이 있다. 50대 이상은 20대들이 정보사회 속에서 세계의 주역이 되어 마음놓고 뛸 수 있도록 바람직한 가정문화를 창출해 나가야 한다.

그러면 우리가 가꾸어 나가야 할 가정문화는 어떤 것이 좋을까? 농업사회의 장점인 대가족 제도를 받아들이고, 산업사회의 합리적인 사고방법을 합하여, 가정이라는 같은 공간에서 살아가면서도 독자성을 인정해 주는 복합적인 방법을 선택하면 바람직할 것이다.

그렇게 하기 위해서는 가정의 주도권 쟁탈전을 벌이지 말고 주연과 조연의 입장을 분별할 줄 알아야 한다.

50대 부부와 20대의 아들 내외가 한 집에서 같이 살게 되었다면, 그 집의 주연이었던 50대 시어머니는 20대 며느리에게 주연역할을 물려주고, 자기는 조연역할을 하면 좋다.

물론 50대 시어머니가 주연역할을 하고, 20대 며느리에게 조연역할을 맡길 수도 있다. 그렇게 되면 20대 며느리는 자기 마음대로 하고 싶어서 아들과 따로 살고 싶어한다. 주연은 20대가 맡고, 50대는 조연을 맡는 시대에 걸맞은 분별력이 있어야 한다.

또한 50대 시어머니가 계속 주연을 하고 싶어서 따로 사는 수도 있다. 그러면 그들이 노후에는 죽음 보다 더한 고통, 외로움을 감수하며 살아가야 한다.

시어머니가 조연을 하더라도 같이 어울리며 조화를 이룰 줄 아는 지혜가 이상적인 가정문화의 창조에 밑거름이 될 수 있다는 사실을 알아야 한다.

저녁에 아들이 퇴근하여 초인종을 누를 때, 누가 먼저 뛰어 나가야 좋을까? 그것은 당연히 며느리다.

"여보, 당신 왔어요? 힘들었지요?"

아들의 아내인 며느리가 영접하며 포옹을 해야지, 부모님이 뛰어나가서는 좋지 않다.

조연은 나설 데만 나서고, 나서지 않을 데는 나서지 않도록 잘 알아서 처신을 해야 한다.

부모와 같이 사는 것이나 따로 사는 것이나 별로 불편한 것이 없다는 생각이 들도록, 부모는 필요 이상의 간섭과 참견을 하지 말아야 한다.

❀

또 시어머니와 며느리 중에 누가 주부의 실권을 잡느냐 하는 문제도 중요하다. 50대 시어머니는 살림에 실력이 붙어 경륜이 있을 테고, 20대 며느리는 어설프기 그지없어 할 줄 모르는 일이 더 많을 나이이다.

그럼에도 불구하고 시어머니에게 배우면서 살겠다는 생각을 하는 며느리는 없다. 자기의 주장대로 자기가 하고 싶은 대로 살고 싶어하는 것이 요즘 세대이다.

이 젊은이들을 가르치면서 살겠다고 생각하면, 이들은 지배와 구속을 받는다고 생각하고 거부를 한다. 역시 시어머니는 조연, 며느리는 주연이 되어야 한다.

시어머니의 입에 며느리 요리솜씨가 맞지 않으면, 며느리에게 의견 제시를 할 수도 있다.

"얘야, 네가 아침저녁 식사준비를 하니 나는 편하지만 좀 미안하구나. 아직은 내가 건강이 괜찮으니 둘 중의 하나는 내가 맡으마. 나중에 내가 건강이 나빠지면 그땐 네가 다 맡아 주렴. 아침이 좋을까 저녁이 좋을까?"

"어머님, 그러면 아침을 맡아 주세요."

"그래, 그럼 내가 아침은 맡아 주마."

이렇게 합리적인 방법으로 본인의 입에 맞는 요리를 해서 먹을 수도 있다. 그러는 동안에 며느리가 자연스럽게 부모님의 식성도 알게 되고, 시어머니의 음식 솜씨도 익힐 것이 아닌가?

며느리가 냉장고를 정리한 것이 마음에 안 들면, 냉장고를 시어머니 용으로 하나 더 놓고 쓰면 불평불만을 더는데 도움이 될 수도 있을 것이다.

❀

사람은 다른 동물과 달리 지혜가 있다. 당장은 불편하고 부담스럽더라도, 전체적인 균형과 형평을 생각한다면 참고 수용할 줄도 알아야 한다.

국가나 개인이 제공하는 유·무료 양로원에서 외롭게 마지막을 장식하지 않기 위해서도, 더불어 같이 사는 지혜는 21세기를 위한 새로운 가정문화의 창조에 큰 힘이 될 것이다.

부모와 자녀가 같이 살아가는 데는 여러 가지 거북스럽고 불편한 점도 있지만, 말로 표현할 수 없는 훈훈함과 사는 맛을 새롭게 느낄 수도 있음을 잊지 말아야 한다.

21세기의 가장 바람직한 가정문화는 더불어 사는 지혜의 실현이다.

자녀교육

26

나의 아버지와 어머니

나의 아버지는 별명이 '호랑이'셨다. 큰기침 한 번만 하시면 온 가족이 부들부들 떨었다. 그러나 아버지는 엄하시면서도 의외로 인자하셔서 많은 사람들이 무척 많이 따르고 좋아했기 때문에, 집에는 항상 손님이 끊이지 않았고 이웃과 친지들은 모두 아버지를 어른으로 모시고 대접을 해 드렸다.

우리 집은 경제적으로 풍족하지를 못해 어려움을 겪으며 살았다. 해방이 된 이듬해에 이북에서 이남으로 피난을 왔기 때문이다.

아버지께서 하실 수 있는 일이 별로 없었다. 몇 번이나 사업을 하시다가 실패를 하셨고, 취직을 해서 월급을 받아오셨던 기억은 한 번도 없다.

고르지 못한 수입을 가지고 나의 어머니는 지혜롭게 살림을 꾸려 나가셨고, 한 번도 끼니를 거르게 한 적이 없으니 어머니의 살림 솜씨는 대단하셨다. 그렇다고 생활비를 벌어오실 능력이 있었던 것도 아니다.

아버지는 줏대 있는 분이셨다. 집에서 화투치기를 하는 것은 상상도 할 수 없었고, 어쩌다 화투장이 방구석에서 발견되면 우리 5남매는 연대기압을 받았고, 가족들에게 엄격하게 말씀하셨다.

"화투장 같은 것을 만지면 습관이 되고 분별력이 없어지기 때문에, 그런 것을 절대로 만져서는 안 된다."

약주도 많이 드시는 편이었다. 그러나 중심을 잃고 휘청거리신 기억은 한 번도 없고, 항상 꿋꿋하게 품위를 잃지 않고 처신을 하셨던 생각이 난다.

약주를 얼큰히 드시고 돌아오시면 아버지는 우리들을 불러 앉혀 놓고 이렇게 말씀하셨다.

"너희들은 뼈대가 있는 집 자손이다. 뼈대를 지켜야 한다. 풍양 조씨 뼈대가 보통 뼈대냐?"

우리들은 아버지의 말씀을 무척 듣기 싫어했다.

"소 뼈다귀도 세 번만 읊으면 맹물이 나온다는데, 풍양 조가 뼈다귀는 평생을 읊으니 맹물도 안 나오겠다."

그때 우리 형제들은 불평불만을 표시했지만, 아버지는 이미 고인이 되신 지 오래고, 우리 5남매는 아버지의 말씀이 거름이 되었는지, 한 명도 사회질서에서 이탈하지 않고 결혼해서 아들딸을 키우며 잘 살아가고 있다.

지금 돌이켜 생각을 해 보면 우리 형제들은 엄부자모(嚴父慈母)의 긍정적인 가정에서 자랐다.

아버지는 우리들의 **뼈**를 튼튼하게 해 주셨고, 어머니는 가정에 온기를 주셨으며, 우리의 살을 만들어 주셨다. 어려운 생활 속에서도 어머니는 아버지를 원망하거나 불평을 하지 않으셨기 때문에 아버지는 한번도 기가 죽은 적이 없으셨다.

어머니는 우리 5남매에게 넉넉하게 해 주지 못하신 점을 늘 미안해하셨으나 아버지는 그렇지 않으셨다. 사람에게는 먹고 사는 문제가 중요한 것이 아니라고 생각하셨기 때문이었을 것이다.

우리 아버지의 가르침은 성공을 거두어, 우리 5남매는 분별력을 갖고 **뼈**대를 지키며 잘 살아가고 있다.

❋

나의 외모는 대체로 어머니를 닮았고, 성격은 아버지를 많이 닮은 편이다. 나의 성격은 좀 과격하고 급한 데가 있지만 어머니는 차분하고 사려가 깊으셨다.

어머니는 섣달 초 사흗날, 몹시 추웠던 겨울날 밤 나를 낳으셨다고 한다. 무려 아홉 명의 자녀를 낳으셨지만 수명이 짧았던 네 명은 어머니의 가슴에 시퍼런 피멍만 남겨 놓고 세상을 떠나갔기 때문에 우리들 1남 4녀만 키우시게 되었다.

나는 태어난 순위로는 아홉 번째이지만 살아 있는 순위로는 다섯 번째이다. 막내딸인 나는 해방된 해에 황해도 벽성군 운산면에서 태어나

이듬해 첫 돌 되는 날 밤, 가족들과 함께 삼팔선을 넘어 월남하였다.

키가 자그마하고 어여쁘게 생기셨던 어머니는 그때부터 고생이 시작되었다. 어머니의 체격은 자그마하셨지만 그 체격과는 달리 나에게는 항상 가슴속에 꽉 차는 거인이셨다. 크게 화를 내시거나 큰 소리로 호통을 치시는 모습을 본 기억은 전혀 없으며, 늘 잔잔하고 조용하셨던 기억만 꽉 차있다.

그러나 보기와는 달리 자식을 사랑하고 부모로써의 책임을 다하는 자세는 어느 누구보다 강인하셨다.

내가 초등학교 5학년 때, 경북 상주에서 아버지가 그 동안 경영해 오시던 직조공장이 문을 닫게 되었다. 그후부터 우리의 가정형편은 몹시 어려웠다.

어머니는 다정한 성품이면서도 과묵하셨고, 말씀이 없으시면서도 정이 깊으신 분이셨다. 한 번도 수다스럽다거나 저런 말은 하지 않으셨으면 좋겠다는 생각이 드는 말을 하신 적이 없는 말수가 적은 분이셨다.

✻

어려운 가정 형편은 계속되었고 중학생이 된 나는 등록금을 제때에 내지 못하여 등록금 독촉을 받았다.

하루는 선생님이 집으로 돌려보냈다. 집에 가서 등록금을 가져오라는 것이었다. 아침에도 없어서 못 가져 왔는데 낮에 어디 가서 가져오라고 돌려보냈는지, 지금 생각하면 선생님이 참 딱한 분이셨던 것 같다.

내가 집으로 쫓겨가 보면 집에는 아무도 없고 우리 집 개, 메리밖에 없었다. 메리는 아무 것도 모르고 펄쩍펄쩍 뛰며 반가와했다. 나는 메리와 한참동안 놀다가 적당한 시간에 학교로 돌아갔다. 선생님께서는 물으셨다.

"언제쯤 주신다더냐?"

"빠른 시일 내에 주신대요."

"그게 몇 일이냐?"

"그건 말씀 안 하셨는데요."

나는 요령이 생겨 부모님을 못 뵈었다는 말을 하지 않았다. 그러면 선생님이 다시 가서 부모님을 만나 뵙고 오라고 할까봐 걱정이 되었기 때문이다.

저녁에 온 집안 식구들이 다 모이면 낮에 무슨 일이 있었냐는 듯이 가족들은 밝고 화기애애하였다. 나의 성격도 무척 밝은 편이라서 침울한 표정이나 언짢은 표정이 오래 남아 있지를 않았다.

내가 낮에 무슨 일이 있었는지 가족들은 전혀 눈치채지 못한다. 그러나 어머니는 아셨다. 메리가 얘기했을 리도 없고 누구도 얘기할 사람이 없는데, 어머니만은 신기하게 그 일을 알고 계셨다. 영감으로 아셨을까? 지금 생각하면 궁금하기 짝이 없다.

온 가족이 둘러앉아 있어도, 아무도 눈치채지 못하게 어머니는 나와 둘만이 알고 느낄 수 있는 대화를 하셨다. 손을 꼭 잡으며 눈빛과 입술의 움직임만 오갔지만 정감이 넘치는 애틋한 대화로 말씀해 주셨다.

"미안하다. 네가 얼마나 속상했겠니? 조금만 참아라. 내가 꼭 만들어 볼께."

나는 어머니가 미안해 하는 것이 안되어 보였다.

"엄마! 괜찮아요. 쫓아 보내면 한참 놀다 가면 돼요."

어머니를 위로해 드렸다. 그러나 어머니는 한참 놀다 가면 되는 것이 시한부라는 것을 아셨던 것이다.

❀

며칠 뒤, 어머니는 어떻게 만들어 오셨는지 등록금을 만들어 주셨다. 나는 그 돈으로 등록금을 내고 돌아서면서 '엄마가 3개월 뒤에 이 돈을 또 만들어 오지 못하면 나는 이제 학교를 다닐 수가 없겠구나' 하고 생각했다.

'그렇다면 어떻게 해야 하나? 어머니는 직업도 없고 돈도 벌 줄을 모르시는데…….'

그때부터 나는 장학금을 받아야겠다고 생각을 하고 열심히 공부를 하였다. 공부가 하기 싫고 지겨울 때 나는 이런 생각을 곧잘 했다.

"내가 나중에 커서 어른이 되면, 내 아이에게는 절대로 장학금을 받아오라고 하지 말아야지……."

나의 이런 마음의 기도는 기도발이 너무 잘 받았는지, 우리 아이는 한 번도 장학금을 받아오지 못하였다.

내 가슴 속에 남아 있는 어머니는 한 번도 주위 사람에게 원망과 불평을 하신 적이 없었다.

"돈도 없는데, 학교는 무슨 학교냐?"

"너의 아버지보고 등록금을 달라고 해."

이런 말씀을 하셨다면 나는 장학금을 받아 공부해야겠다는 마음은 갖지 않았을 것이다. 그러나 어머니는 모든 잘못이 자신에게 있는 것처럼 감수하며 미안해 하셨다.

어머니가 아버지를 원망하시면서 신세 한탄을 하셨다면, 아마도 나는 끝까지 공부를 하지 못했을 것이다.

"엄마, 내가 원 없이 돈 벌어다 드릴께."

이렇게 말하며 집을 뛰쳐나갔을지도 모른다.

모든 것을 감수하시며, 자식들에게도 남다르게 헌신적이셨던 어머니, 어머니의 겸허함은 우리 형제자매를 한 번도 이탈하지 못하게 만들었다.

지금 우리 5남매는 남다른 권세가나 재력가가 되지는 못했지만 다복한 가정을 이루고 잘 살고 있다.

27

부모의 말

　인류의 문화는 사람이 만들어 가는 것이다. 직장의 문화는 직장인이 만들고, 가정의 문화는 가족이 만들어 가야 한다. 바람직한 가정문화를 만들기 위해서는 가족간에 대화가 있어야 한다.

　미국의 7대, 8대 대통령이었던 앤드류 잭슨은 그의 나이 열 네 살에 군에 입대하게 되었다. 그는 너무 어렸고 훈련도 제대로 받지 못한 채 적군과 싸우다가 그만 포로가 되고 말았다.

　포로수용소에서 그는 천연두에 걸려 사경을 헤매고 있었는데, 어머니의 애타는 간청으로 풀려나게 된다. 어머니의 극진한 간호로 그가 다시 건강을 회복하게 되었을 때, 어머니는 전쟁터에서 급히 간호원을 필요로 한다는 소식을 듣고 자원을 하여 병원선을 타게 되었다.

　어머니는 아들과 같은 젊은 병사들이 부상을 당해 고통을 받는 것을 안타까워 하면서 심혈을 기울여 간호를 하다가 그만 세상을 떠나고 말았다.

그런데 어머니는 집을 떠나기 전에 아들 앤드류에게 다음과 같은 말을 해주었다.

"애야, 너를 다시 못 보게 될지도 모른단다. 지금까지 내가 살면서 배워온 것들을 너에게 들려주고 싶구나.

이 세상은 네가 스스로 개척해 나가야 한단다. 그러기 위해서는 좋은 친구를 사귀어야 한다. 친구는 솔직하고 진실하게 사귀어야 하고 변치 말아야 한다. 친구는 오래 사귀는 가운데 그 가치를 알게 되며, 그가 너에게 해준 만큼 너도 베풀어야 한다.

의무나 책임을 다하지 않는 것이나 친절하지 못한 것은 실수나 무관심이라기 보다는 범죄가 되는 것이다. 인간의 죄는 언제나 심판을 받기 마련이란다.

그리고 항상 겸손하고 공손해야 한다. 그렇지만 아첨이나 아부를 일삼으면 아무도 너를 존경하지 않게 될 것이다.

또 너에게 피해가 없는 이상 분쟁은 피하거라. 그러나 남자다운 인격은 항상 지켜야 한다.

폭행을 한다거나 남의 명예를 훼손하는 일은 절대로 해서는 안 된다. 이것은 엄연한 죄로 법에 의한 처벌을 받겠지만, 피해자의 격분은 가라앉지 않을 것이다. 결코 다른 사람의 감정을 상하게 하지 말고, 또 네 마음속에 화의 근원이 자라도록 내버려두지 말아라.

만약 네가 너의 정당성을 밝히거나 명예를 지키려고 한다면 조용히

그 일을 처리하거라. 그리고 분노가 일어날 때에는 먼저 너의 분노를
진정시키고 난 후에 다음 행동을 하도록 하거라."

앤드류 잭슨은 소년시절에 귀담아 들은 '어머니의 교훈'을 평생의
지침으로 삼아 마침내 미국의 대통령이 되었다고 한다.

❀

어머니의 힘은 '말의 힘'이다. 좋은 말은 무한한 가능성을 만들기도
하지만 나쁜 말은 인생을 망치게도 한다. 여자는 약하나 어머니는 강
하다고 하였듯이 어머니의 말씀, 어머니의 교훈은 아들 앤드류의 가능
성을 최대한 살려 주었고, 이를 실천하도록 하는 원동력이 되었다.

어머니의 말이 얼마나 큰 위력을 가지고 있는가를 생각하면서, 우리
도 자녀들에게 인생의 교훈이 될 만한 말을 들려주어야 하지 않을까?

앞에서도 소개했지만, 내가 성장하는 동안에 아버지께서 늘 들려 주
셨던 말씀은 "뼈대있는 집 자손"이었다.

그때 우리들은 그 말이 무척 듣기 싫었다. 아무 소용도 없는 케케묵
은 말씀이라고만 생각했다. 그러나 지금 아버지 어머니는 모두 돌아가
시고 우리에게 남은 것은 부모님의 말씀 뿐이다.

귀에 거슬리던 아버지의 말씀은 보약이 되었고, 우리 5남매의 생활
에 질서를 잡아주셨기 때문에 누구 하나 이탈하여 제멋대로 사는 사람
이 없다. 어려운 역경이 다가와도 묵묵히 참고 견디며, 그 책임과 역할
을 다하는 중심 있는 생활자세는 아버지가 주신 말씀의 덕택이리라.

그래서 나는 아버지께서 하시던 말씀을 내 아들에게 써먹기로 했다. 내 남편은 전주 김씨다.

"얘야, 우리 집안은 뼈대가 있다. 전주 김씨 뼈대가 보통 뼈대인 줄 아니? 너는 뼈대를 지켜야 한다."

이 말에 고분고분할 아들녀석은 아니다.

"엄마, 알았어요. 오징어족(族)은 아니라는 걸……."

그러나 나는 상관하지 않는다. 보약의 효과는 지금 당장 나타나는 것이 아니라 두고두고 나타난다는 것을 잘 알고 있기 때문이다.

❀

며칠 전 한국통신에서 강의를 마치고 국제전화국장과 점심을 같이 하게 되었다. 그는 아들이 외출을 하면서 "아버지 다녀오겠습니다" 하고 인사를 하면, "너 아버지가 하는 말 명심해라" 하고 평소에 말하던 가정교육을 상기시킨다는 것이다.

이런 아버지의 말씀들이 얼마나 사리와 이치에 맞고 도덕적인지를 따지지 말자. 다만 이런 말을 나누고 외출한 아이들의 마음속에는 집안에 대한 긍지 같은 것이 살아있지 않겠는가?

"요즘 애들은 큰 일이에요. 부모의 말 알기를 우습게 알거든요. 저 하고 싶은 대로 하면서 사는 아이들이죠."

이렇게 자녀를 포기하는 듯이 말하는 어른들이 늘어나고 있는 것은 안타까운 일이다. 틈나는 대로 집안의 내력을 아이들에게 알려주고,

지금까지 부모가 살아온 역사를 들려주는 일은 무엇보다 중요하다.

아이들이 그 당시에는 신중하게 귀를 기울이는 것 같지 않는다고 해도 말이다.

가정의 의미를 일깨우고, 가족의 자긍심을 가지게 하는 부모의 말을 듣고 자란 아이들은 이런 자극을 받지 못한 아이와 어른이 되어서 살아가는 생활철학에 큰 차이가 있다. 가족에 대한 긍지를 갖는다는 것은 사회적인 책임이기도 하다. 올바른 가정문화를 가꾸어 가는 노력이 우리의 가정에서 이루어져야 한다.

부모가 부모 노릇을 잘 하면 자녀들도 그 부모의 심중을 언젠가는 헤아리게 되지 않겠는가! 부모의 말씀이 곧 삶의 지침이며, 바람직한 가정문화를 만드는 밑거름이 된다는 사실을 명심해야겠다.

28

약한 자녀, 강한 자녀

미국의 20대 대통령 제임스 가필드는 개척 농민의 아들로 태어나 고학으로 윌리엄즈 대학을 졸업하고 교사, 변호사를 거쳐 대통령까지 된 입지전적 인물이다.

그가 대학의 학장으로 재직할 때의 일이다. 그 학교 재단 이사의 아들이 입학을 하였는데, 어느 날 이사가 찾아와 학장 가필드에게 청탁을 했다.

"내 아들이 공부를 썩 잘하니, 교과과정을 좀 단축하여 일찍 졸업을 하도록 월반을 할 수 없겠습니까?"

이때 가필드는 다음과 같이 대답하며 거절했다.

"한 그루의 느티나무를 기르는데는 100년이 걸리지만, 하나의 호박을 기르는데는 2~3개월이 걸립니다."

이 말은 지금의 우리들에게도 시사하는 바가 크다.

빨리 쉽고 편하게 이루어 보려는 우리의 조급증에 대한 따끔한 일침이며, 누구에게든 아닌 것은 아니라고 말할 수 있는 용기를 일깨워 준다.

쉽게 빨리 이루겠다는 안이하고 조급한 생활태도가 지금의 우리 아이들을 나약하고 무기력하게 만들었으며, 조금만 어려움이 닥쳐도 참고 견디지 못하고 쉽게 포기하고 체념하는 아이들을 만들고 말았다. 마음 먹은 대로 되지 않거나 두려움이 생기면 쉽게 비관하고 삶을 포기하는 지경에 이르지 않았는가?

❀

그러나 지금도 홀로서기를 체험한 젊은이들은 결코 나약하지 않다.

이용환, 그는 스물 세 살의 청년이다. 가까스로 중학교를 졸업한 그는 어머니가 손에 쥐어준 꼬깃꼬깃 접힌 만 원짜리 열 장, 십만 원을 가지고 말없이 눈물만 흘리시는 어머니를 뒤로한 채 서울로 올라왔다.

그가 처음에 취직한 곳은 자동차 정비소였다. 한 달이 지나니 첫 월급이 삼십 만 원, 그는 그 돈을 몽땅 집으로 내려보냈다. 어머니는 말없이 또 눈물을 흘리셨다.

그 후 그는 기술을 익히며 일자리를 옮겨 6년만에 6천 만 원의 재산을 모으게 되었다. 고향에는 경운기가 들어갈 수 있는 집도 샀다.

지금도 그의 일기장에 쫙 펴져서 꼽혀 있는 종자돈 십 만 원, 어머니가 주신 그 돈을 그는 쓰지 않고 재산으로 보관하고 있단다. 늦은 나이지만 야간 기계고등학교에 다니는 학생으로 하나하나 자신의 꿈을 실현하며 부모님까지 돌보는 고난을 이겨내는 의지의 청년이다.

이런 청년이 있는가 하면 좋은 환경에서 자라면서도 대학입시가 두렵고 공부하기 싫고 세상이 힘들어 부모의 가슴에 못을 박고 자살하는 아이들도 있다.

이것은 누구의 책임일까? 쉽게 고통 없이 무엇이든 빨리 이루어 보려고 하는 조급증 환자는 누가 만들었을까?

지금 우리는 자녀에게 무엇을 요구하는가?

"위험한 곳에 가지를 마라."

"물에 가면 빠져 죽는다."

"산에 가면 떨어진다."

"그 일은 힘드니까 하지 마라."

"냄새나고 더러운 걸 왜 만지니." 등등.

공부만 잘하면 일류대학에 합격하고, 졸업을 하면 일류직장에 취직되고, 월급을 많이 받으면 장가가서 아들딸을 낳고 너희 살아가는데는 지장 없으니, 이것저것 생각하지 말고 오로지 공부만 하라고 가르치지 않는가?

금지옥엽으로 칭찬만을 들으며 귀하게 자란 아들이 군에 갔다. 훈련 도중에 힘들고 고통스러움을 이겨내지 못하고 그만 자살을 하고 말았다. 그가 남긴 유서에는 '세상이 이렇게 힘들고 어려운 줄 몰랐다'는 것이다. 그제서야 부모는 좀더 강한 아이로 키우지 못한 것을 후회했으나 소용이 없었다.

❊

좋은 환경만이 자녀를 훌륭하게 키울 수 있는 것은 결코 아니다. 열악한 환경에서도 부모가 하기에 따라 훌륭한 자녀를 키울 수가 있다.

97년도 대학입시에서 서강대학교에 쌍둥이 형제가 나란히 수석합격을 했다는 신문기사를 보았다.

이들 형제는 네 살 때 어머니를 잃고, 할머니 손에서 자랐다. 그러나 할머니도 지난 해에 91세 노환으로 돌아가시고, 아버지는 4년 전에 사업의 실패로 충격을 받아 하반신이 마비되었다.

생활이 어려운 두 학생은 자기가 다니는 학교 도서관에서 도서를 정리해 주면서 근로학생으로 장학금을 받아 등록금과 생활비를 충당하면서 가정을 꾸며 나갔다.

4평 짜리 사글세방에 병든 아버지를 모시고 공부를 해야만 했다. 방한가운데를 반으로 갈라 한 쪽에는 아버지를 모시고, 한 쪽에는 밥상두 개를 놓고 공부를 했다. 벽에는 '아무리 어려워도 꿈과 희망을 버려서는 안된다'는 글귀가 붙어 있었다. 이것은 아버지가 눈물을 흘리면서 형제들에게 해준 말이다.

이 형제들의 꿋꿋한 삶은 동네에 소문이 났고, 지난 해 10월 22일에는 TV에도 소식이 전해졌다. 이 소식을 들은 서강대학교의 총장이 이들을 찾아가서 희망을 주었다.

"우리 학교에 오면 4년간 장학금을 주고, 또 공부를 잘해서 외국에 나가 유학을 하면 박사학위를 받을 때까지 지원을 해 주겠다."

이 말에 힘을 얻은 형제는 더욱 열심히 공부를 하여, 이번 시험에서 형은 경제학과를 지원해서 전체 수석을 하였고, 동생은 법학과를 지원해서 법과대학의 수석을 차지했던 것이다. 이 얼마나 갸륵한 형제인가?

※

누에고치에서 나방이 나오는 모습을 지켜보고 있던 한 어린아이가 고치를 뚫고 힘들게 나오는 나방을 보다 못해 딱한 생각이 들어 단단한 고치를 칼로 찢어 주었다. 그랬더니 나방은 쉽게 밖으로 나와 날았지만 얼마 못 가서 힘을 잃고 뚝 떨어져 죽어버리더라는 것이다.

나방이 고치 속에서 빠져 나오려는 몸부림을 통해서 날개에 힘이 생겨 날 수 있는 능력이 생기는 것이 자연의 이치다. 그런 이치를 모르는 어린아이가 무조건 힘들어하는 것이 안타까워서 누에고치를 찢어주었으니 나방이 죽을 수밖에.

여기에서 우리 여성들이 꼭 짚고 넘어가야 할 문제가 있다. 아이를 낳는 문제이다. 옛날의 우리 어머니들은 산고의 고통을 겪으면서도 자연분만을 했다.

그런데 요즘 여성들은 어떤가? 아이를 낳을 때 산고를 겪지 않으려고 배를 가르고 쉽게 낳지를 않는가?

의학적인 통계가 없어 확신할 수는 없지만, 쉽게 나온 나방이 힘이 없어 죽은 것처럼 아이가 죽지는 않았더라도 자연분만한 아이보다 나약하지는 않을까? 게다가 자녀의 양육이나 교육 과정에서도 스스로 역경을 이겨내고 고난을 극복하도록 내버려두어야 하는 것을, 힘들지 않게 쉽게 빨리 해결할 수 있도록 도와주는 것이 진정한 사랑인 것으로 착각하고 있다.

요즈음의 나약한 아이들은 하나같이 과보호만을 받은 데서 비롯된 결과이다. 이들에게 진정한 사랑을 주고, 자신의 역경과 고난을 이겨 낼 힘과 의지를 길러 주었더라면 세상을 쉽게 비관하고 포기하는 끔찍한 일은 막을 수 있지 않았을까?

❀

세상을 살아가노라면 우리의 좁은 소견으로서는 도저히 이해할 수 없는 일들이 너무나 많다.

왜 여름은 덥고, 겨울은 추운 것일까?

험한 파도와 폭풍우는 왜 몰아치는 것일까?

우리 인생은 왜 이토록 고달픈 것일까?

좀더 안락하고 즐거운 생활만 계속될 수는 없을까?

어느 식물학자의 말에 의하면, 여름이 더워야 농작물의 수확이 많아진다고 한다. 일찍 서늘해지기 시작하면 그 해는 흉년이 된다는 것이다. 또 겨울은 추워야 이듬해에 병충해가 없어진다는 것이다.

우리가 백해무익한 것으로 생각하는 거센 파도는 바다 속의 깊은 곳에 있는 물고기와 생물들이 살 수 있도록 산소공급을 위해 바다 스스로 한바탕 뒤집히는 작업이라는 것이다. 참으로 오묘하고도 신비한 자연의 조화이다. 그렇다면 사람이 겪는 고난의 의미는 무엇일까?

링컨 대통령에게 누군가가 물었다.

"많은 사람에게 존경받는 비결이 무엇입니까?"

"남보다 많은 실패를 경험하는 것입니다."

지금부터 2000년 전의 석가모니도 '인생은 괴로움의 바다(苦海)'라고 했다. 지금보다 몇 십배 몇 백배 단순했을 시대임에도 불구하고, 그는 벌써 삶을 괴로운 것이라고 말하지 않았던가?

칼릴 지브란은 그의 저서 『예언자』에서 '고통은 오성(悟性)의 껍질이 깨어지는 것'이라고 말했으며 또한 성경에서는 '모든 것이 협력하여 선을 이룬다'라고 했다.

삶에는 많은 고통이 따른다. 그 역경을 이겨낼 수 있는 것은 사랑이 있기 때문이 아닐까.

29

긍정적인 자녀를 기르는 법

가족의 장래, 사회의 미래는 우리가 지금 키우고 있는 아이들에 의해서 좌우된다고 볼 수 있다. 그것은 아이들이 현재 인구의 100%를 구성하는 것은 아니지만, 우리 미래의 100%를 구성하게 된다는 사실 때문이다.

그래서 우리는 자녀의 성장과 교육에 온갖 정성을 다 쏟고 있는 것이다. 그러나 중요한 것은 올바른 정성을 쏟아야 한다는 것이다.

성경에는 '심는 대로 거둔다'는 말이 있고, 컴퓨터를 하는 사람들은 '쓰레기를 입력하면 쓰레기가 출력된다'고 한다. 그렇다면 우리가 원하는 것을 얻으려면 어떻게 해야 할까? 그 답은 간단하다.

'좋은 것을 입력하라! 그러면 좋은 것을 얻을 것이다.'

그렇다면 좋은 것은 어떤 것인가? 무엇보다도 그것은 긍정적인 세계를 입력시키는 것이다. 긍정적인 세계를 입력시키면 긍정적인 자녀가 되고 긍정적인 자녀는 긍정적인 결과를 만들게 된다.

사고는 행동에 직접 영향을 미치기 때문에 우리 자신의 마음속에 무엇을 입력시키느냐에 따라서 자신의 언행(言行)이 결정된다. 따라서 마음속에 넣는 것을 바꿈으로서 우리 자신의 상태나 상황을 바꿀 수가 있다. 우리가 바뀌면 우리의 아이들도 바뀌기 때문이다.

아이에게 컴퓨터를 사 주는 것은 백해무익하다는 생각을 갖고 있으면 컴퓨터로 나쁜 짓만 하는 것을 생각하기 때문에 그것을 사 주지 않게 된다. 그러나 앞으로는 컴퓨터를 모르면 컴맹이 되기 때문에 '컴퓨터는 필수이다' 라는 생각을 하면 자녀에게 그것을 사 주게 된다.

똑같은 관점을 놓고 어떻게 생각하느냐에 따라 결과가 달라진다면 긍정적인 세계를 입력하여 좋은 결과를 얻도록 하는 것이 무엇보다 필요하다.

❀

그러면 긍정적인 아이로 기르려면 어떻게 해야 할까? 그 방법에 대해서 알아보기로 하자.

첫째, 결과만 탓하지 말고 방법을 바꾸어야 한다.

만약 우리가 아이들의 행동(출력)에 만족하지 않는다면, 우리가 그들에게 심어주는 것(입력)을 바꾸도록 노력해야 한다.

그러기 위해서는 무엇보다도 먼저 우리 자신을 바꾸어야 한다. 인생은 쉬운 것이 아니다. 사실 매우 어렵고 고달프다. 우리가 자녀들에게 인생의 고달픔을 일깨워 주려는데 잘 되지 않는다면, 우리는 방법을 바꾸어 아이들이 자기를 컨트롤하도록 훈련을 시키는 교육에 참가시키도록 해 볼 필요가 있다.

어려움을 참고 견디는 훈련에 참가한 아이들은 이런 학습 경험을 하지 못한 아이들에 비해 훨씬 세상에 잘 적응하고 어려움을 견디는 힘을 얻고 있다. 좋은 결과를 얻기 위해서는 좋은 방법을 입력시켜야 하는 것이다. 어떤 준비도 시키지 않고 결과만 탓하는 부모는 불행한 자녀를 만들고 만다.

❁

둘째, 자녀의 가능성을 믿고 인정해 주어야 한다.

아이들은 자라면서 많은 실수를 하게 된다. 그 실수의 결과가 어떻게 나타났느냐에 따라 무서운 형벌을 받기도 하고, 착하고 올바른 아이로 평가받기도 한다.

부모의 말 한 마디는 자라나는 자녀의 장래를 좌우하고 또한 사회를 좌우하는 기초가 된다.

"요즘 아이들은 못 쓰겠어……."

자식을 둔 부모들의 이런 탄식 소리를 들으며 우리 스스로 자성(自省)의 시간을 가져야 한다고 생각하지 않는가? 이런 부정적인 의식이 부정적인 아이를 만들고 우리의 미래를 어둡게 하고 있는 것이다.

밝은 미래를 위해서는 우리들 부모부터 긍정적인 사고로 바꾸어야 한다. 부모들의 욕심만 작용해서는 안된다.

부모가 자녀를, 자녀가 부모를 인정하고 믿으며 서서히 방향을 바꾸어 나가는 인내와 끈기가 이 가슴 아픈 현실을 극복해 나갈 수 있다. 내 자녀를 좀 더 큰 인물로 바르게 키우기 위해서는 부모가 먼저 무엇인가를 해야 할 시급한 때이다.

눈앞의 이익만을 보지 말고, 국가관이나 민족관을 갖고 교육을 시키는 것도 바람직하다.

❀

세월이 가면서 세상살이에 익숙해져 갈 우리의 자녀들에게 좀더 반듯하게 조국과 민족의 긍지를 고취시킬 방법은 무엇일까?

우리 민족은 세계적으로 우수하다는 정평이 나 있다. 그러나 지나친 경쟁심으로 자신의 영달만을 추구하는데는 그 누구도 당할 수가 없지만, 조국과 민족을 위하여 큰마음을 내는데는 너무나 인색하다.

그러나 유태민족은 어떤가? 그들은 조국이 어려움에 처하거나 민족이 수난을 당할 때는 모두 하나가 되어 이겨내는 응집력이 강하다.

다같이 우수한 민족이면서도 그들은 큰 힘을 내는데, 우리는 왜 작은 힘밖에 쓰지 못할까?

이스라엘 사람들은 자녀가 세 살이 되면 민족의 뿌리를 가르친다. 모세를 비롯하여 예수 그리스도, 아인슈타인 등 역사적 인물들을 열거하며, 그들의 업적을 전설처럼 들려주고는 '너희는 이런 우수한 민족의 후손이니, 너도 이 민족을 위해 한 몫을 해야 한다'고 민족의 자긍심을 가르친다는 것이다.

또한 열 살이 되면 생활의 지혜를 가르치는데, 각 가정에서 슬기롭고 지혜롭게 사는 법을 자연스럽게 터득하는 것이다.

"왜 우리 민족은 그토록 많은 핍박을 받았어요?"

자녀들이 물으면 어느 가정에서든 같은 대답을 해줄 수 있는 모범답안이 있다는 것이다.

우리는 어떤가? 우리와 그들의 차이는 가정에서 비롯된다고 보아야 한다. 우리의 가정에는 교육이 없어졌다. '가정교육'이라는 말은 있어도 무엇이 가정교육인지 그 실체를 잘 모른다.

가정 형편이 넉넉지 못하여 자녀들을 학원이나 과외수업을 시키지 못하면, 부모들은 부업이나 파출부를 해서라도 부족한 사교육비를 충당하려는 감동적인 노력은 아낌이 없지만, 사랑하는 자녀들에게 세상을 살아가는 지혜를 가르칠 줄은 모른다.

교육개혁위원회에서는 교육제도를 고치는 데만 고심하지 말고, 각 가정에서 민족의 뿌리를 가르치고, 생활의 지혜를 가르칠 수 있는 모범 답안과 자녀들이 역사적 상황에 대해 질문을 하면, 부모들이 그에 대해서 대답할 모범 답안을 제시하는 일부터 시작해야 한다.

모든 사회병리가 가정에서부터 시작된다면 그 치유책도 당연히 가정에서 찾아야 하지 않겠는가?

가정교육을 제대로 하고 싶어도 방법과 방향을 모르고 표류하는 이 땅의 수많은 부모들이, 가정에서 조국과 민족의 역사를 들려 줄 수 있는 수준이 된다면, 우리민족이 세계 어느 곳에서 살든지, 조국과 민족에 대한 사랑이 남다른 후손으로 자라날 수 있으리라.

30
우둔한 엄마는 자녀를 이렇게 교육한다

"너, 공부 열심히 해서 좋은 대학에 들어가야 해. 그렇지 않으면 네 아버지처럼 되고 마는 거야. 정신 똑바로 차리고 공부해라. 난 너만 보면 속상해 못 살겠다. 너는 아버지를 보면서 한심하다고 생각하지 않니? 제발 공부 좀 해라, 공부!"

학교에 다니는 자녀를 둔 어머니들이 공부하라고 타이르고 격려하는 말이다. 얼마나 기가 막히는 일인가?

자녀들에게 가장인 아버지의 이미지를 이렇게 심어주어도 된단 말인가? 무심코 내뱉는 말 한마디가 남편의 위신에, 자녀의 장래에 어떤 영향을 미칠 것인지 생각조차 하지 않는 것은 무책임, 무분별 바로 그 자체이다.

아이들에게 공부하도록 부추겨 주는 것은 좋은 일이지만, 어쩌자고 애들 아버지의 체면을 그토록 짓밟아 놓는단 말인가? 이런 말은 아이들에게 공부할 의욕을 만들어 주기는 커녕 문제아를 만드는 결정적인 실수가 된다.

자녀들을 격려하는데 왜 하필이면 애들의 아버지를 끌어내리고 무시하는 결정적인 말을 사용하는지 알 수가 없다. 이보다 더 남편을 모욕하는 언사가 또 어디에 있겠는가?

정상적인 의식을 갖고 성장한 사람으로서는 참으로 이해하기 곤란한 일이다. 남편의 수준은 자신의 수준과 비슷한 법. 끼리끼리 어울려 산다는 말이 있지 않은가?

※

우리 주위에는 때때로 남편을 '쓸모 없는 사람', '능력 없는 못난이' 취급을 하며 사는 아내가 있다.

만일 우리의 남편들이 그렇게 형편없고 변변치 않은 존재라고 한다면 우리 자신의 수준도 그렇게 침몰하고 만다. 자녀들도, 남편도, 우리 자신도 얼마나 불행한 존재가 되겠는가?

당신도 보잘 것 없는 여자니까 그런 남편하고 같이 사는 게 아니냐고 묻는다면 흥분하지 않겠는가? 자승자박이라는 말을 안다면 이런 모욕적인 말은 피해야 한다.

사리분별도 할 줄 모르는 어리석은 여성들이 자만심과 욕심만은 대단해서 생각나는 대로 아무렇게나 감정을 노출시키는 수준이라면 그녀에게 어떻게 가정을 마음놓고 맡길 수 있겠는가?

자녀들은 자녀들대로 아버지를 우습게 취급할 것이고, 아내는 아내대로 남편을 무시해 그 집안의 위계질서는 엉망진창이 되고 말 것이다. 무질서와 불만이 연속되는 가정을 조성해 놓고서 남편이 잘되고, 자녀가 잘되기를 바란다면 그것이 과연 정상적인 사람의 심리인가?

우리나라의 가정에서 제일 불쌍한 사람은 남편들이다. 집안의 생계를 위해 최선을 다해 수입을 늘려 보려고 이리저리 뛰어 다니는 그들은 직장에서도 항상 경쟁 속에서 자기의 자리를 지키려고 안간힘을 쓴다. 그리고 집에서나마 푸근하게 휴식을 취할 수 있기를 바라는데, 가정에서는 아내와 아이들에게 무시를 당하고 구박을 받으니 삶의 의욕이 꺾일 수밖에 없다.

대접을 받아야 할 가장이 집안에서 '별 볼일 없는 존재', '어정쩡한 남편', '우습게 보이는 아버지'로 입장이 난처해진다면, 그들은 만사가 귀찮고 맥이 빠져 어처구니없이 몰락해 버리고 말 것이다.

자녀들의 인격은 어떤 부모, 어떤 가정환경, 어떤 교육을 받으며 자라났느냐에 따라 영향을 받는다. 어떠한 성장환경도 아랑곳하지 않고 학력만 좋으면 높이 평가해 주는 사회는 결코 옳은 방향으로 간다고 할 수 없다.

❀

누군들 요즘 우리 사회의 학력 지향적인 세태를 모르겠는가? 그렇지만 무작정 학력만 높다고 모두 다 인정을 받고 승승장구로 출세가도를 달리며 성공하는 것은 아니다. 세상에는 고학력자이면서도 능력을 인정받지 못하는 사람이 많고, 무위도식을 하는 사람도 많다.

무작정 대학졸업자가 늘어나 고학력자 과잉상태가 되면 학력보다는 개인의 인격과 성격이 평가의 기준이 된다. 그래서 지능지수(IQ)보다는 감성지수(EQ)가 더 중요하다고 하지 않는가? 앞으로는 학력보다 능력이 중시되어지는 사회로 바뀌어 갈 수밖에 없다.

그런데 자녀를 기르는 어머니가 무작정 대학만 나오면 세상의 일이 그냥 뜻대로 다 이루어진다는 듯이, 아버지를 무시하며 자녀를 공부하도록 채찍질하는 것은 무언가 앞뒤가 맞지 않는다.

자녀를 바르게 성장시켜 사회의 일꾼이 되도록 하는 것이 어머니의 역할이라면, 남편의 의욕을 이끌어 내어 성실하게 살아가도록 내조하는 것은 아내의 몫이다.

아이들에겐 어머니이며, 남편에겐 아내인 여성의 입, 그 입의 힘은 자녀나 남편뿐 아니라 세상을 움직이는 힘을 가졌다. 아내의 태도 하나에 자녀와 남편의 장래가 달려 있다는 사실을 익히 알고 있는 여성은 가정을 책임질 수 있는 여성이다.

자녀가 부모에게 효도를 하느냐 아니면 부모를 무시하고 구박하며 돼먹지 않게 구느냐 하는 것은 어머니가 남편을 대하는 태도에 의해 결정되는 것이다.

출세를 못 했다고 돈을 못 번다고 구박하고 무시하는 아내는 남편의 덕은 물론 자녀의 덕도 못 보게 된다. 왜냐하면 자녀들이 원망과 불평을 배우기 때문에 성격이 왜곡되어, 원만하지 못하고 또한 긍정적이지 못하기 때문이다. 자녀는 부모의 거울이라고 하지 않았던가?

✤

남편을 존경하고 대접하며, 그의 능력을 인정해 주는 아내는 존경받고 인정받는 남편과 아버지를 만들어 낼 수 있을 뿐만 아니라 남편에게는 사랑받는 아내, 자녀에게도 존경받는 어머니가 될 수 있다.

부모의 겸허한 자세, 예의바른 생활태도는 자녀들의 성격과 인품을 좋게 만들고, 질서 있는 가정을 만들며 사회를 안정시킨다. 자녀 앞에서 말할 때는 '아버지의 자존심'을 건드리지 않도록 항상 조심하도록 하자.

31
어머니의 삶이 산 교육이다

"나는 여성을 존경합니다. 여성은 정말 위대해요. 아무리 가정이 어려움에 시달려도 어머니의 의식만 똑바로 되면 그 가정은 절대로 흔들리지 않아요."

몇 년 전인가? 김동길 박사께서 내가 주관하고 있는 〈밝은가정대학〉의 강의에 나오셔서 하신 말씀이다.

그분은 어머님을 회상하며 이런 말씀을 하셨다.

"나의 어머니는 가정이 어려움에 처해있을 때에도 자식들에게 절망이나 불안을 심어준 적이 없어요. 쌀독에 쌀이 떨어져 하나도 없어도 '큰일났다. 우린 이제 굶어 죽게 되었구나' 하며 겁을 준 적이 없고, '얘들아 걱정하지 마라, 산 입에 거미줄 치는 것 보았니?' 하시며 희망과 용기를 주셨지요."

희망과 기대를 항상 안겨 주셨던 돌아가신 어머니를 생각하며 육십

이 넘은 나이에도 눈가에 이슬이 맺히는 것을 보았다. 누구든 어머니를 생각할 때 가슴이 저려오는 아픔과 그리움을 느끼지 않는 사람은 없으리라.

나의 어린 시절도 마찬가지로 어려웠다. 이북에서 피난을 내려와 생활은 말이 아니었고, 아버지는 호인이라 작은 가정살림에는 신경조차 쓰지 않았기 때문에 어머니 혼자 꾸려가야 하는 가계는 말이 아니었다.

그래도 어머니는 자식들 앞에서 아버지에 대한 원망이나 불평을 하신 적이 없다. 오히려 아버지의 입장을 옹호하셨다.

"너희 아버지는 참 안됐다. 남북이 이 지경만 되지 않았더라도 이런 고생은 안 해도 될 것을, 피난을 나와 이렇게 어렵게 사는 걸 보면 마음이 아프단다."

그래서인지 우리 형제들은 출가해서 살아도 남편을 원망하거나 불평하지 않는다. 모두가 내 복이거니 생각하며 삼켜버리는 것은 어머니 덕이 아닌가 싶다.

❈

마침 어머니의 이야기가 나왔으니 빼놓을 수 없는 분이 있다. 내가 존경하는 은사님 중에 이윤기 박사님이 계신다. 선생님은 틈이 날 때마다 본인의 어머님 이야기를 들려 주셔서, 우리 제자들에게 훌륭한 어머니의 길을 일깨워 주시곤 하셨다.

선생님은 네 살 때 아버님이 돌아가셨고, 홀로 남은 어머님은 밭뙈기조차 없이 오누이를 키워야 했다. 너무나 어려운 살림을 꾸려가면서도 "네 아버지가 너를 안고, 이 녀석 머리 위에는 꼭 사각모를 씌워 주어야지 하며 다짐하던 모습을 잊을 수가 없다"고 하시면서, 아버지의 소원을 자신이 이뤄주겠다고 그 어려운 생활 속에서도 학교를 보내 주셨다는 것이다.

밥이 없어 굶은 채로 잠을 자고 나면, 이튿날은 기운이 없어 일어날 수가 없었다. 다음 날 학교에 가면 학교 선생님은 배가 고파서 결석했다는 말을 믿지 않고, 거짓말을 했다고 마구 때리곤 했다는 것이다. 이런 일이 보통 한 달에 서너 번은 족히 되었다고 한다.

선생님께서 초등학교 4학년이 되었을 때, 어느날 아침 자고 일어나니 어머니가 행방불명이 되었더라고 한다. 대성통곡을 하며 어머니를 찾아도 어머니는 간 곳이 없었고, 그때부터 선생님은 작은아버지 댁에서 생활하게 되었다.

선생님의 어머님은 일본인의 눈을 피해 가까스로 만주 용정에 도착하여 낮에는 닥치는 대로 일을 하였고, 밤에는 길쌈하고 베를 짜서 돈을 벌었던 것이다.

어느 정도 돈이 모였을 때, 어머님은 일본인에게 빼앗길까봐 주먹밥 속에 돈을 뭉쳐 넣어 가지고 무사히 고향으로 돌아 오셨다. 그 돈으로 송아지 한 마리를 샀고, 송아지는 그 뒤에 큰 소로 자라나 선생님의 중학교 입학금이 되었다고 한다.

아들을 중학교에 보내야 한다는 일념이, 이렇게 용감하고 대담한 결단을 내릴 수 있게 했던 것을 생각하면 '여자는 약하나 어머니는 강하다'는 말이 실감이 난다.

힘없고, 능력 없고, 배우지도 못했던 옛날의 어머니들에게 그 큰 용기와 결단과 지혜가 있을 수 있던 까닭은 무엇일까? 자식을 훌륭하게 키워야겠다는 목표, 이것이 그들에게 무한한 힘과 용기를 부여했을 것이다.

❋

그러나 오늘날 우리의 여성들, 특히 어머니들은 어떠한가? 편하고 쉽게 살겠다는 허욕이 어머니의 위대한 힘을 앗아가 버린 듯싶다.

자식을 낳아서 기르다가 남편이 곤경에 처하게 되면 '난 모르겠다'는 식으로 도망쳐 버려 소년·소녀 가장을 만드는 사례는 요즘 어머니들이 만든 우리 사회의 또 다른 아픔이다.

크든 작든 인생에는 나름대로 목표가 있어야 한다. 어머니에게 자식을 낳아서 훌륭하게 키워야 하는 것보다 더 큰 목표가 어디 있겠는가?

우리는 지금 내가 낳은 아이들의 훌륭한 어머니로 살아가고 있는지 한 번 점검을 해 볼 필요가 있다.

결혼하면 남편에게 인정을 받고 대접받는 한 여성으로 살아가고, 또 종갓집의 안주인이 된 책임을 감수하겠다는 각오가 핀잔 받을 이유가 된다면 분명 무언가 잘못된 사회이다.

옛날의 여성들은 책임과 도리가 무엇인가를 알고 실천하며 살았다. 하지만 요즘 여성들은 혹시 아무 생각 없이 되는대로 편하게만 살고 있지는 않은가?

남에게 해를 끼치지 않고 사회에 독버섯이 되지 않으면서 열심히 사는 것은 아름다운 삶이다. 이런 아름다운 삶 그 자체가 최고의 교육인 것이다. 이렇게 해라, 저렇게 해라 하고 가르치는 것이 중요한 교육이 아니다. 어머니의 삶, 그 자체가 바로 교육이 될 수 있도록 모범적으로 살아가야 한다.

우리 어머니들의 고되고 힘들지만 떳떳할 수 있었던 헌신적인 삶, 그 삶이야말로 아름다운 참 삶이 아니겠는가? 어머니가 모범을 보이며 살아야 한다는 것은 아무리 강조해도 지나침이 없다.

우리도 어머니로서의 삶의 자세를 다시 한 번 돌아봐야 겠다.

제6장

아름다운 삶

32
말은 마음의 창이다

　오랫동안 소식 한 번 없던 친구가 불쑥 찾아왔다. 항상 밝은 모습이면서 누구에게나 당당하고 자신의 일에는 강한 자부심을 가진, 꼿꼿한 허리처럼 마음 또한 꼿꼿한 그녀는 정말 멋진 여성이다.

　서로 바쁜 생활에 치이다 보니 연락을 못한 지도 벌써 반년이 넘었나 보다. 얼마나 반가웠던지, 그 동안의 공백을 메우려는 듯 우리는 커피 한 잔 씩을 사이에 두고 마주앉아 시간 가는 줄 모르고 수다를 떨어댔다.

　여자들이 하는 이야기거리는 다 비슷비슷한 모양이다. 우리도 역시 친구들 얘기, 자식들 얘기, 시부모님, 친정집 얘기를 하면서 마음 편하게 웃을 수 있었다.

　그런데 이 친구, 남편의 이야기로 화제가 바뀌자 갑자기 침울해지는 것이 아닌가? 그리고 그 큰 눈에 물기가 보이더니 이내 눈물이 뚝뚝 떨어졌다.

"나, 아무래도 이혼해야 될까봐……."

평소에 그의 자신만만한 모습만 보던 나는 잠시 할 말을 잃을 수밖에 없었다. 뭔가 위로를 해야 될텐데, 위로가 될만한 말이 좀처럼 생각나지 않았다.

"얘, 너답지 않게 왜 그런 소릴 해. 혼자 사는 것보다는 낫다고 생각하면 되잖아……."

하지만 몇 마디 위로의 말이 그녀에게는 소용없었다. 울먹이며 그동안 쌓인 것을 한꺼번에 쏟아내듯 내게 하소연을 하기 시작했다. 마치 자기의 상황이 이혼밖에는 다른 방법이 없다는 것을 나에게 인정시키려는 듯한 태도였다.

"그래? 그럼 이혼해 버려! 어차피 네 인생인데, 네 맘대로 하고 살아야지."

한참을 듣고 있던 나는 갑자기 화가 치밀어 앞뒤 생각 없이 내 뱉었다. 그런데 이 말이 그녀에게 큰 충격이 될 줄이야.

"나 혼자서 애들을 교육시키면서 살아갈 수 있어야지."

그녀는 소금물에 절여진 배추처럼 이내 고개를 푹 숙였다. 나는 미안해져서 등을 토닥여 주며 달랬다.

"그런 줄 알면서 왜 그런 소릴 해……?"

"그러니까 딱하지 않냐구? 내 인생이."

그 친구의 말은 남편이 너무한다는 것이었다. 결혼을 해서 지금까지

실 사이 없이 뛰고 또 뛰면서 열심히 가족을 위해 살아 온 자신에게 남은 것은 후회뿐이란다.

결혼을 하자마자 남편은 직장에 사표를 내고, 무엇인가 사업을 해 보겠다고 뛰어 다녔으나 어느 것 하나 뜻대로 되는 일이 없었다. 결국 십여 년 동안 무위도식을 하였고, 그녀는 힘드는 줄 모르고 아이들과 남편 그리고 자신을 위해 생활비를 버느라 정신없이 일을 했다는 것이다.

그 과정에서 그녀는 서서히 사회에서 두각을 나타내고 재능을 인정받기 시작했다. 필요할 때는 남편의 사업자금도 조달해 주고 가정의 생활비도 벌어가면서 열심히 살아왔다.

이제 그녀는 이름난 교육기관에서 인정받는 명사가 되었고, 남편은 어엿하게 한 회사의 사장이 되어 아이들과 잘 살아 가고 있는 것이다.

한데 남편은 주위 사람들이 그녀에 대한 노고를 치하하면 때나 장소도 가리지 않고 슬그머니 그녀에 대한 불만을 털어놓는다는 것이다. 친척들이 와도 친구들을 만나도 그는 푸념이란다.

"나 같이 불행한 놈도 없지요. 아내라구 남편의 옷을 한 번 제대로 다려주나, 정성이 깃든 밥상 한 번을 차려주나, 나야말로 빛 좋은 개살구지요."

아내의 험담을 늘어놓기 일쑤이며, 그래도 그만한 아내가 어디 있느냐고 주위 사람이 말하면 남편은 한 수 더 뜬다는 것이다.

"그래요. 마누라 유명세에 덕보는 사람은 나죠, 나!"

위로를 받으려는 심산인지, 열등의식에서인지는 몰라도 이렇게 마구 떠들어댄다는 것이다.

50대 초반인 그녀는 마치 20대 신혼부부가 자기의 변호를 열심히 하듯이 나이도 잊은 채 자신의 상처를 드러내 보이며 내게 처방을 요구해 왔다.

❀

지금 이 부부에게 가장 필요로 하는 것은 무엇일까? 바로 덕담(德談)을 나눌 줄 아는 지혜이다.

똑같은 경우라도 그 친구의 남편이 이렇게 표현했으면 어떠했을까?

"우리 집사람, 그 동안 고생 많이 했지요. 집안 살림만 하는 여자들도 힘들다고 야단인데, 제 아내는 두 몫을 거뜬히 해낸 수퍼우먼이죠. 늘 아침 일찍 일어나 하루종일 뛰고 들어와도, 내가 그때는 철이 없었는지 '힘들지?' 하고 어깨 한 번 감싸줄 줄을 몰랐으니 말입니다. 그래도 잘 참고 견디어낸 이 사람이 대견합니다. 이젠 내가 이 사람을 좀 편하게 해 줘야지요."

만약 남편이 이렇게 정반대로 말해 왔다면 그 친구가 눈물을 보일 정도로 상처를 받는 일은 없었을 테고, 행복하게 활력이 넘치는 생활을 즐길 수 있었으리라.

가벼운 대화 속에도 정을 담아 상대를 위로할 수 있거늘, 왜 그런 생활을 즐기지 못하고 메마른 삶 속에서 서로 상처받고 아파하고 서글퍼하고 원통해 하고 분해하면서 살아온 인생을 후회해야 하는지 정말 딱한 일이다.

부부란 무엇인가? 서로 도와 가면서 한 평생을 같이 행복하게 살자고 결혼을 한 사람들 아니었던가.

남에게 덕담을 할 줄 모르고, 남을 괴롭히며 상처를 안겨주는 말을 하는 사람은 우둔하고 미련하고 어리석은 사람이다.

❀

이미 작고하신 김계용 목사님은 대단히 현명한 분이었던 것 같다. 그 분을 기리는 모임의 추도사에서 그 분의 친구는 고인에 대해 이런 평을 하였다.

"유머 감각이 풍부한 분이셨지만, 한 번도 남을 비꼬거나 무시하는 식으로 유머를 구사하지 않았습니다. 평소에도 남의 마음에 상처를 주는 말을 하지 않으려고 늘 조심하셨지요."

나는 김계용 목사님을 생전에 만나 뵌 적은 없지만, 이 추도사에서 그 분의 인품을 알고도 남음이 있을 것 같았다.

농담이라고 해서 함부로 지껄여 남의 마음에 상처를 주는 사람들이 무척 많은데, 그 분은 일생동안 한 번도 그런 적이 없었다니 얼마나 훌륭한 인물일까?

말은 곧 마음이다. 자기 자신의 내부 깊은 곳에 자리잡고 있는 마음의 표현이 말이 아닌가? 말에 앞서 마음이 있고, 말에 이어 행동이 있다.

한이 맺힌 여성들이 의외로 많은 한국, 혹시 우매한 이 나라 남편들의 언어표현이 아내의 가슴을 멍들게 한 것은 아닐는지.

그렇게 품위 있고 우아해 보이는 그 친구의 가슴에도 이런 한이 맺혀 있다면, 이 세상의 평범한 아내들의 가슴에는 얼마나 많은 멍이 들었을까 하는 염려가 생긴다.

하지만 그들을 탓하기에 앞서 우리 여성 자신들의 문제부터 한번 생각해 보자. 불철주야로 가족을 위해 성실히 뛰는 남편들도 이 땅에 얼마나 많은가? 그들에게 우리는 어떤 말로 보시를 했던가? 힘찬 위로, 격려, 사랑의 표현에 인색하지는 않았는지?

우리 자신부터 변화해 보자. 덕담을 아끼지 않는 후덕한 여성이 되기 위하여.

33
대화가 사랑을 만든다

눈이 휘둥그레질 정도로 아름다운 팔등신 미녀와 결혼을 한 행운의 사나이가 있었다. 그들은 모든 사람들에게 부러움의 대상이 되어 축복을 한 몸에 받았지만, 불행하게도 그들에게 행운의 여신은 오래 머물지 않았다.

팔등신 미인은 외모만 멋진 것이 아니라 착실한 살림꾼에다가 요리 솜씨까지 뛰어나고 교양과 지식을 두루 갖춘 완벽한 여성이었다. 누구든 그녀에게 입이 마르고 닳도록 칭찬을 했고, 남편 역시 그녀와 결혼한 것에 만족하면서 행복해했다.

그런데 여성스럽고 살림도 잘하고 미모까지 겸비한 그녀에게 어떤 문제가 있었단 말인가? 그녀의 남편은 결혼생활이 시작된 지 몇 년 후, 키도 작고 그다지 미인이라고는 할 수 없는 평범한 여성과 관계를 맺게 되어 결국 이혼을 하고 말았다.

일반적으로 성적인 매력이 풍부한 젊고 탄력 있는 여성과의 관계가 원인이 되어 아내의 곁을 떠나게 되는 남자는 종종 볼 수 있는 일이다. 그렇지만 보통의 여성과 일이 생겨 잘 생긴 본처와 이혼했다는 것은 전형적인 이혼사유와는 정반대의 경우이다.

사연인즉 아름다운 장미에도 가시가 있듯이 본처에게도 단점이 하나 있었다는 것이다. 그녀는 모든 것을 '부정적'으로 보며, 비평하는 대화로 이끌었다고 한다. 그녀의 남편은 아내의 부정적인 사고방식과 언어표현 때문에 희망을 잃고 지쳐 있었던 것이다.

하루종일 일을 하고 지쳐서 돌아오는 남편에게 그녀는 매일 같이 불평과 넋두리만을 일삼았다.

"당신 오늘 피곤해 보이네?"

"아시니 다행이네요. 당신은 여태껏 뭘하다 이제와요?"

빈정대고 따지는 그녀의 말투는 사랑을 말려 버렸다.

"어? 당신 오늘 아주 멋진데!"

"왜 그러세요? 또 뭐가 필요한 거죠?"

그녀는 순수하게 화제를 이어 나갈 줄 모르고 비꼬거나 상대방의 마음에 상처를 주는 말을 골라서 하는 것이 주특기였다.

아무리 아름답고 살림을 잘해도 무슨 소용이 있겠는가? '곁에서 본 영웅 없고 데리고 사는 미녀 없다'는 말이 있다. 육신의 아름다움 못지 않게 언어의 아름다움도 중요하다.

부부관계에서 제일 중요한 것은 순수한 '애정'과 '밝은 화제'의 표현이다.

그녀의 남편이 새로 사귄 보잘 것 없어 보이는 그 여자는 무조건 그를 믿고 따르며 사랑하고 지지한다는 것이다.

그 남편은 새로 생긴 여성에 대해서 이렇게 자랑한다.

"그녀하고 같이 저녁에 커피 숍이라도 가면, 내 성격상 '차라리 분위기 좋은 호텔이라도 갈 걸 그랬지?' 하고 말해 줍니다. 그러면 그녀는 비꼬지 않고 편안하게, '커피 숍으로서는 여기도 괜찮은 편이에요. 둘이 같이 있으면 됐지, 뭐가 더 필요하겠어요. 그렇죠?' 하고는 밝게 웃습니다."

사람은 만나면 서로 주고받으며 대화를 하게 되고, 이 대화를 통해서 정을 느끼고 마음을 교류하는 것인데, 아무리 외모가 아름다워도 입에서 나오는 말이 기분을 상하게 하고 마음을 괴롭게 한다면 어떻게 평생을 같이 살 수 있겠는가?

저녁식사 시간에도 마주앉아 서로를 보면서 한 번 씩 웃고, 서로 수고했다고 위로도 하고 고맙다고 응수하며, 모두가 당신 덕분이라고 '공(功)'을 상대에게 돌릴 줄 아는 대화의 기지, 이것이 우리에게는 필요하다.

"여보! 당신 오늘 무슨 일이 있었어요?"

"아니, 별다른 일 없었어."

"그래요, 다행이네요. 나는 오늘 …… 이런 일이 있었어요."

재미있게 긍정적으로 이야기해 주며 남편과의 교류를 하는 그녀. 살아가면서 사는 재미를 느끼고, 그녀의 존재가 더욱 더 절실해 질 것은 당연한 일이 아닌가?

그녀는 남편에게 즐거운 이야기를 늘어놓는다. 그녀는 남편에게 희망을 주는 이야기를 해준다. 그녀는 남편이 결정한 모든 일을 지지하고 동조한다. 그녀는 주변에서 일어났던 재미있는 이야기, 친구의 재능에 감동했던 일 등 밝은 이야기를 들려준다.

키가 좀 작고 덜 예쁘면 어떤가? 참된 여성이면 되는 것이다. 말 한마디 한 마디에 애정과 정성이 담겨 있다면 누가 그런 사람을 싫어하겠는가?

"내가 오늘 당신을 얼마나 보고 싶어했는지 당신은 아마 모를 거예요."

이렇게 숨김없이 남편에게 자기의 마음을 솔직하게 전하는 그녀, 그런 아내에게 사랑을 쏟지 않을 남편이 어디 있겠는가?

❋

좋은 정보를 이야기하고 밝은 화제를 재미있게 이어 나가는 사람은 가정에서도, 직장에서도, 사회 어느 곳에서도 환영을 받는다. 그러나 요즘 우리들은 평생을 같이 살아가야 하는 남편을 편안하게, 기분 좋게, 재미있게 해주는 대화를 제대로 이어 나갈 줄을 모른다.

어진 마음을 가지고 살림도 착실하게 잘하는 우리 아내들. 그런데 왜 상대방에게 찬물을 끼얹고 남편의 말을 거부하고 무시하고 틱틱거리는지, 이것이 문제이다.

"우리 남편은 집에만 들어오면 꿰다 놓은 보리자루 같아요. 너무나 재미가 없어요."

이것이 아내들의 불만이다. 어쩌다 그런 남편이 되었을까? 원래부터 남편은 그런 사람이었을까?

아니다. 우리 아내들이 남편에게 신바람을 제공하지 못하고 기분을 망쳐 놓기 때문에 그들의 입이 붙어 버린 것이다.

올해는 우리들의 마음을 정화하고 거부와 불만의 응어리를 과감히 뿌리뽑아 버리도록 하자.

사랑의 밑거름은 밝은 화제, 밝은 대화이다. 마음이 하나되는 긍정적인 대화가 밝은 가정, 행복한 내일을 만들어 준다는 사실을 명심하자.

34

여성이여, 아름답게 살자

화원에는 아름다운 꽃들이 한껏 자태를 뽐내고 있다. 빨간 장미, 하얀 국화, 연분홍 카네이션, 보랏빛 붓꽃. 화원의 주인은 꽃들을 앞줄 뒷줄에 적절하게 배치해서 고객의 시선을 끌고자 한다.

그런데 재미있는 것은 이렇게 많은 꽃들 중에서 앞쪽에 위치해 있는, 그러니까 사람이 많이 지나다니는 쪽에 있는 꽃들이 더 생생하게 더 아름답게 더 오래 피어있다는 사실이다.

그 이유는 지나다니는 사람들이 '어머나, 예뻐라. 참 아름답구나!' 하고 생각하는 마음을 꽃이 받아들이고 기대에 부응하고 있기 때문이라고 한다.

1966년 어느 날, 거짓말 탐지기 전문가 케리브 박스터가 실험을 하다가 문득 호기심이 생겨서 거짓말 탐지기의 코드를 나뭇잎에 연결해 보았다고 한다. 그리고 그 나뭇잎이 연소되어 타 버리는 장면을 상상해 보았는데, 순간 놀랍게도 거짓말 탐지기의 그래프가 반응하면서 커다란 곡선을 그렸다. 이 사실을 계기로 식물의 생명과 인간의 감정 사이에 상관관계가 있다는 것이 증명되었다고 한다.

식물조차도 인간의 마음에 영향을 받는다면, 과연 우리 인간은 타인의 마음에 얼마나 큰 영향을 받겠는가? 그것이 사실일진데, 우리는 자신을 아름답게 표현하고 타인이 아름답게 느끼도록 살아야 할 것이다. 그러기 위해서는 어떤 방법으로 사는 것이 좋을까?

❀

먼저 상대에 대한 자기의 기대를 표현할 필요가 있다.

서양 사람들은 남편이 아침에 출근할 때, 아내나 자녀들에게 키스를 받는 습관이 있다. 이 키스를 '모닝키스'라고 하는데, 별 것이 아닌 것 같지만 의미가 있다.

"아빠, 좋은 하루가 되세요!"

"여보, 당신은 오늘 모든 일이 잘 될 거예요!"

기대와 신뢰 그리고 사랑의 키스이다. 이런 키스를 받는 남편들은 기운이 넘치고 의욕이 샘솟으며, 마치 소년이 된 듯한 기분으로 하루를 산다는 것이다.

미국의 어떤 보험회사에서 모닝키스를 받는 남성과 그렇지 않은 남성의 차이점을 조사해 보았다.

그 결과 놀랍게도 모닝키스를 받는 남성이 그렇지 않은 경우보다 평

균수명이 5년이나 길고, 질병에 의한 결근률이 절반 정도이며, 교통사고율이 낮고, 연간수입이 30%나 많았다.

심리학에서는 기대표현(期待表現)을 받으면 인간은 의욕이 솟아나는 법이라고 한다. 그럼에도 불구하고 우리들은 상대에게 기대하고, 신뢰하고, 사랑하고 있어도 보통 그것을 말이나 행동으로 잘 나타내지 못한다.

쑥스럽고 겸연쩍기 때문이겠지만, 내 남편에게 내 아이들에게 하루하루가 희망과 의욕이 넘치도록 에너지를 공급해 주는 일을 소홀히 해서는 안 된다.

오늘부터 당장 남편에게 모닝키스와 함께 기대하는 말을 곁들여 보자. 요즘 복잡한 세상에 사는 우리는 상대방에 대한 기대감을 말이나 동작으로 반드시 표현을 해야 한다. 이런 말 한 마디는 별 것이 아닌 것 같아도, 뜻밖에 엄청난 효과를 얻는 활력소가 된다.

※

다음은 어떤 경우에도 화를 내지 않도록 해야 한다는 것이다.

코카서스 지방의 장수촌에 사는 사람들의 장수비결은 삶의 보람을 느낄 수 있는 일을 갖는 것, 고민을 탁 털어놓을 수 있는 친구를 갖는 것, 그리고 화를 내지 않는 것, 이 세 가지라고 한다.

현대의학에서도 화는 건강의 적이라고 규정하고 있다. 화를 내면 혈액 중에 탄산가스가 증가하여 산소결핍의 상태가 되고, 뇌세포가

퇴화하여 노화현상과 연결되고, 질병에 잘 걸리게 된다고 한다.

매일 아침 조깅을 하거나 주말에 골프를 치고 좋은 영양식을 먹어도, 화를 잘 내는 사람은 몸과 마음이 건강할 수가 없다. 화를 내면 본인 뿐만 아니라 주위 사람들에게까지 나쁜 영향을 주게 된다.

※

그렇다면, 우리는 일반적으로 어떤 경우에 화를 내게 되는 것일까? 화가 나는 경우와 원인을 알아보자.

첫째, 마음의 여유가 없을 때이다.

이럴 때는 울컥 화가 치밀고 진땀이 나는 경우가 많다. 시간에 맞추려고 하는 마음의 초조가 심리적 압박을 가져와 짜증이 나고, 화가 나게 하며, 분노를 일으키는 것이다.

둘째, 기대가 컸다가 어긋나는 결과만 얻게 될 때다.

연애를 해서 결혼을 한 부부가 결혼하고 얼마 안되 싸우고, 실망하고 원망하며 넋두리하는 경우나 부모가 자식에게 화를 내는 것도, 상대에게 지나치게 큰 기대를 걸었기 때문이다. 지나친 기대를 가지면 마음이 충족되기 힘들고, 결국 화가 나기 마련이다.

셋째, 타인과 비교해서 자기가 낮게 평가되었을 때다.

남편이 아내를 다른 여자와 비교하며 '당신은 왜 이 모양이냐?'고 핀잔을 줄 때, 아내는 견디기 힘들 정도로 화가 난다. 또한 남편이 보너스 지급이나 승진에서 누락이 되었을 때라면, 아무리 사리가 밝은 사람도 자신이 평가절하된 것에 대한 불쾌감을 참기는 힘들다.

이 밖에도 화가 나는 이유를 들자면 많지만, 어느 것이든 공통적인 '화의 근원'은 자신의 마음속에 있다.

우리들은 평소에 당황해서 어떤 문제와 부딪혔을 때, 사실을 충분히 확인해 보지도 않고 제멋대로 억측하여 판단하거나 울컥 화를 내고 비관을 한다.

꼭 알아두어야 할 것은, 화를 내는 것은 자기 자신에게는 물론 가족과 직장, 그리고 사회에 아무런 도움도 되지 않는다는 사실이다.

우리가 아름다운 모습으로 살아간다면, 자신과 가족의 행복, 그리고 밝은 가정, 밝은 사회를 이루는 것도 결코 꿈은 아니다.

❀

꽃집의 앞줄에 있는 꽃처럼 자신을 보살피고 가꾸며, 가족들에게 기대와 사랑이 듬뿍 담긴 아낌없는 표현을 보여주자.

자기 자신의 마음을 조절하여, 온화하고 침착함을 잃지 않는 아름다운 삶을 살아가도록 노력하자.

35

말, 어떻게 사용할까?

인천에 있는 용화사에는 10년 동안 묵언(默言) 참선을 하여 깨달음을 얻으신 송담 큰스님이 계신다. 우리 속인들은 단 하루도, 아니 단 한시간도 말을 하지 않고는 답답하여 살아갈 수 없는데, 아무리 수도를 하는 스님이라고 하더라도 10년 동안이나 말 한 마디도 하지 않고 참선을 하였다니 놀라운 일이 아닐 수 없다.

가정에서나 직장에서나 사람이 살아가고 있는 그 어디에서도 우리는 말을 하지 않고는 살아갈 수가 없다. 말은 혼자서 아무렇게나 하면 되는 것이 아니라 들어 줄 상대방이 있어야 하고, 또한 상대가 기분 좋게 그 말의 뜻을 간파하고 따라 줄 수 있도록 해야 한다.

우리가 말을 하며 살아가는 것도 혼자 살아가지 않기 때문에 서로의 사상과 감정을 교류해야 되기 때문이다. 아무도 들어주는 상대가 없는 곳에서 남이야 듣든 말든 마구 떠들어대는 사람이 있다면 그는 아마도 정신 나간 사람일 것이다.

말에도 여러 가지가 있지만, 일상적인 말은 쌍방의 상호교류를 원칙으로 하여 이루어지는 대화의 형식이 되어야 바람직하다.

따라서 대화는 상대에게 단순히 사상이나 감정을 전달하는 과정으로 그쳐서는 안되고, 대화를 통해서 타인을 감동시키고 타인을 받아들이며 즐거움과 만족을 공유하게 되어야 한다. 대화는 각자 독특한 개성을 지닌 사람들 사이에 마찰을 완화시키는 윤활유의 역할을 한다. 또한 대화는 인간관계를 원만하게 해주고, 개인의 생활에 실질적인 이익을 나누어주게 한다.

한 남자와 한 여자의 사랑이 깊어지기까지는 많은 갈등과 고뇌, 그리고 아집의 벽을 허무는 고통이 있어야 하는 것처럼, 대화를 통한 참결실을 얻는 데에도 자신도 모르게 배어버린 나쁜 습관과 말버릇들을 고치는 대단한 노력이 있어야 한다.

✿

우리나라 사람들은 대체로 칭찬에 인색하지만, 힐책과 비판에는 거리낌이 없는 것 같다. 사람은 누구나 칭찬받기를 원하지 꾸중듣기를 원치 않는데도, 우리는 남을 기분 좋게 해서 그에게 용기와 희망과 의욕을 자극하여 좋은 결과를 얻으려고 하지 않고, 자기의 습관대로 입에서 나오는 대로 문제점을 지적하며, 상대에게 상처와 허탈감, 그리고 분노를 일으키게 하기 일쑤이다.

인류 역사상 칭찬을 싫어한 인물이 몇이나 되겠는가? 칭찬을 싫어한 인물은 사실상 찾아보기가 어렵다 해도 과언이 아니고, 아첨을 싫어한 인물은 대표적으로 나폴레옹을 꼽을 수 있다.

그런데 그도 말년에는 한 신하가 "각하! 각하는 아첨을 싫어하는 훌륭한 분이십니다" 라고 하자, 나폴레옹은 파안대소를 하며 만족해했다는 이야기도 있다.

이 세상에는 칭찬보다 더 위력이 있는 말은 없을 것이다. 그렇다면 칭찬을 어떻게 해야 할까? 칭찬을 받고도 낯이 뜨거워지는 무안을 느낄 때도 있고, 불쾌감을 느낄 때도 있는 것이다.

상대의 장점을 칭찬하는 방법도 있고, 상대의 단점을 칭찬하는 방법도 있다. 상대의 장점을 칭찬하면 당연하다고 생각하여, 큰 기쁨이나 만족을 주기는 어렵다. 또 상대의 단점을 칭찬하면 아첨이 되어 상대가 경계를 하게 된다. 그러면 가장 좋은 칭찬거리는 무엇인가?

칭찬은 뜻밖의 사실을 말해 주어야 그 효과가 크다. 미스 코리아를 보고 아름답고 말해 보라. 그녀가 기뻐서 어쩔 줄 몰라하겠는가?

"당연한 걸 갖고 뭘 그래?"

또 못생긴 사람을 보고 잘 생겼다고 칭찬을 해보자. 아마도 그는 대단히 불쾌해할 것이다. 자기가 못 생긴 것은 자타가 인정하는 사실인데, 잘 생겼다고 말하면 놀림감이 된 기분일 수밖에 없다.

칭찬은 생각지도 않았던 뜻밖의 사실이나 숨은 장점을 칭찬했을 때 생각보다도 큰 효과를 얻게 된다.

우리는 이렇게 좋은 칭찬을 일상생활에서 사용하지 않고, 남의 단점만 잡아내서 상처주는데 익숙해져 있는 듯하다. 내가 칭찬을 받기 위해서도 남을 칭찬할 줄 아는 배려가 있어야 한다.

서로를 존중하고 아끼며 소중하게 대하고 좋은 점, 잘 한 것은 칭찬을 할 줄 아는 자세, 이것이 그 사람의 인품이며 언어교양의 척도인 것이다.

특히 부부간에도 친구간에도 윗사람과 아랫사람 사이에도 언어의 횡포는 없어야 한다. 서로 칭찬하며 인격을 높여주는 말의 습관을 들여 언어교양의 수준이 높아질 때, 서로를 믿고 따르는 인화의 분위기가 생길 것이다.

❀

대화는 인간관계의 윤활유이며 생활의 활력소가 되어야 한다. 밝은 마음과 밝은 표정으로 칭찬을 선물할 줄 아는 멋진 현대여성이 되어보자.

36

밝은 얼굴이 행복을 부른다

때때로 나는 보통의 남자들 같이 산다는 생각이 든다. 하루종일 밖에서 일을 보고, 집에 돌아올 때는 완전히 지쳐 넉다운 상태로 흐느적거리는 때가 많다.

초인종을 누르고 난 후, 나의 몸은 완전히 모든 것을 포기한 상태에 가까울 때가 있다. 그 무엇도 귀찮다는 생각 뿐이고, 오로지 쉬고 싶다는 생각밖에 없다.

"누구세요?"

응답하는 그 목소리의 느낌이 어떠냐에 따라서 나는 다시 소생하기도 하고 더욱 지쳐서 쓰러질 듯 집안으로 들어가기도 한다.

어머니의 목소리가 맑고 낭랑하게 들려온다. 순간 힘이 은근히 솟아난다.

"네, 저예요 어머니!"

"지쳤구나. 힘들지?"

하고 위로를 해 주시면

"아녜요, 어머님이 힘드시죠. 제가 뭘요."

하고 언제 지쳤느냐는 듯, 기운을 모아 응답해 드린다. 이어서 나의 기분은 더 없이 좋아지고, 무엇이든지 할 수 있을 것 같이 생기가 솟는다.

"어머니, 상추쌈 있어요? 싱싱한 것이 먹고 싶어요."

"그래. 네가 찾을 줄 알고 상추, 풋고추 다 준비해 놨다. 어서 씻고 저녁 먹자."

이렇게 나는 어머니의 에너지를 받아서 다시 살아날 수 있게 된다.

❀

그러나 어머니가 초인종 소리를 듣고 나보다 더 지친 음성으로 대답하실 때가 있다.

"에미냐……?"

그러면, 나는 더욱 폭삭 무너질 것 같은 기분이 되어 힘이 쭉 빠져버리고 만다. 죽을 힘을 다해서 "네에—"하고 개미소리로 풀이 죽어 대답한다.

"에미도 어디가 아프구나……."

앓는 소리를 섞어가며 말씀하시는 어머님께, 나도 앓는 소리로 말한다.

"네, 어머니. 죽을 지경이에요."

더 이상 말 붙이지 말아 주시기를 바라는 대답이다.

"뭣 좀 먹어야지?"

"아뇨, 어머니. 그냥 쉴래요."

그리고는 방으로 기어 들어가다시피 들어가 대충 옷을 갈아입고는 쓰러져 버린다. 어머님의 지친 음성이 나의 피로를 더욱 가중시킨 것일까?

❀

이러한 내 경우에 비추어 볼 때, 밖에 나가서 하루 종일 일을 하고 돌아오는 뭇 남편들의 입장은 어떠할까? 내가 이럴진대 남편들도 마찬가지가 아니겠는가?

안에서 집안 일을 돌보는 우리 아내들이 피곤하지 않은 것은 아니지만, 온 가족이 밖에서 활동하고 저녁에는 모두 집으로 들어오는데, 그때 집안 식구들에게 에너지를 재충전시켜 줄 마음의 준비가 꼭 필요하다는 말이다.

축 처져서 힘없이 발길을 돌려 가정으로 돌아온 남편에게 아내의 애틋한 마음이 전해질 수 있도록 배려하는 것은 그리 힘든 일이 아니다. 우리가 환히 웃는 밝은 표정으로 남편과 아이들을 맞이할 때, 가정의 분위기는 한결 밝아지지 않겠는가? 내가 내 가족들에게 기운을 솟게 하고 밝은 분위기를 공급할 수 있는 원천이라면 열심히 그 본분을 다

하도록 노력해야 한다.

❀

남편이 퇴근해서 들어오면 생기 발랄한 목소리로 영접을 해야 한다.

"여보! 당신 오셨어요?"

입꼬리를 귀 쪽으로 올리고 밝은 표정을 지어보자. 남편의 피로는 금방 풀리리라.

아이들이 학교에 갔다 돌아오면 "왔니?" 하며 자애로운 목소리에 푸근한 밝은 표정을 지어보자. 아이들은 어머니의 이런 표정에서 흐뭇한 사랑을 느낄 것이다.

어머님이 어디를 다녀오시면 기쁜 마음으로 마중을 나와 "어머님!" 하고, 두 손을 잡으며 밝은 표정을 지어보자. 고부간에도 말없는 정이 오가게 될 것이다.

이렇듯 밝은 표정을 짓는 것이 온 가족에게 밝은 마음을 느끼게 해 준다면, 우리는 열심히 실천해야 되지 않을까? 남편이 밖에 나가 지친 심신을 끌고 들어올 때, 집에 있던 아내가 몸이 아프다고 위로 받아볼 양으로 잔뜩 찡그리고 다 죽어가는 표정을 짓고 있으면, 남편의 마음은 소생할 수 없는 나락으로 떨어져버리는 기분일 것이다.

위로를 해 주지는 못할 망정 위로를 받으려고 엄살을 부리지는 말자. 약을 사다주는 남편을 기다리지 말고 스스로 약을 사먹고, 남에게 부담스런 표정을 짓지 않으려고 억지로라도 노력을 해보자.

밝은 표정은 밝은 마음을 만들고 밝은 마음은 의욕적이고 행복한 생활을 만들어 준다.

❈

영화 「바람과 함께 사라지다」를 모르는 사람은 없을 것이다. 이 영화를 만들기 위해 제작진은 주인공 스카렛역을 맡을 주인공 배우를 공개로 모집하였다.

이 때 비비안 리도 오디션에 참가하였는데 그만 탈락을 하고 말았다. 자기가 꼭 한 번 해보고 싶은 배역이었지만 탈락을 당한 비비안 리가 제작진에게 아쉬운 미소를 머금은 채 뒤돌아 보며 나오는 순간, 갑자기 "저 여자다!" 하는 탄성이 터져 나왔다. 비비안 리의 아쉬운 미소에 제작진이 반하여 그녀를 여주인공으로 발탁하였다는 것이다.

만약 비비안 리가 뒤도 돌아보지 않고 휑하니 돌아 나왔다면 어떻게 되었을까? 할리우드의 대스타 한 명은 영원히 탄생하지 못했을지도 모를 일이다.

당시 비비안 리의 미소는 행운의 미소, 운명의 미소, 백만 불 짜리의 미소였다. 그녀는 자기의 독특한 매력의 미소로 인하여, 하루 아침에 대스타로 발돋움을 하는 행운을 얻었으며, 불멸의 스타로 남게 되었다.

당신은 미소 띤 얼굴을 하고 있는가? 자기가 조금만 노력한다면 힘들이지 않고 매력을 발산할 수 있는데 왜 못할까?

우리 한국 사람들은 밝은 표정을 짓는 데 몹시 인색하다. 돈이 드는 것도, 힘이 많이 드는 것도 아닌데 왜 그렇게 인색할까? 남에게 밝은 표정을 지어주는 것이 자존심이 없는 사람처럼 생각되어져서 일까? 군자는 희로애락의 감정을 얼굴에 나타내서는 안된다는 유교사상에 젖어 감정의 표현을 억제하다가 그렇게 된 것일까?

대갓집 마님은 그저 근엄한 표정을 지어야만 체통이 서는 양 착각을 해 왔다. 따뜻하고 부드러우면서도 얼마든지 인간미를 느끼도록 처신할 수 있었을 텐데…….

아무튼 우리는 표정죄(表情罪)를 짓고 살았던 것 같다. 웃지 않는 것이 죄라면 지나친 표현일까? 무표정한 얼굴에서, 화난 얼굴에서, 근심이 섞인 얼굴에서, 울적한 얼굴에서, 한숨이 섞인 얼굴에서 얼마나 많은 눈치와 불안 그리고 거리감이 싹텄던가?

좀더 따뜻한 인간미를 느끼게 하고 상대의 마음을 흐뭇하게 할 수 있는 비결, 그것은 밝은 표현에서 비롯된다. 아내의 밝은 표정이 온 가족의 에너지 공급원이 되어 밝은 마음을 만들 수 있다면, 우리는 아낌없이 선사해야 한다.

다같이 행복하게 살기 위해서, 우리는 각자 '표정죄'를 짓지 말고 '표정미(表情美)'를 살리도록 노력해보자.

37
대화가 단절된 사회

십대 여고생이 여관에서 영아를 출산한 뒤 유기, 살해한 사건은 또다시 우리를 슬프게 한다.

열 달, 한 생명이 잉태되어 태어날 수 있는 기간이다. 아무리 무심한 가족들이라고 해도 어떻게 열 달 동안 딸의 상태를 까맣게 모를 수가 있었단 말인가? 아무런 경험도 없이 불러 오는 배를 안고 얼마나 두려움과 공포에 떨었을까?

그들의 부도덕한 행위는 마땅히 질타를 해야 되겠지만, 그들이 겪었을 10개월은 누구도 상상하기 어려운 고문이요 형벌이었을 것이다. 집에는 부모도 있고, 학교에는 선생님도 있고 또 친구들도 있는 아이가 이런 일을 혼자서 겪어야 하다니 어처구니없는 일이다. 어디서부터 잘못되어진 것일까?

농업사회 때는 열 일곱, 여덟의 나이면 정상적으로 결혼하여 자녀를 낳고 가족의 축복과 축하를 받으며 살 수 있었다. 부모님의 농토에 의해 가정경제가 해결되었기 때문에 신랑과 신부의 나이는 문제되지 않았던 것이다.

그러나 산업사회에서는 다르다. 산업사회는 부모의 토지에 의해서가 아니라 노동력의 대가가 가정경제의 해결책이기 때문에 스스로 경제적 책임을 질 수 있는 나이가 되어야 결혼을 하게 된다.

요즘 청소년들의 문제는 사회적으로는 결혼이나 출산을 엄두도 내지 못하지만 육체적으로는 전혀 손색이 없게 성숙되어져 있다는 사실이다. 따라서 무거운 사회제도와 규제 속에서도 청소년들의 탈선은 어렵지 않게 이루어지고 있다.

그러나 청소년들은 성숙한 몸으로 저지른 순간적인 실수를 처리할 능력이 없다. 어느 누구와도 가슴을 열고 대화할 대상이 없는 것이다.

왜 이런 세상이 되었을까? 책임은 우리 모두에게 있다. 당사자에게 부모에게, 교사에게, 친구에게, 이웃에게, 또 국가사회에 있는 것이다.

❋

우리 모두가 그들에게 사랑과 관심이 부족했다. 어느 누구와도 대화를 나누고 의논을 할 상대가 없었다는 것은 그들에게 더 이상의 지옥이 없었음을 짐작하게 한다.

부모는 부모대로 공부만 하라고 성화를 내고, 먹을 것과 입을 것을 챙겨주는데는 앞을 다투며 극성을 부리지만, 자녀들이 진정 무엇을 생각하고, 어떤 고뇌에 빠져 있는지에는 관심을 갖지 않는다 .

　얼마나 대화가 없는 가정이면 10개월 동안 불러오는 배, 입덧을 눈치채지 못했을까? 하기야 어느 부모가 감히 자기 자식의 탈선을 상상이나 했겠는가? 맹목적으로 믿을 줄만 알았지 사랑과 관심을 갖고 그들의 마음을 열어 가는 부모가 되지 못했다는 데에서부터 문제에 접근해야 한다.

　부모는 자녀들이 공부만 하려고 태어난 생명체가 아니라는 점을 인식해야 한다. 공부를 하고 싶은 아이는 공부를 하겠지만, 공부에 소질과 취미가 없는 아이에겐 세상이 너무나 답답하고 재미가 없을 것이다. 자녀가 무엇을 원하는지 무엇을 하고 싶어하는지 물어보고 대답하고 의논하고 상의할 수 있는 마음과 시간이 없었던 데에 그 책임을 느껴야 한다.

❀

　또 다른 문제는 기성세대가 그들에게는 너무 큰 두려움의 대상이었다는 점이다. 청소년들의 실수를 알기만 하면, 덮어주고 감싸주고 치료해줄 생각보다는 "네가 사람이냐, 짐승이냐? 어떻게 이런 짓을 했느냐?" 며 될 수 있는 대로 크게 떠들어 세상에 널리 알리고 질타를 한다. 어른들은 은밀하게 일을 처리하기보다는 너무나 넓게 크게 떠벌려 감당하기 어려운 죄를 덮어씌우는 경향이 적지 않다. 이러한 두려움이 그들의 가슴을 열지 못하게 했을 것이다. 이미 저지른 일은 가급적이면 적은 사람이 알고 수습을 해주는 어른들의 지혜가 필요하다.

이와 같이 체면치레의 교육보다 실질적이고 구체적인 교육이 필요하다. 탈선을 하지 않아야 된다는 도덕적 교육도 중요하지만, 청소년들에게는 성문제에 대한 구체적이고 실질적인 교육이 더 필요하다는 것이다.

해서는 안 된다는 교육도 필요하지만, 만약 그런 일이 생길 때에는 어떻게 해야 하는지를 가르쳐 주는 교육도 절실하다.

'내 자식이야 어련히 알아서 잘 하겠지.'

이런 안일한 생각을 버리고 내 아이부터 관심을 갖고 올바른 지도를 해야한다. 흠집만 내는 기성세대가 되지 말고 수순을 밟아 그들의 앞길을 열어주는 미래지향적인 일 처리의 지혜를 가져야겠다. 책임은 우리 모두에게 있기 때문이다.

38

외모가 인격의 기준?

　어느 종합병원의 유명한 의사가 평소에 늘 그랬듯이 아주 편안한 복장에 운동화를 신고 친구와 약속을 한 호텔의 레스토랑으로 들어갔다.

　두 사람은 반가워하며 즐겁게 식사를 하면서 모처럼의 만남을 즐겼는데, 식사를 마치고 계산대에 가서 계산을 할 때에 재미있는 일이 벌어졌다.

　수수한 외모에 헐렁하고 편안한 옷차림을 한 의사는 할인카드와 계산서를 같이 계산대에 올려놓았다. 그런데 계산하는 종업원은 할인카드를 보지 못하고 계산서에 나온 금액을 그대로 계산했던 것이다.

　"이거 할인이 된 겁니까?"

　순간 손님을 아래 위로 쳐다보던 종업원은 별 것도 아닌 주제에 왜 귀찮게 구느냐는 식으로 말했다.

　"다음에 해 드릴께요."

"다음에 언제? 이거 할인 받으려고 다시 오란 말입니까?"

"이미 계산이 끝나서 다시 할 수가 없어요."

그 종업원은 짜증 섞인 어투로 눈동자를 아래로 굴리며 평상복 차림의 의사를 무시했다.

"나 바쁜 사람이예요. 일하지 않고 여기 나오면 보상해 줄 껍니까?"

"다음부터 해 드린다고 했잖아요."

종업원은 왜 알아듣지 못하고 귀찮게 굴며 끈적대느냐는 듯이 의사를 아래 위로 훑어보며 투덜댔다.

결국 그 의사는 성질이 폭발하고 말았고, 계산대 앞에서 종업원과 언성을 높이며 소리를 질러댔다. 옆에 있던 친구는 의사의 팔을 끌어당기며 말했다.

"야, 그냥 가자. 치사하다."

그러나 열이 오른 의사는 팔을 뿌리치며 고함을 쳤다.

드디어 지배인이 달려왔다. 지배인은 화가 잔뜩 나 씩씩거리는 의사에게 허리를 굽혀 인사를 했고, 사정이야기를 들은 지배인은 종업원을 호되게 나무랐다.

"당장 다시 계산해 드려! 이게 무슨 짓이야?"

그래도 계산대의 아가씨는 지배인의 말에 못마땅하다는 듯이 툴툴거리며 계산을 했다.

※

요즈음은 사람을 평가하는 기준이 아주 간단해 졌다. 무엇을 입었느냐, 무엇을 먹느냐, 무슨 자동차를 타느냐, 어떤 집에 사느냐 등 한 마디로 비싼 것인가 싼 것인가로 사람이 평가된다.

조병화 시인의 시에 이런 구절이 있다.

"수속과 절차가 싫어서 주막에 들러 술을 마신다."

나는 이 시귀가 마음에 들어 종종 입 속으로 중얼거린다. 꼭 내 마음을 그대로 표현해 준 듯해서 좋다.

하지만 이 세상은 수속과 절차를 싫어하면 불이익을 당하기 쉽다. 배가 고파도 앙앙 울어야 젖을 얻어먹을 수 있고, 이것 저것, 이런 저런 경력을 다 찍어다 붙여야 거창한 사람이 되어 무시를 당하지 않는다.

얼마 전 일이다. 우리 아이가 버스를 탔다가 교통사고를 당했다. 크게 다치지는 않았지만 그 충격 때문에 후유증에 시달렸다. 학교에서 수업도 못 받고 파출소에서 경찰서까지 가서 경위를 진술해야 했다. 걱정하지 말고 집에 가 있으면 보험회사에서 다 처리를 해 줄테니 치료나 잘 받으라고 해서 기다리고 있었는데 열흘이 지나도 아무 소식이 없었다 . 혹시 잊어버린 것 아닌가 싶어, 친구를 배웅하고 나서 버스회사 담당자를 만나 보았다. 책임자를 만나기 전까지의 불쾌함, 다들 내 소관 아니라는 식으로 넘기는 것 등은 그렇다 치더라도, 책임자를 만나면서부터 나는 정말로 화가 났다.

편안한 바지에 T셔츠를 입고 찾아간 것이 잘못이었다. 그는 힐끔 한 번 쳐다보더니, 나에게 무시하는 눈빛을 던지며 묻는 것이었다.

"어떻게 오셨죠?"

인상을 쓰며 아래 위를 훑어보기 시작했다. '별 것도 아닌 것이 귀찮게 군다'는 식이었다.

"몇일 전 여기서 교통사고를 당한 학생의 어머니입니다. 아무 소식이 없어서 찾아왔어요."

"치료를 받으라고 했잖아요. 그런 건 회사에서 처리하는 게 아니고 보험으로 다 하는 겁니다."

"그냥 기다리면 됩니까? 열흘이나 지났는데요……."

미안한 기색은 조금도 없이 오히려 적반하장이다. 나는 기가 막혀서 한동안 할 말을 잃었다.

※

"넌 너무 수수해. 걸고 붙이고 달고 다녀라. 다이아몬드 반지가 없으면 다이아먼지라도 끼고 다녀야 사람 취급을 받는 세상이야."

언젠가 친구가 내게 했던 말이 기억이 난다.

그러고 보니 잊혀지지 않는 지난날의 생생한 기억이 또 하나 있다. 춘천으로 강의를 가다가 청평에서 교통사고를 당했을 때 일이다. 가해자는 교통법규 8개항에 속하는 위반을 했다. 일방통행로를 거꾸로 들어와서 내 차와 정면 충돌을 했던 것이다.

나는 죽지 않고 살았다는 생각만으로 사고를 낸 사람의 실수를 더 나무라고 싶지 않았다. 가해자가 보험도 가입하지 않은 자동차에다 교통법규 특별법을 위반하였으니 바로 구속이 되겠구나 하는 생각을 하고 있었다.

그런데 이게 웬일인가? 경찰서에서 조서도 받지 않고 가해자를 내보내 준 것이다. 결국 손해배상은 커녕 망가진 차의 수리비조차 자비를 들여야 했다.

나중에 경찰서에 항의를 하니, 관내에서 100여 건의 교통사고가 나는데 담당경찰관이 세명밖에 없어서 어쩔 수가 없다는 것이었다. 이 얼마나 기가 막힐 일인가?

그래서 야단을 쳤더니, 수사과장이라는 사람이 하는 말이 더욱 가관이었다.

"왜 진작 신분을 얘기하지 않았습니까? 잘 봐줄 수도 있었는데……."

법은 만인 앞에 평등하다고 배웠는데 돈이 많은 사람, 권력을 가진 사람, 빽이 있는 사람, 잘 차려입은 사람만이 특별대우를 받는 요즈음, 세상은 정말 법만 믿고는 못산다는 말인가?

법대로 살 수 있는 정의사회의 구현이 하루바삐 실현되었으면 하는 바램이다.

제7장

성 공

39

행복은 자신이 만든다

인생이라는 하얀 백지 위에 당신은 어떤 그림을 그려 '자기'라는 인간작품을 만들려고 하는가?

어떤 이는 종이 한 장을 꽉 채워 호랑이를 그리겠다고 구도를 잡을 것이며, 어떤 이는 종이의 구석에다 새앙쥐를 그릴지도 모른다. 어떤 그림, 어떤 작품이든, 작가가 뜻을 두고 계획하고 구상하는 것보다 더 이상 훌륭한 작품은 기대하기 어렵다.

인생도 마찬가지다. 사람은 자기의 꿈 이상으로 피어나지는 못한다. 항상 행복한 가정의 주인공이 되어 멋지게 살아가는 꿈을 꾸는 사람은 행복하게 되고, 자신을 처절하게 생각하며 불행하다고 생각하는 사람은 불행하게 살 수밖에 없다. 어떤 결과든지 자신이 만드는 것, 자신은 자기 인생의 주체이다. 당신은 지금 어떤 모습으로 살고 있으며, 또 앞으로 어떤 인간으로 살고 싶은가?

멋진 대사와 몸짓 그리고 황금의 목소리로 관중을 매혹시켰던 사라 베르나르. 일흔 아홉 살로 생애를 마칠 때까지 무대에서 활약한 프랑스의 여배우이다.

그녀는 1844년 파리에서 사생아로 태어나 극단을 따라 전국을 떠돌아다니다가 스물 두 살 때 비로소 무대에 서게 되었다.

그녀의 기대와는 달리 첫무대는 비참하게도 대실패로 끝나고 말았다. 아름다운 목소리를 무기로 갖고 있었지만, 신체의 다른 부분에 비해서 몸통이 길어 스타일이 나쁘다는 중대한 결함을 갖고 있었기 때문이다.

그러나 그녀는 결코 좌절하지 않고 자신의 결함을 극복하는데 전력을 기울였다.

'어떻게 하면 다리가 길어 보일까?'

거울 앞에서 걷는 연습을 하였으며, 의상에 대해서도 공부하며 결점을 보완하려고 노력했다. 그 뿐 아니라 대사도 자기가 맡은 역할만 외우지 않고 각본 전부를 암기하였고 연습장에도 가장 빨리 나갔으며, 언제라도 대역까지 할 수 있는 만반의 준비를 하였다.

그 결과, 첫 무대의 실패를 딛고 일어나 스물 다섯 살 때 〈여행자〉의 주연으로 주목을 끌었고, 이어서 〈페드로〉의 주연으로 센세이션을 일으켰다.

1876년부터는 연극 단체를 조직하여 세계 순회공연을 함으로써 세계적인 배우로 인정을 받았으며, 1899년에는 〈사라 베르나르 극장〉을 창립하는 등, 그녀의 전성시대가 열리게 되었다.

그런데 그녀는 불행하게도 제1차 세계대전 때 오른쪽 다리를 절단하게 되어 불구가 되었다. 그러나 그녀는 실망하지 않고 계속해서 무대에 올랐다.

고집이 세고 이기적이며 정열이 남달리 왕성했던 그녀는 〈햄릿〉, 〈새끼 독수리〉 등의 남자 역에서도 당당한 연기를 보였던 당대의 걸물이었다.

인간은 누구나 결함이나 약점을 갖고 있다. 더구나 실패를 한번도 경험하지 않은 사람은 이 세상에 존재하지 않는다. 그렇다면 성공자들은 어떤 사람일까? 한 마디로 자기의 결점을 있는 그대로 인정하고, 보다 훌륭하게 되려고 노력하는 사람들이다. 우리도 실패를 두려워 말고 결점을 보완하도록 노력해 보자.

❊

행복한 인생을 원하는 삶도 마찬가지다. 행복하기 위해서는 행복해질 꿈을 갖고 꿈을 이루기 위해 부단히 노력을 해야 한다.

남의 행복만을 부러워하며 막연하게 세월을 보내는 사람은 절대로 행복해 질 수가 없다. 행복은 준비하는 사람에게 오지만 불행은 준비하지 않아도 저절로 찾아오는 법이다.

불행을 만드는 사람들은 자존심, 고독, 허무, 낭만, 불가능 같은 말들을 즐겨 사용한다.

'난 내 자신이 싫어.'

'나는 할 수 없어.'

'내가 어떻게……' 등.

자기 자신에 대한 열등감으로 꽉 차 있다.

여성이나 남성이나 사랑하고 결혼하면 행복한 가정을 이루어야 한다. 그런데도 '난 못해', '불쾌해', '내게 해 준게 뭐 있어' 등 완전히 빚 받으러 온 사람이 행패 부리듯 하며 살아가는 경우를 보면 어처구니가 없다. 사람은 다 비슷한 수준끼리 만난다고 하지 않던가?

나는 대단한 존재인데 하찮은 상대를 만났다고 생각하는 사람은 평생 동안 불행하고 또한 사회질서를 어지럽힌다. 반대로 자기는 하찮은데 상대는 과분하다고 생각하는 사람은 늘 감사하고 행복하며 평화롭다.

❈

남남이 만나 부부가 되어 살아가는 에너지의 하나는 '서로 주고받는 격려'이다. 서로 미안해하고 감사하며 살아가는 부부는, 어렵지만 가정이라는 마차를 행복이란 목적지까지 잘 끌고 간다. 그러나 서로 자기만을 내세우고 상대를 윽박지르며 무시하고 원망과 불평을 늘어놓는 사람은 가정을 산산조각내어 버린다.

자신의 인생을 어떻게 살아갈 것인지, 무엇을 하며 살 것인지, 누구와 살 것인지를 확실하게 정해야 한다.

인생의 목표도 정하지 못한 채 사람들 틈에 묻어 다니며 되는대로 살아가는 사람은 자기인생의 주체가 되지 못한다. 부부의 사랑도, 부모와 자녀 사이의 도리도 모두가 자신에게 달려 있다. 인생의 목표를 설정하고, 꺾이지 않는 신념을 갖고, 넘치는 자신감으로 활기차게 살아가도록 노력하자.

※

서로 아끼고, 사랑하며, 격려하고, 감사하며 살아가는 아름다운 생활을 열등감이 많은 사람은 순수하게 받아들이지 못한다.

남편과 아내가 마음껏 사랑을 하고, 부모와 자녀가 이해하고 존중하여 행복한 가정의 꿈을 이루는 것은 물론, 근본적으로 자기인생의 자기역할을 파악하여 목표를 향해 도전할 때 꿈은 반드시 이루어지기 마련이다.

행복을 향한 꿈의 실현, 그것은 어디까지나 자기 자신과의 싸움에서 승리할 때 얻어지는 보상이다.

40

공부에는 나이가 없다

올해 일흔 살이 된 김복순 할머니. 그녀는 충청도의 어느 두메산골에서 태어나 여섯 살 때 어머니를 여의고, 집안 일을 돌보느라고 학교 문전에도 못 갔다.

열 여덟 살에 결혼하여 아이를 낳았고 이제는 손자들까지 생겼다. 평생동안 쪼들리게 살며 집안 일만을 해오다가 환갑이 지나서야 조금 마음의 여유가 생긴 것이다.

남들이 볼 때는 남부럽지 않은 할머니지만 그녀에게는 '남모르는 한'이 하나 있었다. 그것은 다름 아닌 배우지 못했기 때문에 '글자를 모른다'는 것이었다.

글을 모르니 동회나 구청에서 오는 서류를 읽지 못하고, 편지가 와도 남에게 읽어 달래야 하며, 더욱 심각한 점은 자기의 이름조차 쓰지 못한다는 것이다.

김복순 할머니의 즐거움은 자식들의 집을 차례로 방문하는 것인데 글자를 모르니 버스의 행선지를 알 수가 없었다. 그래서 자식들의 집에 갈 때는 글자의 수를 그림처럼 외워서 눈짐작으로 탄다. 특히 어린 손자들이 그림책을 읽어달라고 할 때는 눈이 있으되 보지 못하는 까막눈이 그렇게 원망스러울 수가 없다.

'나도 남들처럼 공부를 했더라면……. 한글만 좀 깨우쳤어도 좋으련만…….'

❀

그러던 어느 날 이웃집 여자한테서 복지관에 가면 한글을 배울 수가 있다는 소리를 들었다. 그곳에는 할머니들도 많이 다닌다는 것이었다.

'그렇다면 나도 한 번 가볼까?'

큰 결심을 하고 복지관에 가보니 글을 모르는 사람이 한 두 사람이 아니었다. 용기를 얻은 김복순 할머니는 그날 저녁 며느리에게 의논을 했다. 며느리도 격려해주었다.

"어머님, 참 좋은 생각이세요. 한글도 배우고 친구도 사귀시고, 얼마나 좋아요."

다음 날부터 한 자 한 자씩 우선 지하철역이나 버스 정류장의 이름부터 배우기 시작했다. 처음에는 뭐가 뭔지 머리에 잘 들어오질 않았다. 나이가 너무 들어 무리인가 싶어 단념하려고도 했지만 그때마다 손자들의 얼굴이 떠올라서 계속 버텼다.

"어머니, 공부가 잘 되세요? 이젠 이름도 쓸 줄 아시지요? 힘들더라도 취미를 붙이시면 잘 될 거예요."

가끔씩 따뜻하게 격려해 주는 아들의 말이 힘을 북돋아주었다. 이렇게 열심히 노력한 결과, 이제는 버스 정류장을 읽는 것은 물론 편지도 어느 정도 쓸 줄 알게 되었다.

칠십 평생을 까막눈으로 살아왔던 김복순 할머니. 그녀는 오늘도 유치원생처럼 조그만 가방을 메고, 즐거운 마음으로 발걸음도 가볍게 그녀가 말하는 '학교'에 간다.

❀

우리나라 부모의 자녀 교육열은 세계 제일이라고 하는 반면에, 자기 자신을 계발하기 위한 성인들의 교육열은 과연 어느 정도인지 의심스럽다. 특히 결혼한 여자들 중에서 자기발전을 위해서 지속적으로 공부하는 사람은 얼마나 되겠는가?

이 글을 읽는 당신은 한글은 물론 한문이나 영어를 읽고 쓸 수 있을 것이다. 어쩌면 최고 학부를 나왔을지도 모른다. 그렇다면 당신은 지금 그토록 많이 배운 지식을 얼마만큼 활용하고 있으며, 또 앞으로 무엇을 더 배워나가고 싶은가?

대부분의 사람들이, 특히 우리나라의 배운 여성들은 그 능력을 제대로 활용하지 못하고 있다. 최고 학부를 나왔으면서도 결혼을 하고나면 가사에 얽매여 더 이상 노력을 하지 않기 때문에 배운 지식마저 퇴보

하고 있는 실정이다.

옥도 갈고 닦지 않으면 빛이 나지 않는 것처럼, 우리의 삶도 새로운 것을 배우고 활용하지 않으면 결코 빛나는 인생을 살 수가 없다.

김복순 할머니처럼 배우는 데 늦은 때란 없으며, 공부할 마음만 있다면 누구든지 어떤 환경에서도 얼마든지 배울 수가 있다. 가까운 학원이나 문화센터도 있고 동호인 모임도 많지 않은가?

조금 여유가 있다면 남자들처럼 경영대학원이나 행정대학원 등 특수대학원에 설치한 연구과정이나 평생교육원에 들어가서 다시 새로운 학문을 공부해 보는 것도 좋은 방법이다.

'내 나이가 몇인데.'

'이제 와서 뭘 새삼스럽게.'

'여자 팔자란 다 그런 거지 뭐.'

이렇게 체념해 버리면 그만인가? 좀 더 적극적인 목적을 가지고 그것을 실현시키기 위해서 노력하는 것이야말로 참다운 인생의 바람직한 자세가 아닐까?

41
나는 할 수 있다

옛말에 '수신제가치국평천하(修身齊家治國平天下)'라는 말이 있듯이, 가정이 바로 서야 나라가 바로 설 수 있다. 사회와 나라의 기본단위가 가정이기 때문에 건전한 가정생활이야말로 사회발전과 국가발전의 원동력이 되는 것이다.

건전한 가정생활의 비결, 그것은 한 마디로 희망과 미래에 대한 설계이다. 누군가 일찍이 '인간은 꿈을 먹고사는 동물'이라고 했다. 인간은 희망이 있으면 생기가 돌고 희망이 없으면 시들게 마련이다. 그러므로 가정의 주체인 우리 모두는 우선 희망을 가져야 한다.

당신은 뒝벌을 알고 있는가? 뒝벌은 땅 속에 집을 짓고 사는 야생꿀벌의 일종으로 몸의 길이는 약 2cm 가량 되고, 배는 통통하고 길며, 날개는 아주 작은 벌이다.

날개가 너무 작고, 날개에 비해 몸뚱이는 너무 크기 때문에 과학자들은 '뒝벌은 구조상으로는 도저히 날 수가 없다'는 결론을 내렸다.

그러나 뒝벌은 옛날부터 지금까지 잘 날아다니고 있으며, 앞으로도 계속 그럴 것이다. 자신의 몸집이 날개에 비해 너무 크고 날개가 너무 작다는 사실을 스스로 알지 못하기 때문에 열심히 날개를 퍼덕이고, 그러다 보니 날 수 있게 된 것이다.

❄

나는 여기에서 야생의 꿀벌인 뒝벌의 이야기를 하려고 하는 것이 아니다.

'뒝벌 같은 여자'를 소개하려고 하는 것이다. 그녀의 별명은 'I CAN 여사' 본명은 마미 매컬로우이다.

그녀는 미국 조지아에서 소작농을 하는 가난한 농가의 아홉 자녀 중 하나로 태어났다. 아버지는 일찍 돌아가시고 의지가 굳센 어머니로부터 강인한 정신력을 배우며 아르바이트를 해가면서 고생 끝에 대학을 졸업했다.

그녀가 대학 입학시험을 보러 갈 때는 너무나 촌뜨기여서 다른 사람들처럼 줄을 설 줄도 몰랐으며, 밀가루 포대로 만든 원피스를 입고, 비쩍 마른 몸매에 장다리 같은 키, 웃을 때 보이는 뻐드렁니 등 한 마디로 볼품없는 모양을 한 시골 처녀였다.

하지만 훌륭한 교수님을 만나 아르바이트를 하며 어려운 대학생활을 억척같이 마쳐 졸업을 하게 되었고, 그 후 몇 군데 직장에서 인정받으며 사회생활을 시작했다.

결혼을 한 그녀는 남편과 잦은 불화 끝에 이혼을 하고 고향으로 돌아가 학생을 가르치는 선생님이 되었다. 그 후 그녀는 어려서부터 한 동네에서 자란 매컬로우씨와 재혼을 했고 다니던 학교의 교장 선생님으로까지 승진을 하게 되었다.

그러던 와중에 그녀는 미국에서 가장 유명한 동기부여자인 지그 지글러의 강의를 듣고 '나도 할 수 있다!'는 희망과 신념으로 「I CAN 프로그램」을 개발했다.

이 「I CAN 프로그램」은 좌절과 방황으로 시간을 보내는 청소년들에게 희망과 신념을 불어넣는 교육프로그램으로, 현재 미국의 5,000개 이상의 학교에서 300만 명 이상의 학생에게 좋은 가르침을 주고 있다.

불과 몇 년 전만 해도 비쩍 마르고 몰골이 사나웠으며 볼품이 없고 자신감이 없는 뻐드렁니, 울보였던 여자가 어떻게 미국 국민들에게 용기와 희망을 주는 여성으로 변신할 수 있었을까? 그것은 한 마디로 '나도 할 수 있다!'는 희망을 가졌기 때문이었다.

그런데 지금 이 땅에 살고 있는 여성들은 어떤 마음가짐을 가지고 살고 있는가?

희망을 갖고 행복을 이룰 수 있는 설계를 하기보다는 불행할 수밖에 없는 생각들을 자기 자신에게 끊임없이 주입시키며 스스로 인생의 절망을 만들어가고 있는 사람들이 많다.

＊

인생에 있어서 우리의 위치를 결정하는 것은 우리들의 적성이 아닌 우리들의 마음가짐이다. 우리는 승리자, 성공자의 마음을 갖고 가족을 도와 희망찬 가정을 설계해야 한다.

희망찬 가정을 설계하는 방법을 여기에 소개한다.

첫째, 시작을 위한 시간을 가져야 한다.

자명종은 시작을 알리는 기회의 종이다. 벌떡 일어나서 영감을 얻을 수 있는 조용한 시간을 갖도록 하자. 15분도 좋고 30분도 좋다. 좋은 책이나 테이프를 들으며 정신적 활력을 강화하고, 적당한 운동을 하여 신체적 기능을 원활히 하자.

둘째, 성장을 위한 시간을 가져야 한다.

인생을 희망적으로 설계하기 위해서는 성장을 위한 시간을 가져야 한다. 시간이 없어서, 돈이 없어서, 가족이 반대해서, 아는 것이 없어서 등은 나약한 자의 핑계일 수밖에 없다.

책이나 카세트 테이프를 통해 많은 지식과 정보를 얻고, 모임이나 세미나에 적극적으로 참여하여 지식과 정보를 교류하며 자기를 변화 발전시켜 나가야 한다. 비참한 인생도 멋진 인생도 결국은 자기가 만드는 것이다.

셋째, 건강을 위한 시간을 가져야 한다.

벤자민 프랭클린은 건강을 지키는 것은 '자기에 대한 의무'이며 '사회에 대한 의무'라고 했다. 이것은 또한 '가족에 대한 의무'이며 '국가에 대한 의무'이기도 하다.

충분한 수면은 최고의 컨디션을 보장한다. 잡담, 고스톱, TV, 고민, 불만 등으로 수면을 취하지 못하면 건강은 허약해지고 만다.

또한 적당한 운동은 건강의 필수요건이다. 케네스 쿠퍼 박사는 1주일에 4일 정도는 매일 20분 이상 심장의 빠른 박동이 있어야 건강을 유지할 수 있다고 말한다.

더불어 싱싱한 음식을 섭취하고 부정적인 음식, 기호품 중 파괴적인 음식, 담배, 술, 마약은 금물이다. 무엇이든 중독자가 되고 싶어서 된 사람은 아무도 없다.

넷째, 자아발견을 위한 시간을 가져야 한다.

정원에서 화초를 가꾸거나 가까운 곳이라도 여행을 떠나보자. 아무리 바빠도 자신을 한 번쯤 돌아보고 여유를 찾으면 한층 성숙해 있는 자신의 모습을 찾을 수 있을 것이다.

❀

희망은 누구에게나 다 있다. 그러나 희망을 이루는 사람은 많지 않은 것 같다. 희망이란 자기가 아직 갖지 못한 것을 얻으려는 바램이기 때문이다.

그렇다면 희망을 어떻게 실현시킬 수가 있을까? 그 방법에 대하여 생각해 보자.

TV에는 동물의 세계가 방영되고 있다. 약육강식의 동물세계는 생존하기 위한 남다른 기술이 없이는 살아남을 수가 없다.

맹수들의 사냥술에서 우리 인간도 배울점이 있다. 황갈색에 둥근 흑색 무늬가 있는 치타는 고양이과에 속하는 표범이다. 몸의 길이는 약 1.4m이고, 사지는 가늘고 길며 귀는 짧다. 포유동물 가운데서 걸음이 가장 빠른 놈이다.

이 치타는 가족을 거느리고 사는데, 나무 밑에서 편안하게 있을 때도 먹이 사냥을 하기 위해 항상 주의를 게을리 하지 않는다.

그러다가 먹이가 나타나면 몸을 낮추고 시선을 먹이에 딱 고정시키고 눈도 깜짝 안하고 쳐다본다. 그 다음 살금살금 다가가다가 갑자기 맹추격을 한다. 마치 과녁을 향해 날아가는 화살처럼 빠르게 추적을 한다.

그러면 먹이감인 다른 동물은 필사적으로 도망을 치는데 보통 시속 50~60Km로 달리는데 비해, 치타는 시속 110Km로 달린다. 결국 먹이사냥에 성공을 한다.

우리 인간사회도 동물의 세계 못지않게 생존경쟁이 치열하다. 요즈음은 경쟁이 아니라 전쟁이라고까지 말하지 않는가? 그렇다면 생존경쟁에서 자기의 꿈과 희망을 실현시키는 방법은 무엇일까?

첫째, 무엇을 갖겠다는 강렬한 의지가 있어야 한다.

둘째, 자기에게 적합한 목표를 정해야 한다.

셋째, 목표에 대한 정보를 수집해야 한다.

넷째, 자기계발로 힘을 길러야 한다.

다섯째, 기회 포착을 잘 해야 한다.

✢

당신의 희망은 무엇인가? 그 희망을 이루기 위해서 당신은 지금 어떤 준비를 하고 있을까? 성공은 준비하는 자의 몫이다. 당신도 분명히 할 수 있다!

42

성공의 비결

사람은 누구나 실패와 불행을 싫어하고, 성공과 행복을 좋아한다. 실패자들은 남들에게 무시를 당하면서 굴욕을 느끼고 욕구 불만 속에서 서글프고 불행한 삶을 살지만, 성공한 사람은 남들로부터 대접을 받으며 자부심을 느끼면서 즐겁고 행복한 삶을 살 수 있기 때문이다.

그렇다면 인간의 성공과 행복, 실패와 불행은 누가 만드는 것일까? 한 마디로 자기 자신이 만든다.

먼저 실패하는 사람들의 특성을 살펴보자.

나쁜 부모 밑에서 태어났기 때문에, 배우자를 잘못 만나서, 나쁜 환경에서 자랐기 때문에, 사주팔자가 나빠서, 키가 너무 작아서, 너무 못생겨서, 여자이기 때문에…… 등등 부모나 배우자, 환경, 신체적 조건, 성별, 심지어는 사주팔자까지 들먹이며 실패의 이유를 자기가 아닌 남의 탓으로 돌린다. 손가락 하나로 남을 지탄하면 나머지 손가락은 자기 자신에게 향해있는 것이다.

위대한 인간이나 성공자는 태어나는 것이 아니라 선택과 훈련으로 만들어지는 것이다. 태어날 때부터 위대한 인간은 없다. 어머니는 성 공자나 실패자를 낳는 것이 아니라, 단순히 아들 아니면 딸을 낳을 뿐 이다.

세상의 모든 성공자들은 자기가 원하는 것을 선택하고 선택한 것을 이루려는 부단한 훈련을 통해서 자기가 원하는 사람이 되는 것이다.

미국의 얼 나이팅게일 박사는 그의 저서 『위대한 발견』에서 다음과 같이 말했다.

"인간은 자신이 원하는 대로의 모습이 된다."

여기에서 중요한 점은 성공한 사람은 자기가 원했기 때문에 현재의 위치에 오른 것이지만, 실패자는 자기가 원했기 때문에 실패한 것은 아니라는 사실이다.

❀

성공자가 되려면 우선 선택과 판단을 잘해야 한다.

세상에는 수많은 길이 있다. 어느 길로 갈 것인가의 선택은 본인이 하는 것이다. 길을 잘못 들어서 선택의 실수로 후회하는 사람도 있고, 사람들에게 속아서 실패의 구렁텅이에 빠진 후에 자신의 어리석음을 한탄하며 '판단 부족'을 뼈저리게 느끼는 사람도 있다.

언젠가 차를 몰고 강의를 가다가 지나가는 사람에게 길을 물었던 적이 있었다. 그 사람은 어디어디로 가면 된다고 가르쳐 주었지만 가도 가도 목적지가 안 나오는 것이 아닌가? 나중에 알았지만 그 쪽은 내가 가야 할 곳과는 동떨어진 방향이었다.

이리저리 물어가며 겨우 길을 찾아서 갔지만 30분 정도 지각을 하게 되었고, 길을 잘못 가르쳐 준 사람에게 은근히 화가 났다. 그러나 그는 이미 가버렸고 결과는 나에게만 남는 것이다.

지금 이 시간에도 얼마나 많은 사람들이 행복한 삶의 방법, 올바른 성공의 길을 몰라서 '금전소모', '시간낭비', '정력허비'를 하고 있을까? 성공자가 되려면 우선 선택과 판단을 잘 해야 한다.

❀

또한 성공자가 되려면 자기의 발견을 해야 한다.

철학자 소크라테스는 '너 자신을 알라!'고 하지 않았던가? 과연 나는 누구이며, 어떤 능력을 갖고 있으며, 무엇을 추구하고 있는지를 분명하게 알아야 한다.

빅토르 플랭클린 박사는, '인간은 각자 능력을 부여받고 이 세상에 담당할 역할이 있어서 존재한다'고 했다.

사람에 따라 그 능력은 다르다. 당신은 어느 방면에 능력이 있다고 생각하는가? 자기에게 재능이 있음에도 불구하고 그 재능을 계발하지 못해서 실패자가 된 경우도 많다.

유명한 영국의 수상 윈스턴 처칠도 학생시절에는 수학과 프랑스어를 아주 싫어하는 열등생이었다. 우리나라에 비유한다면 수학과 영어를 못한 것이다. 그래서 그는 귀족의 가문에서 태어났지만 명문대학인 옥스퍼드나 캠브리지에 가지 못했다.

육군사관학교에 지원했으나 성적이 나빠서 낙방을 하고, 삼수만에야 겨우 합격했다. 그러나 그는 국어만큼은 압도적으로 우수했으며, 일에 대한 정열과 투지는 놀랄 만큼 불타고 있었다.

그는 결국 국어실력과 정열이라는 두 가지 장점을 살려서 스물 여섯 살에 베스트 셀러를 썼으며, 약관 26세 때 국회의원에 당선되었고, 그 후 승승장구하여 수상까지 되었으며, 정계를 은퇴한 후에도 『제2차 대전 회고록』을 써서 노벨 문학상까지 받지 않았던가?

그는 자기의 장점을 발견하였고, 그 장점을 더욱 성장시켰기 때문에 대성공자가 되었던 것이다.

❄

우리나라의 여성들 가운데는 인생의 목표나 성공하겠다는 야망도 없이 하루하루를 그냥 사는 사람들이 많다.

그 날이 그 날인 것처럼 하루하루를 살아가는 인생은 재미가 없고 기대치도 없다. 자긍심도 없다. 어제보다 나은 내일을 준비하고, 늘 새로워지려는 노력을 자신에게 투자하는 것은 무엇보다 값진 일이 아닌가?

멋지고 값진 인생을 창출할 묘안을 생각해보자. 그러기 위해서는 무엇보다도 자긍심을 가져야 되는데, 이를 증진시키기 위한 일곱 가지

방법을 정리해 본다.

첫째, 칭찬을 순수하게 받아들여라.

"당신 오늘 스피치가 참 좋았어요. 멋지게 잘 했어요."

이렇게 칭찬을 하면 순수하게 받아들이지 않고 엉뚱한 변명을 늘어놓는 사람도 있다.

"그렇지만 목소리가 너무 커서 망쳐버렸어요."

칭찬을 받을 때는 담담하게 "감사합니다" 하고 답례를 하면 얼마나 좋을까? 칭찬을 두려워하지 말자. '고맙다'는 말 한마디와 잔잔한 미소그 이상으로 자기 자신을 멋지게 표현하는 방법이 또 있을까?

둘째, 자신의 장점 20가지를 적어라.

우리에게는 많은 장점이 있다. 사람들은 자신의 단점을 말하라면 줄줄 말을 할 수 있어도, 장점을 말하라면 다섯 가지를 대기가 어렵다. 아무리 생각이 나지 않더라도, 또 시간이 걸리고 겸연쩍더라도 참을성을 가지고 꼼꼼하게 20가지 장점을 적어보자는 것이다.

이렇게 적은 장점은 서랍 속에 넣어두면 아무 소용이 없다. 카드에 적어 잘 보이는 곳에 붙여 놓거나 아니면 들고 다니며 날마다 반복해서 읽고 상기해야 한다. 매일같이 자신의 장점을 되뇌이는 것은 가장 이상적인 자기대화이며, 자기가 원하는 자기를 만드는 지름길이다.

셋째, 자신에게 줄 선물을 준비하라.

어릴 적에 부모님께서 선물을 주시면 얼마나 뛸 듯이 기뻤었는가. 그때 느꼈던 감정을 상기하며 마음으로 자신에게 줄 특별한 선물을 준

비하라는 것이다. 굳이 귀하고 비싼 것이어야 할 필요는 없다. 자신의
자긍심을 최고로 높일 수 있는 것이면 된다.

넷째, 뭔가 새로운 일을 시도하라.

모험은 두려움도 있지만 흥분과 기대 또한 크다.

"새해에는 컴퓨터를 배워야지……"

"올해엔 패션 디자인을 배울 꺼야."

"올해는 사회를 위한 봉사활동을 열심히 해야지."

무엇인가 기대에 찬 오늘을 보내고 의욕있는 내일을 계획한다는 것
은 신선한 삶의 향기를 준다.

다섯째, 큰 소리로 자신을 칭찬하라.

곤란한 일, 두려웠던 일을 처리했을 때 자신의 자부심을 나타낼 수
있도록 '나'로 시작되는 문장을 만들어 활용하면 큰 위로가 된다.

"잘했어, 난 정말 최고야. 난 브리핑의 천재거든……."

여섯째, 당신을 지지해주는 사람을 찾아라.

당신이 새로운 일에 도전하는 것을 별로 좋아하지 않는 사람이 주위
에 많다. 그들은 당신의 의욕을 꺾는 부정적인 말을 할 것이고, 그 말
에 당신은 의욕을 잃을지도 모른다.

그래서 새롭게 변화하고 발전하려는 당신을 인정하고 꿈을 나누고
우정을 나눌 수 있는 사람을 찾아야 한다. 그러면 마음에 큰 위안과 힘
이 생기게 된다.

일곱째, 자기 자신에게 관대하라.

자긍심을 키우는 것은 시간이 걸리는 일이다. 항상 실수를 반복하고 목표에 못 미치는 것이 인간이기 때문이다. 어떤 일에 도전했다가 실패하더라도 자신을 지나치게 나무라거나 비관하지 말아야 한다. 그리고 자기 자신을 위로하고 격려하여 자긍심을 갖도록 노력해야 한다.

인생에는 득의의 시기와 실의의 시기가 항상 교차되고 있기 때문에 자긍심에 손상이 가지 않도록 해야 한다. 스스로 자긍심을 증진 고조시켜 새로운 자기로 변신, 발전할 수 있도록 실천에 옮겨야 한다.

자긍심은 당신을 성공자로 만드는 원동력이다.

43

나는 벙어리가 아니다!

"나는 이미 벙어리가 아니다!"

이 말은 헬렌 켈러가 오랜 침묵 속에서 처음으로 말을 하게 되었을 때 그녀의 입에서 나온 말이다.

그녀는 자기가 말을 할 수 있다는 기적 같은 사실에 신이 나서 연달아 외쳐댔다.

"나는 이미 벙어리가 아니다! 벙어리가 아니야!"

20세기에 있어서 가장 강한 교훈을 남겨준 위대한 노력가가 있다면 우리는 누구를 꼽을 수 있겠는가? 누구라도 헬렌 켈러를 어렵지 않게 떠올릴 것이다.

헬렌 켈러, 그녀는 눈이 멀었고 귀가 들리지 않았으며 말도 할 수 없었다. 그러나 그녀는 눈이 보이는 사람보다 더 많은 책을 읽었으며, 자그마치 일곱 권이 되는 저서를 써냈다. 그래서 그녀를 '3중고의 성녀'

라고 부르기도 한다.

그녀는 귀가 잘 들리지 않았음에도 불구하고 귀가 잘 들리는 사람보다도 음악감상을 잘 할 수 있었으며, 9년 동안이나 말을 못했는데도 전 세계를 돌아다니면서 강연을 하여 사람들에게 희망을 주었다.

정녕, 헬렌 켈러 그녀는 자신의 끊임없는 노력으로 기적을 창조해 낸 것이다.

우리가 잘 알고 있는 바와 같이 그녀는 태어났을 때는 지극히 정상적인 아이였다. 건강한 보통 아이들처럼 말을 배우고, 걸음마도 배웠다.

그러다가 생후 19개월 때, 갑작스런 병으로 눈이 보이지 않게 되었고, 귀도 들리지 않게 되었으며, 말도 할 수 없게 된 것이다. 이 얼마나 기막힌 운명의 장난인가?

갑자기 모든 것이 암흑으로 바뀐 그녀는 포악한 성격으로 변해 구제 불능의 소녀가 될 수밖에 없었다. 하지만 그런 비극적인 생활 속에서도 그녀에겐 운명을 바꾸어 놓을 수 있는 '만남'이 있었다.

맨스필드 설리번. 그녀는 진정 사람이었을까, 천사였을까? 사랑과 희생정신, 그리고 투철한 사명감의 소유자 설리번. 설리번 선생님과의 만남이 그녀의 운명을 바꾸어 놓았던 것이다.

헬렌은 설리번을 만난 그 날부터 피눈물나는 끈질긴 노력으로 말과 글을 배우기 시작해서, 결국 9년 만에야 처음으로 말을 할 수 있게 된 것이다.

"나는 이미 벙어리가 아니다!"

그가 입을 열어 처음으로 한 이 말은 얼마나 우리의 심금을 울려주는 말인가?

헬렌의 이런 기적 같은 발전을 단순히 운명적인 것이라고 볼 수는 없다. 그것은 무엇보다도 끈질긴 노력의 결과인 것이다.

❋

그녀의 이러한 생애가 우리에게 주는 교훈은 무엇인가? 그녀는 무엇이든지 목표를 세우고 정진하면 불가능은 없다는 인생의 희망을 우리에게 가르쳐 준 것이다.

우리도 목표를 세우고 열심히 노력만 한다면 무슨 일이든지 가능하다. 왜냐하면, 우리는 헬렌 켈러보다 훨씬 더 좋은 조건을 갖고 있기 때문이다.

'부부가 행복하게 살고 싶다.'

'자녀를 훌륭하게 키우고 싶다.'

'공부를 하여 실력자가 되고 싶다.'

이렇듯 어떠한 소망이 당신에게 있다면 흔들리지 않도록 마음을 굳게 먹고 소원을 이루기 위한 노력을 하나씩 하나씩 끈기 있게 경주해야 한다.

유명한 피아니스트, 유명한 화가, 유명한 가수, 유명한 운동선수 등 어느 누구도 노력 없이 이루어진 사람은 없다. 하루하루 자기 자신과의 싸움에서 이겨내는 끈기와 노력의 결과이다.

바르셀로나 올림픽에서 금메달을 안겨준 마라토너 황영조. 그의 그러한 영광과 기쁨과 환희도 오로지 노력의 결실이다. 그의 연습과정이 얼마나 힘이 들었으면 달려오는 자동차에 뛰어들고 싶었겠는가?

백절불굴의 굳은 의지는 불가능을 가능하게 만들고, 무능한 사람을 유능하게 바꾸어 주고, 불행한 사람을 행복하게 변화시켜 운명을 재창조시킨다.

❀

우리 자신이 원하는 삶을 실현시키기 위해 얼마나 많은 노력을 해왔다고 생각하는가?

사랑하는 남편과의 행복한 삶이 노력의 대가라는 사실을 알면서도, 노력은 하지 않고 좋은 결과만 바라는 뻔뻔스러운 삶을 살아오지는 않았던가? 그가 원하는 사람이 되기 위해 자기 자신을 연마하고 변화시키고 발전하기 위한 구체적인 노력을 얼마만큼 했는지 곰곰이 생각해 보아야 한다.

무엇인가 목표를 정하고 계획을 세워 미친 듯이 정열을 쏟아 보자. 부자가 되고 싶으면 돈을 버는데 정열을 쏟고, 실력과 능력을 겸비하고 싶으면 미친 듯이 공부를 해 보자. 꽃을 좋아하면 꽃에 미치고, 붓글씨를 좋아하면 거기에 미쳐보자. 무엇이든 생명을 걸고 매달리면 그 뜻을 이룰 수 있음을 의심하지 말자.

헬렌 켈러도 해 냈는데, 왜 우리가 못 해내겠는가? 우리들은 모든 조건에서 그녀보다 훨씬 낫다. 그러나 우리에게는 바로 노력과 끈기가 부족하다.

9년이란 세월을 말 한 마디도 못했던 헬렌 켈러가 입을 열어 '나는 이미 벙어리가 아니다!'라고 외친 감격스런 순간을 우리도 노력 끝에 맛볼 수 있도록 열심히 그리고 정열적으로 살아보자.

44

ET선생의 교훈

해마다 연말이 되면 송년모임들이 있다. 얼마 전에 산업 교육자들의 송년회에 초대를 받았다. 한 해를 열심히 살고 가까운 사람들끼리 모여 환담을 하는 그 곳에는 이름있는 저명인사들이 많았다. 각 분야에서 둘째 가라면 서러운 사람들…….

모두가 잘나고, 똑똑하고, 나름대로의 철학이 있는 사람들이었다. 그런데 그 중에서도 유독 나의 시선을 머무르게 하는 사람이 있었다. 바로 채규철 선생이다.

그분은 젊은 시절 교통사고로 온몸에 3도의 화상을 입고 거의 죽었다가 살아난 사람이다. 살았다고 한들 그 형상이 오죽하겠는가? 손은 타서 오그라들고, 몇 가닥 남아 엉겨붙은 손가락은 갈고리가 되었고, 얼굴은 망가지고 일그러져서 땜통이 되었다. 귀는 하나도 없고 한 눈은 의안, 한 눈은 그나마 희미하게 물체를 알아 볼 정도의 시력을 가진 분이다.

그의 나이 서른 한 살 때에 자동차 사고로 화상을 입고 사경을 헤매다 다시 소생한 ET(본인이 말하는 '이미 타버린 사람')란다.

그러나 그는 전혀 서글픔과 괴로움, 노여움과 처절함이 없는, 밝고 명랑한, 그리고 유쾌한 분이었다.

나는 그 날 하루종일 큰 행사를 치르고서는 너무나 지치고 힘이 들어 늘어져 있었다. 등골도 아프고 머리도 아프고 안 아픈 데가 없어 모든 것이 귀찮고 지겹게 느껴지는 저녁이었다.

하지만 그날 저녁 채규철 선생의 모습을 보는 순간 자신에 대한 부끄러움에 얼굴이 화닥거렸다. 세상에 저 모양이 되고도 저렇게 사는 것이 즐겁고 신나고 의욕이 넘칠 수 있단 말인가? 그런데 멀쩡하게 생긴 나는 왜 이렇게 갈피를 못 잡는지. 나 자신을 나무라며 그를 보고 새로운 삶의 모습을 배우기로 작심했다.

❈

본시 사람은 어렵고 큰 시련을 겪어야 담력이 생기고, 깊이가 생기고 그릇이 커지는 법이다.

나 자신의 삶을 생각해 보면 큰 굴곡이 있었다고 한들 생사의 기로에 놓였던 분들에 비하면 너무나 하찮고 보잘 것 없지 않은가? 지나고 나니 아무 것도 아닌 것을, 그때는 그 일만 해결할 수 있으면 더 이상 소원이 없겠다고 생각했었다.

다시 한 해를 보내면서 새로운 한 해의 설계를 하는 이 마당에 보다 크게, 보다 높게, 보다 멀리 인생설계를 해야겠다고 마음을 먹었다.

친구들이 모두 갱년기를 앓고 있다. 내게도 갱년기는 예외 없이 찾아와 무릎이 쑤시고, 온몸이 녹는 것 같고, 무겁고 권태롭고 허무하게만 느껴진다.

이렇게 감정이 사치해 지는 것은 삶에 긴박감이 없어서이다. 가만히 있으면 온몸이 아프지만 열심히 달리고 있으면 숨가쁜 것만 고통스러울 뿐 다른 고통은 잊어버리고 만다.

'목적지까지 도착해야지.'

이것이 유일한 소망일 뿐이다.

조금은 쉬고 싶다는 생각이 내 마음에 자라고 있는데 그 순을 잘라 없애고, 올해는 무엇인가 하나를 이루어내겠다는 구체적인 각오로 실천하는 생활을 해야겠다.

물은 고이면 썩고, 기계는 가동하지 않으면 녹슬게 되며, 사람은 움직이지 않으면 못쓰게 된다. 퇴색되어 가는 이 세상에 작은 등잔불 노릇이라도 할 수 있도록 내 마음에 불을 밝혀야겠다.

내 아이들을 위하여, 내 남편을 위하여, 부모님을 위하여, 그리고 사회와 국가를 위하여!

하지만 그것은 어디까지나 명분이며, 모든 행위는 '나 자신을 위하여'라는 것이다.

자신의 행위는 자신의 업적이다. 그 누구에게 나누어 줄 수 있는 것이 아니다. 오로지 자기 자신의 공로이고, 자기 자신의 만족이며 보람으로 자기 자신의 영적 계발의 에너지원이다.

올 한 해도 축복을 받은 삶이었음을 자각하며 새해에도 새로운 일을 찾아 즐겁게 살아야겠다. 절박한 상황 속에서 우뚝 일어서는 사람만이 이 세상에 감동을 선사할 수 있다.

가는 곳마다 문둥이 취급을 받고, 옆자리에 앉으면 기겁을 해서 도망치는 사람들에게 채규철, 그 분은 어떤 조소를 보낼까?

'난 이래봬도 이 세상 최대의 걸작품이라구. 모두 다른 곳의 피부를 이식해서 60번이나 수술해서 만든 새로운 작품이라구. 내가 사고 나기 전에 얼마나 미남이었는지 아무도 모를 걸? 그러나 그 미남보다 지금의 이 모습으로 다시 태어나기까지 얼마나 큰 인고를 겪었는지 아무도 모를 거야.'

그는 아마도 멀쩡하게 생긴 우리들에게 얼마나 죄를 받으려고 불평불만을 일삼으면서 하루하루를 허송세월 하느냐고 나무랄지도 모른다.

❁

누구에게든 자기에게 주어진 인생이 제일 소중하다. 그러나 그 소중한 인생은 꽃밭을 가꾸듯이 정성을 들여서 가꾸어 나가야 한다.

물도 주고, 거름도 주고, 잡초도 뽑아주고, 김도 매주는 끊임없는 정성과 사랑이 아름다운 꽃밭을 이루듯이 우리의 인생살이도 그렇게 가꾸어 나가야 한다.

보다 강하게, 보다 유연하게, 보다 충실하게 살자!

두 눈과 두 귀 그리고 입, 어느 것 하나도 고장나지 않은 멀쩡한 육신을 가지고, 마음껏 소리치며 봉사하는 삶을 살도록 우리 모두 노력하자. 부모에게, 남편에게, 자녀에게, 이웃에게, 친구에게 그리고 이 사회와 국가를 위해!

제8장

가치있는 인생

45

인생을 최고로 사는 법

앙뜨와네뜨 쁘아송은 엄격한 자기통제의 틀 속에서 끊임없이 자기를 가꾸어 나갔다. 그런 노력으로 그녀는 루이 15세의 사랑을 독차지하였고, 선택된 여성으로 남았으며 인생을 보석처럼 빛낼 수가 있었다.

사람은 누구든지 행복하기를 원하고, 사랑 받기를 원하며, 최고로 살기를 바란다. 자신의 인생을 위해 많은 사람들이 피나는 노력을 기울이는데, 그 정성과 끈기의 정도에 따라 결과는 달라지는 것 같다.

조금 노력하다가 그만두는 여성은 자기의 목적대로 꿈을 이룰 수가 없고, 꾸준히 갈고 닦고 연마하는 여성은 승리한 인생을 만들 수 있다. 한순간도 자기의 몸을 흐트러뜨린 일 없이 철저히 관리를 했고, 권태롭거나 해이해진 모습을 누구에게도 보인 적이 없다는 앙뜨와네뜨 쁘아송, 그녀의 그런 끈질긴 노력이 그녀의 욕망을 충족시킬 수가 있었던 것이다.

선택된 여자로 남기 위해서 우리는 어떤 준비를 하며 살아가고 있을까? 몸단장? 교양? 재능? 음악공부? 미술공부?

자기의 운명은 자기 의지로 만들고 가꾸어 가는 것이다. 행복한 삶을 위해서는 못된 자기의 성격을 버려야 하고, 야망은 끝까지 밀고 나가야 한다. 또 가정이나 직장에서는 협동생활을 하고 아량과 양보의 미덕을 보여야 하며, 이런 노력을 끈질기게 지속시켜 나가야 한다.

늘 이렇게 살아 나가기가 어디 쉬운 일인가? 그러나 노력하면 불가능한 일도 아니다. 가능한 일은 시도해 볼 가치가 있다.

❀

남자들은 대체로 독선적인 경향이 강하다. 아내의 의사를 물어보고 의논하여 어떤 일을 결정하지 않고 제멋대로 결정하기가 다반사이다.

외출을 할 일이 있을 때도, 사전에 이야기 한 마디 없다가 갑자기 서둔다.

"여보, 빨리 옷 입어! 모임에 가야돼."

느닷없이 아내에게 외출을 요구하거나 식사를 하자고 한다. TV도 자기가 보고 싶은 것 위주로 채널을 돌려댄다. 손님도 미리 연락을 하고 상의해서 데려올 때보다는 무방비의 상태에서 갑자기 데리고 와 접대를 요구할 때가 더 많다.

이런 남편들은 대체로 지배욕이 강하다. 하지만 우리 아내들은 그들을 거부할 필요가 없다. 남편의 특성을 알고 적절하게 대처하면 된다.

부부란 누가 옳고 그르냐가 중요한 것이 아니라 함께 생활하는 것이 중요하기 때문이다.

이혼이 일반화 되어 가는 요즈음에 20년, 30년을 한 남자와 같이 살아간다는 것은 높이 평가를 해야 할 만한 일이다.

한 남자와 조화를 이루며 원만한 가정을 꾸려나가기 위해서 아내들이 갖추어야 할 몇 가지가 있다.

우선 늘 '생기발랄'하도록 노력을 해야 한다. 축 늘어져 매사가 권태로워진 상태는 매력이 없다. 탱탱하게 바람이 든 공처럼 탄력성이 있어야 매력이 있다.

다음은 '특유의 지혜'가 있어야 한다. 슬기로운 여성으로서 모든 상황을 처리하고 극복할 줄 아는 힘은 그 사람만이 지니는 매력이다. 혼란을 수습하지 못하고 당황하거나 덤벙대면 무슨 해결이 되겠는가? 오히려 불안만 가중될 뿐이다.

다음은 '날카로운 판단력'을 가져야 한다. 우리 아내들은 가정의 책임자이며 경영관리자이다. 재정문제, 인사문제 등 가정의 중대한 문제에 진단을 내려 효과적으로 시행하기 위해서는 무엇보다 판단력이 뒷받침되어야 한다. 자신의 판단력이 흐려져 잘못 결정을 내리고 시행착오를 했을 때 오는 부작용은 엄청나게 큰 것이다.

❋

루골 살로메는 실존주의 철학자 니체를 사로잡았으며, 정신분석학자 프로이드의 친구로 영원히 남았다. 선천적으로 타고난 그녀의 미모만이 그들을 매혹시키는 조건은 아니었다.

누구에게든 아무 것도 요구하지 않았던 그녀 나름대로의 삶의 철학이 그들로 하여금 모든 것을 그녀에게 주고 싶어하게 만들었던 것이다.

그녀는 오직 그녀 자신에게 충실했던 사람이었지만, 그것이 매력이었고 그것이 능력이었으며, 그녀 자신이 최고로 살 수 있는 재산이었다. 얼마나 매력과 마력이 넘치는 살로메였던가? 그녀를 일컬어 프로이드는 '정신분석학의 시인'이라고까지 극찬을 했었다.

어느 나라, 어느 도시, 어느 사람에게도 정착하지 않았던 그녀의 매력 역시 생기발랄함과 특유의 지력(智力), 그리고 날카로운 판단력이었다.

❀

나딘느 드 로칠드는 자신의 인생관을 다음과 같이 피력했다.

"내 인생의 동반자를 남성으로, 그의 스승이 되기보다 제자로, 그를 이끌기 보다 이끌리고 싶다."

요즈음 여성들은 이런 말은 여성의 자존심을 짓밟는 망언이라고 일축하며 열을 내겠지만, 그녀는 인생을 최고로 살았고 후회 없이 살았으며, 누구에게도 무시당한 일 없이 인정을 받고, 사랑을 받으며 살았다.

행복은 남을 뜯어 고쳐서 얻는 것이 아니라 그들과 함께 하는데서 얻어지고 지속되어 진다는 사실을 명심해야 한다. 만약 뜯어 고쳐야

할 사람이 있다면 그것은 바로 '자기 자신'임을 잊어서는 안 된다. 자신을 교정하고 개선해 나가며 상대와 조화를 이룰 줄 아는 자만이 행복을 누릴 수가 있다.

삶에서 중요한 것은 목적을 이루는 것이다. 목적을 이룬 승리자만이 역사 앞에 당당히 나설 권리를 가지게 되기 때문이다. 자기의 인생을 최고로 살기 위한 자기연마를 지속하는 사람이 되어야 역사적인 큰 인물이 된다. 우리도 인생을 최고로 살도록 노력해 보자.

46

가치있는 삶이란

가치 있는 삶이란 어떤 것일까? 인간은 가치를 선택하며 사는 동물이다. 어떤 것에 가치를 부여하고 그것을 추구하는 과정이 곧 삶이 아니던가?

어떤 이는 돈이나 권력, 학력이나 명예에 인생의 가치를 부여하기도 하고, 다른 이는 살아가는 자세의 옳고 그름에, 또 어떤 이는 그 업적에 비중을 두기도 한다.

이런 것은 가치가 있고 저런 것은 가치가 없다고 하는 판단은 우리 자신을 인식하고 발견하게 해주는 생활철학에서 비롯된다. 그래서 철학자 칸트는 "해서는 안되는 일로 사회를 해롭게 해서는 안되며, 좋은 일을 하면서 남을 위해 살아야 한다"라고 하였다.

우리가 가치를 부여하는 것들 가운데 돈이나 권력, 명예와 같은 것들은 식사에 비유하면 그릇이나 숟가락에 해당될 뿐 그 내용물인 음식

자체는 아니다. 그릇이나 숟가락만 치장을 하고, 그 안에 담기는 내용물인 음식이 시원치 않다면 얼마나 허망한 일이겠는가?

우리가 가치 있는 삶을 살아간다면 행복을 느끼게 되고 활기찬 삶을 살아가게 될 것이다. 그러나 자기만의 이익을 추구하는 탐욕 속에서는 행복도 활력도 찾을 수 없이 갈등과 고통만이 반복될 뿐이다.

요즘 우리 사회에서는 돈이나 지위, 학력 등을 제 값 이상으로 평가하고, 이것들을 얻는데 인생을 허비하는 분위기가 만연한다. 이것은 자신의 마음과 육체를 괴롭히는 것이며 자기를 존귀하게 지키는 것이라고 볼 수 없는 것이다.

돈이 목적이 아니라 수단으로서, 돈을 가지고 무엇을 하느냐가 중요하며, 지위나 명예를 가지고 무엇을 했느냐, 또 학력을 가지고 무엇을 할 수 있느냐가 그 사람의 가치를 결정하는 척도가 된다고 본다.

독일의 철학자 헤겔은 "무엇이든 지나치면 망한다"라고 했다. 물도 섭씨 0도나 100도를 넘으면 얼음이 되거나 수증기로 변하고 말지 않는가?

세익스피어의 작품 중에 『베니스의 상인』이 있다.

주인공은 인간의 생명보다 돈(황금)에 더 큰 가치를 부여했기 때문에 정도가 지나쳐 파멸되고 말았다. 모든 일이 극에 달하면 정반대의 결과를 얻기 마련이다. 즐거운 일 또한 극도에 달하면 슬픔이 된다.

❀

그렇다면 가치 있는 삶의 방법은 무엇일까?

첫째는 존경하고 대접하는 생활을 하는 것이다.

사람들은 겉만 보고 타인을 평가하는 경향이 많다. 무엇을 입었는가, 어떤 보석을 지녔는가, 어떤 차를 타느냐에 비중을 두고, 그 사람의 가치를 평가하기 일쑤이다. 이런 일은 고대에서부터 있었던 인간의 속성이었다.

고대 희랍의 철학자 탈레스가 이집트 여행을 하게 되었다. 그의 박식함을 시기하는 사람들이 그를 시험해 보고자 피라미드의 높이를 알아내도록 요구했다.

그는 법관의 입회 하에 어렵지 않게 피라미드의 높이를 알아냈다. 태양이 어떤 사물의 45도 각도에서 비칠 때 그림자의 길이와 실제 높이가 같다는 것을 그는 이미 알고 있었기 때문이다.

모두 그의 지식에 탄복을 했지만 그것도 잠깐이었다. 그가 남루한 옷차림으로 가난하게 살고 있으니, 부자 장사꾼들은 또다시 그를 비웃었다.

"지식이 많으면 무엇 하느냐? 돈도 없는 거지인데……."

화가 난 탈레스는 해박한 지식으로 그 해의 천기를 미리 알아 보고, 올리브 농사가 풍작이 될 것을 예상하였다. 그래서 기름 짜는 기계를 헐값에 모두 사들였다. 올리브 농사가 풍작이 된 그 해 그는 독점한 기계로 거금을 벌었고, 기름을 짜러 찾아와 머리를 조아리며 부탁하는 상인들에게 말했다.

"눈에 보이는 것만 가지고 평가하지 마시오. 내 인생의 목적은 많은 돈이나 좋은 옷을 추구하는 것이 아니오. 돈 주고도 못사는 것이 가치 있는 삶이요. 무지하면 어리석어 자기만 최고인 줄 알지만 피라미드의 높이도, 1년이 365일이라는 것도, 기상에 대한 예측도 못하지 않소?"

❁

둘째는 새로움을 추구하는 생활을 하는 것이다.

나이 들어 늙으면 무용지물이라는 것이 일반적인 생각이다. 그러나 이런 상식적인 생각을 뒤엎고 새로운 삶에 도전해 가치 있는 삶을 살고 성공한 사람들을 소개하겠다.

소크라테스는 80세 때 음악을 연구하기 시작했고, 갈릴레오는 73세 때 달의 월 변화 및 일 변화의 모습을 발견했다. 파스퇴르는 60세 때 광견병의 치료법을 발견하였으며, 콜럼버스는 50이 넘어서 신대륙 아메리카를 발견하였다. 또한 볼테르, 뉴턴, 스펜서, 토머스 제퍼슨 등은 한결같이 80세 이후에 활발하게 활동하여 일류의 지성인이 되었다.

새로운 것에 도전하고 성공하는 것은 나이와는 전혀 상관이 없다. 당신의 나이가 몇이든 바로 지금 이 순간이 새롭게 출발하는 기회임을 알아야 한다.

❁

셋째는 남에게 베푸는 생활을 하는 것이다.

인생의 가치는 보람있는 일을 하는 데서 얻어진다. 나누는 기쁨, 베푸는 생활은 가치있는 삶 중에 으뜸이다.

대재벌 록펠러는 어린 시절부터 큰 부자가 되겠다는 꿈을 갖고 있었다. 43세에 그는 큰 회사를 경영하게 되었고, 10년 만인 53세에는 세계 최고의 부자가 되었다.

그러나 그의 몸은 점점 쇠약해져 54세 때에는 앞으로 1년 이상을 살 수 없다는 의사의 진단이 내려졌다.

1주일에 몇 백만 달러씩 벌어들이는 수입도 위안이 되지는 못했고, 매스컴에서는 '그의 재산이 누구에게 갈까'에 연일 비상한 관심을 쏟고 있었다.

절망 속에서 록펠러는 불쌍한 사람에게, 가난한 이웃에게, 그리고 자선사업 단체와 의학계에 자신이 평생동안 모은 재산을 내놓기 시작했고, 그 후 그의 건강은 기적처럼 좋아져 98세까지 장수를 하였다.

자신이 가진 소중한 것을 나누는 일, 이보다 더 가치 있는 일이 어디 있겠는가? 가치 있는 삶은 당신이 이미 알고 있는 평범한 이치를 실천함으로써 진정한 기쁨, 보람 그리고 만족을 얻는 것이리라.

❀

올해 여든 네 살의 고령이면서도 소년처럼 맑은 미소를 띠며 살고 있는 화가가 있다. 그 분의 이름은 운보 김기창, 그는 1914년 서울의 평범한 가정에서 태어나 다섯 살 때 천자문을 깨우친 천재였다고 한다.

그러나 초등학교 1학년 때 장질부사에 걸렸는데, 불행하게도 할머니가 다려주신 한약을 잘못 먹고 농아가 되어 버린다. 엎친데 덮친격으로 그의 나이 여섯 살이 되던 해에 아버지가 돌아가시고 가세가 점점 기울어져 그는 목수나 해볼까 하고 생활전선에 뛰어들게 되었다.

가정생활에 보탬은 되었지만 아들의 재능을 아낀 어머니는 한사코 만류했다.

"너는 그림을 그려야 해. 계속 그림을 그리는 것이 너의 전부야."

운보는 어렸을 때부터 틈만 나면 벽에다 낙서를 하거나 헌 종이에 그림을 그리는 것을 좋아했다.

그는 운이 좋게도 열 일곱 살에 김은호 화백의 사사를 받게 되었다. 그리고 6개월 만에 조선 미술전에 입선을 하였다. 여기에 자신감을 얻은 그는 김은호 화백 밑에서 계속 그림을 그렸다. 요즈음이야 화가들이 상당히 대접을 받아, 명예와 부도 누리지만 그 당시만 해도 환쟁이라고 사람 취급을 못 받던 시절이었다.

그는 나이 스물 일곱 살 때 평생의 반려자인 박명실을 만나게 된다. 그녀는 농아자인 운보 김기창을 위해서 결혼을 했고, 남편의 말귀를 틔어 주기 위해서 일부러 시비를 걸어 부부싸움을 했다고 한다.

그녀의 헌신적인 내조로 운보의 명성은 더해 갔지만, 1960년에 그만 부인이 죽고 말았다. 부인을 잃고 그는 고아처럼 몇 날 몇 밤을 눈물로 통곡하고 무척 비관했다.

그러다 그는 80년대에 농아복지 재단을 만들었다. 그 동안 그림을 그려서 모은 재산을 모두 투입하여 자기의 여생을 자기처럼 듣지도 말하지도 못하는 농아들을 위해 봉사하기로 작정을 한 것이다. 그리고 직업훈련원과 도자기공장을 만들어 거기서 나오는 기금으로 농아들의 복지사업을 위해 힘썼다.

몇 년 전인가 예술의 전당에서 초창기부터 지금까지의 작품 600여점을 가지고 전시회를 하였다. 구름처럼 몰려드는 입장객에게 고맙다고 눈물을 글썽이는 이 백발 노인에게 많은 사람들이 박수갈채를 보냈다.

이 얼마나 거룩하고 가치있는 삶의 표본인가? 자기가 어느 정도 갖추어 졌을 때 사회나 남을 위해 여생을 바칠 수 있는 자세, 이것이야말로 참다운 삶의 가치가 아닌가?

47

되는대로 사는 인생은

나는 왜 이리도 꼴 보기 싫은 사람이 많은지 모르겠다. 화투장을 들고 앉아 남의 돈을 따먹겠다고 가자미 같은 눈을 뜨고 밤샘하는 사람, 노력도 하지 않고 하느님 부처님께 복을 달라고 비는 사람, 재수만 좋으면 당첨이 될 것이라고 매주 복권을 사는 사람, '무슨 짓을 하든 무슨 상관이냐, 돈만 벌면 그만이지' 하며 못된 짓을 일삼으면서도 뻔뻔스럽게 낯짝을 들고 싸다니는 사람들…….

사람이 태어나 한 세상을 살다가 언젠가는 인생을 마감하게 마련인데, 이렇게 되는대로 살아도 되는 것일까?

잘난 사람, 못난 사람, 잘생긴 사람, 못생긴 사람, 배운 사람, 못 배운 사람, 영리한 사람, 우둔한 사람 등, 사람의 생김새가 제각기 다르듯이 삶의 방법도 다양하다. 그러나 어떤 인생이든 자기의 인생은 자기 자신이 만들어 가야 하는 것이다.

어떤 마부가 마차를 끌고 언덕을 올라가고 있었다. 얼마쯤 가니 진흙탕 길에 바퀴가 빠져 움직이질 않았다. 마부는 어쩔 줄을 몰라 쩔쩔매다가 그 자리에 무릎을 꿇고 앉아 하느님께 기도를 했다.

"하느님, 하느님! 마차를 끌어내어 주십시오. 저의 힘은 약합니다. 하느님의 전능하신 힘만을 믿습니다."

마부의 간곡한 기도를 들으셨는지, 어디서인가 마부의 귀에 큰 소리가 들려왔다.

"이 바보 같은 마부야, 기도만 올리지 말고 벌떡 일어나서 네 힘으로 힘껏 밀어 보아라!"

마부는 깜짝 놀라 벌떡 일어나서 마차를 힘껏 밀어 보았다. 그러나 마차의 바퀴는 진흙탕 속에서 꼼짝도 하지 않았다. 마부가 다시 하느님께 기도를 하려고 꿇어앉았다.

"나에게만 의지하지 말고, 네 힘으로 다시 한 번 힘껏 밀어 보아라!"

어디선가 이런 소리가 또 들려왔다. 마부는 젖 먹던 힘까지 다 쏟아 마차를 밀었다. 결국 마차는 진흙탕에서 빠져 나와 다시 길을 갈 수 있게 되었다. 그렇다면 이 마차는 하느님이 끌어내어 주신 것일까, 마부의 힘으로 끌어낸 것일까?

하느님도 노력을 하지 않고 기도만 하는 사람은 딱하게 여기지 않을 것이다. 스스로 돕는 사람을 하느님도 돕는다고 했다.

바라건대 올해에는 노력하지도 않고 일확천금을 꿈꾸는 정신병자들이 없어지고, 자기의 소망을 성취하기 위해 열심히 노력하는 사람에게 축복이 있기를 기원한다.

❀

어린 시절에는 아무 것도 모르고 부모님이 시키는 대로 열심히 공부했는데, 그것이 성년이 되어 돌이켜 보니 오늘을 살아가기 위한 준비 과정이었던 것을 알 수 있다.

그렇다면 오늘은 내일을 위해 준비해야 하고, 내일은 모레를 위해 끊임없이 준비해야 하는 것이 인생이라고 생각되지 않는가?

지금 우리는 내일을 위해 오늘을 준비하는데 무척 인색하고 게으르다. 오늘이 어제로 인해 왔듯이, 내일도 오늘로 인해 올 것이다.

우리의 인생은 마치 집을 짓는 것과 같다. 주먹구구식으로 집을 지을 수는 없듯이, 무슨 일이든지 막연한 기대를 해서는 안 된다. 정확하고 신중한 인생설계, 즉 '인생계획서'가 작성되고, 이를 실천에 옮겨나가는 인내와 노력이 뒷받침되어야 한다.

되는대로 느낌이 좋은 남자를 만나서 사랑을 하고 결혼을 해서, 아이가 생기니 낳고, 기분이 좋으면 행복해 하고, 기분이 나쁘면 불행해 하며 신세한탄이나 하며 살아가는 맹목적인 삶이 되어서는 안 된다.

이렇게 산다면 우리 인생의 미래는 기대치가 없다. 온몸은 고장이 날 것이고, 자식한테는 노여움만 쌓이고, 슬픔과 비통함에 젖어 저 세상으로 떠나는 수밖에 없을 것이다.

한 번뿐인 소중한 인생, 처절한 삶을 살지는 말자. 숨이 끊어지는 마지막 순간까지 자신을 위하고 가족을 위하고, 국가와 사회를 위해서 열심히 살아가자. 내가 제일 사랑하는 남편과 자식에게 열렬한 봉사를 하고, 기뻐하는 그들을 보면 어찌 흐뭇하지 않겠는가?

나의 노력과 수고, 그리고 봉사가 자기 자신의 삶을 충실하게 해주고, 남에게 생활의 모델이 되어 질서와 발전의 원천이 될 것이다.

※

한 번 뿐인 우리의 삶, 어디서 와서 어디로 가는지 알 수 없는 인생이지만, 길이 보이는 곳은 열심히 가고, 안 보이는 길을 찾기 위해 쉼 없는 노력을 경주하자.

참되고 아름답고 진지한 삶이 될 수 있도록, 우리는 생각하고 노력을 해야 한다. 우리들 삶의 진정한 축복을 위해서.

48
'잘 산다' 는 말

세상 사람들에게 있어 '잘 산다'는 것의 의미는 무엇일까?

물질적 풍요 속에서 분별력을 잃고 살아가는 것이 잘 사는 것인가? 가족도 많지 않은데 턱없이 넓은 아파트에서 여러 가지 장식과 가구를 외국산으로 들여놓고 '값이 얼마다', '어디 제품이다' 하며 허세를 부리며 사는 것이 정말 잘 사는 것인가?

제대로 분수를 지키며 바르게 살아가는 사람들에게 과시라도 하듯이, 약을 올리며 살아가는 허영의 무리들, 그들을 세상 사람들은 '잘 사는 사람'이라 부르고 있다.

✽

대학원 동문 한 사람이 고급 가구점을 시작했다. 인사차 들렸더니, 정교한 조각이 되어 있는 가구에서부터 아름답고 우아한 색상의 가구들이 상품이라기 보다는 차라리 예술품에 가까워 나는 둘러보며 즐겁게 감상을 했다.

"내가 장사를 하지만 어처구니없는 일이 너무나 많아."

그녀의 말은 외국에서 수입한 가구를 점포의 아래 층에 진열해 놓았는데, 터무니없이 비싼 가격표가 붙어 있어도 이유를 묻는 사람이 한 명도 없다는 것이었다. 당연히 이태리제, 미국제니까 비싸고, 비싼 것은 좋은 것이라고 단정지어 버린다는 것이다.

"외제는 비쌉니다. 우리나라 제품도 이에 못지 않은 좋은 게 많아요. 가격도 한결 싸구요. 위층에 있으니 한번 구경하시겠습니까?"

"국산이야 보나마나죠. 싼 게 비지떡 아니겠어요?"

대부분의 손님은 혼자서 용감하게 결론을 내려놓고는, 엉덩이를 흔들면서 나가버린다는 것이다.

실제로 가구 장사를 해보니 외국에서 들여오는 제품의 대부분이 상품(上品)이 아니란다. 제품 자체의 견고성이나 재질이 뛰어나지도 못한 것들인데도, 수입상품 병에 걸린 사람은 불쌍하게 거액의 돈을 아무렇지 않게 지불하고 사간다는 것이다.

소파를 생산한 재료를 보아도 1~2년만 쓰면 쿠션이 주저앉아 못쓰게 되는 싸구려 스펀지를 사용해서 만들어진 가짜 외제품이 다반사라는 것이다. 상표만을 보고 환장(?)을 해서 사가니까 국산을 가짜 외제로 속여 파는 해프닝이 벌어지게 된다는 것이다.

언젠가 누군가 이태리제 식탁 모조품을 3~4천 만원에 팔았다가 들통이 나 관련된 사람들이 구속되는 등 한동안 시끌벅적했었다.

그것을 산 사람이 이름 있는 지도자급 인사였다고 하니, 그런 정신 나간 사람들이 이끄는 이 사회, 이 나라가 이만한 것도 다행인지 모를 일이다.

그녀는 가구점을 하면서 개탄을 하였다.

"한국 여성의 어처구니없는 꼬락서니를 보니, 앞으로 이 나라가 큰 일이야."

우리 것은 안 믿고 남의 것만을 선호하고, 싸고 실용적인 좋은 물건보다 비싸고 겉치레만 해 놓은 전시 효과나 폼만 좋아하는 이런 속 빈 여자들이 '잘 산다'는 소리를 들어서야 되겠는가?

외국 수입의류를 50% 할인하여 판매를 한다니까 벌떼같이 사람이 몰려들어, 결국 물건이 없어서 못 팔았다고도 한다. 50% 할인한 반바지의 값이 자그마치 45만원, 그런데도 싸다고 서로 사가는 바람에 물건이 없어서 못 팔았다니, 이거야말로 미치광이들이 아닌가?

이렇게 사는 것이 이 나라의 국민으로서 정말 잘 산다는 것인가? 요즘의 세태는 분명히 무엇인가 잘못 되어가고 있다.

❀

KIST에 근무하던 윤창구 박사는 애석하게도 50세의 나이에 세상을 떠났다. 그의 장례는 한국과학기술원 장으로 치러졌고, 그의 연구성과는 나라와 인류에 크게 기여하는 것으로 평가되어 많은 사람들을 숙연하게 했다.

그는 사회적 지위에도 아랑곳하지 않고 겸손하고 또 검소하게 살아왔다. 신발은 2년 전에 아내가 사준 것 한 켤레밖에 없고, 허리띠는 다 낡아서 떨어져 가는 것 하나 뿐이다. 때마다 들어오는 구두표나 선물은 모두 다른 사람에게 선물해서 기쁨을 나눴고, 미련스러우리 만큼 자기 몫을 챙기는 법이 없었다.

하지만 누가 이 사람에게 초라하게 살았다고 말할 수 있겠는가? 그가 운명을 달리하기 얼마 전까지도 그의 손에는 원고가 있었다. 책을 펴내서 우리의 문화와 역사를 세계에 바로 알려야 된다는 사명감을 갖고 있었지만 결국 하느님의 부름을 받고 일찍 우리 곁을 떠나간 것이 못내 아쉽지만 그는 진정 '잘 살고 간 것'이다.

✿

교육이라는 것은 '바른 판단', '분별력', '삶의 방식', '사람 됨됨이'에 영향을 미치는 것이 아닌가? 유난히 높은 교육 수준, 다른 나라에서는 흉내조차 낼 수 없는 치맛바람 교육열을 가지고도, 어째서 우리는 바르게 사는 참다운 삶의 가치를 깨닫지 못하게 되었는지 안타까울 뿐이다.

알뜰하고 검소하게 살면서 내실을 기해야 힘이 생긴다. 겉껍질만 번지르르 한 것은 온실 속에서 모양새 좋게 자라난 화초와 같아 자생능력이 없다. 겉치레에 인생의 승부를 거는 사람이 아닌 이 세상에 많은 기여를 하고, 사회를 위해 남을 위해 제몫을 다하는 사람에게 '야! 저 사람, 참 잘 사네' 이렇게 찬사를 아끼지 않는 시대가 온다면 정녕 기쁘지 않겠는가?

49

내 인생은 내가 만든다

인간의 운명은 타고나며, 팔자대로 사는 것인가? 내가 아직 소녀시절이었을 무렵, 운명가 한 사람이 나를 보더니 '국제급의 기생이 될 팔자'라고 하였다.

그 말에 어머니는 낙심천만이 되어 식음을 전폐하고 몸져 누우셨다.

"엄마, 국내 기생보다 국제급 기생이 더 낫지 않아요? 달러를 버는데, 애국하는 것이지요."

나는 어머니에게 농담 반으로 위로를 해 드렸지만 어머니는 기가 막히셨던지 혀를 차셨다.

어머니는 세상을 떠나시고 나만 이렇게 남아 있지만, 나는 지금 역시 팔자대로 살아가고 있는 것은 아닌가 하는 생각이 들 때가 있다. 수많은 여성에게 웃음을 선사하고 희망과 삶의 보람, 그리고 자기 가치의 재확인을 이야기하는 등, 실로 많은 기쁨과 만족을 나누며 하루에도 적으면 몇 백 명, 많을 때는 몇 천 명을 만나고 있으니 기생으로 치면 국제급이 아닌가?

❋

아침에 집을 나서면 사무실에는 들리지도 못하고 곧바로 강의장으로 가서, 그때부터 사랑과 행복의 메시지를 나누기 시작하여 밤중이 되어야 집에 돌아올 수 있다.

거의 매일같이 하루도 쉴 새 없이 연중 바쁜 생활 속에서 나는 지난 여름도 특별하게 보낼 수가 없었다. 남들은 더워서 휴가를 떠난다고 하지만 내겐 그런 시간을 기대하기가 쉽지않다.

왜냐하면 남편도 나 이상으로 바쁜 사람이기 때문이다. 그이와 시간을 맞추기란 하늘의 별따기 만큼 정말 어렵다. 언젠가 TV 프로그램에서 우리 부부가 한 자리에 출연하기 위해 무려 4개월을 조정하고도 휴일을 기해서야 시간을 맞출 수가 있었다.

내게 있어서 휴가가 아닌 휴식은 다음 강의장으로 몸을 이동하는 자동차 속에서 잠시 눈을 붙이는 것 뿐이다.

"철의 여인이다."

"건강관리는 어떻게 하느냐?"

모두 신기한 듯이 묻지만, 나는 사실 철의 여인도 아니고 특별하게 하는 건강관리도 없다.

선천적으로 체질이 허약해 기력이 약한 몸이지만, 주어지는 스케줄을 따라 견디며 지내다 보니 쉴 사이도 없이 열심히 살아가는 것 뿐이다. 내 삶은 여유 있게 시간을 보내며 살 수 있는 팔자가 아닌가 보다.

세상에 누구든 바쁘지 않은 사람이 어디 있겠는가? 나만이 바쁘고 나만이 부지런하게 사는 것은 아니다. 누구든지 자신에게 주어진 한정된 인생을 알뜰하게 살지 않는 사람은 없을 것이다.

그러나 더욱더 알뜰하게 또 소중하게 자신의 인생을 살아가기 위해서는 인생의 마감시간, 즉 자신이 '몇 살에 죽을 것인가?' 하는 것을 정해놓고 사는 것이 좋으리라고 생각한다.

나는 80세쯤에 인생을 마감한다고 정해 놓았다. 더 살 수도 덜 살 수도 있지만, 80으로 정한 것은 자신의 삶을 소중하게 가꾸는 시간관리에 도움을 주기 위해서이다. 앞으로 내 인생은 26년밖에 남지 않았다. 그 중에서도 왕성하게 활동할 수 있는 것은 십여 년, 그러니 하루하루가 더 절실하고 소중하게 느껴진다.

얼마 남지 않은 내 인생을 보다 효율적으로 살기 위한 노력이 보다 좋은 결실을 맺기 바라면서 나는 오늘도 열심히 충실하게 살려고 노력하고 있다.

당신은 몇 살에 죽을 작정인가? 그렇다면 활동할 수 있는 시간은 얼마나 남았을까?

❀

지적이고 교양이 풍부한 여성일수록 평생의 반려자를 고르는 데 있어 실수를 저지르기 쉽다. 지적인 여성은 감성보다 머리가 앞서 이기적인 마음으로 사랑하는 것이 보통이기 때문이다.

사랑은 깊이 생각하지 않고 가슴에 느껴지는 대로 순수하게 이루어나가야 하는 것이다. 사랑은 서로를 속박하는 동아줄이 되어서는 안 된다.

사랑하는 상대를 지나치게 분석하고, 비판하고, 평가하지 말아야 한다. 그가 멋지고 뛰어난 것은 그 사람 자신이 그런 것이지, 나 역시 그러한 것은 아니다. 그를 평가하기보다는 나 자신이 어떤 평가를 받는가 하는 것이 더욱 중요하다. 내 인생은 나의 것이기 때문이다.

인생이란 무엇인가? 그것은 한 인간이 태어나면서부터 죽을 때까지의 삶의 과정이 아니던가. 우리의 인생에 영향을 미치는 것들은 대단히 다양하다.

당신이 원한 것은 아니지만 당신은 이미 이 세상에 태어났다. 어느 나라가 살기 좋은 나라인지도 몰랐고 어느 지방이 경치 좋고 기름진 곳인지도 몰랐다. 선택의 여지 없이 당신의 조국, 당신의 고향에서 태어난 것이다.

부모도 내 마음대로 골라서 그 분의 자녀로 태어났던 것이 아니다. 부모님에 의해 태어나진 것이다.

조국이 어디냐, 고향이 어디냐, 부모가 누구냐, 남자냐 여자냐, 이런 조건들은 모두 내 인생에서 내가 선택할 수 없이 '주어진 조건들'이다.

내 조국이 싫다고, 내 고향이 마음에 안든다고 어디론가 멀리멀리 떠나도, 당신의 조국과 고향은 평생 동안 당신의 배경이 되어 따라다 닌다.

부모님이 변변치 않다고 부모를 거부할 수 있던가? 여자가 무시를 당하니 나는 남자로 살겠다고 마음을 먹는다고 남자가 될 수 있던가?

이렇게 보여지지 않는 끈에 묶인 인연 속에 자신의 의사와는 아무 상관도 없이, 좋으나 싫으나 이들의 보호 속에서 제 1의 인생은 시작 되는 것이다.

❀

그러나 어쩔 수 없는 인생의 주어진 조건에서 벗어나기 위해서는, 보다 나은 나의 인생을 가꾸어 가는 부단한 노력이 경주되어야 한다.

자기 자신의 수준을 높이기 위해, 자신의 인생을 보다 더 멋지게 바꾸기 위해, 우리들은 열심히 공부해서 학력을 만들고 기술과 특기를 개발하며, 보다 멋진 배우자를 선택하고 싶어하고, 사회적인 지위와 자신의 품위를 높이고자 한다.

공부를 어디까지 했는가, 기술과 특기가 무엇인가, 배우자는 마음에 드는 사람을 골랐나, 사회적 지위와 직책은 무엇인가, 이런 것들은 모두 내가 내 인생을 살아가면서 노력해서 개선하고 보완한 '얻어진 조건'이다.

주어진 조건에다가 얻어진 조건을 보완하며 가꾸어 가는 인생, 이를 제2의 인생이라고 불러보자. 제2의 인생은 자기 스스로 책임을 지며 살아야 한다. 결혼을 해도 내 인생은 내 것이고 남편의 인생은 남편 것이다. 살아가는 과정에서 서로 도울 것이 있으면 도와가는 여유 있는 아름다운 생활이 결혼생활이어야 한다.

그 많은 남자들 가운데 누구를 골라서 결혼을 했느냐 하는 것도 모두 자기의 책임이다. 최종의 선택권이 자기 자신에게 있기 때문이다.

"내가 어쩌다 저런 사람을 만나서, 지금 요모양으로 사는지 모르겠다."

이런 넋두리를 하는 사람이 있다. 이런 사람은 행복한 결혼생활을 할 수준이 못되는 사람이다.

사실 어떻게 만난 사람인가? 두 눈 똑바로 뜨고 내가 좋아서 선택한 남편이 아닌가? 길을 오가며 만나서 그냥 사는 사이가 아니지 않은가?

'잘되면 내 탓이요, 못되면 당신 탓'으로 돌리는 심성을 가진 사람이라면, 그는 자신의 인생을 똑바로 살아갈 기본 자격도 갖추지 못한 사람이다.

"증권투자는 어떻게 하셨습니까? '남들이 모두 다 하길래……', '옆에서 하라고 해서……', '돈을 많이 번다기에……', 하지만 증권투자는 누구도 책임을 지지 않습니다."

이것은 귀에 익은 광고문이지만 우리의 인생도 이 광고문의 내용과 마찬가지다. 누군가 조언을 해 줄 수는 있어도 어떤 결과에 대한 책임까지 져줄 사람이 없다는 것을 확실히 알아야 한다.

내가 내 자격을 만들지 않고는 조건을 다 갖춘 '수퍼 프린스'가 나타

날 리 만무하다. 내가 원하는 수퍼 프린스의 자격이 있다면, 그가 원하는 '수퍼 프린세스'의 자격을 나는 갖추고 있는가?

❀

두 사람은 아무리 사랑을 해도 같이 살아갈 뿐이지 둘이 하나가 되는 것은 아니다. 흔히 부부는 일심동체(一心同體)라고 하지만 그것은 어디까지나 희망사항일 뿐, 사실은 이심이체(二心異體)이다.

내 인생은 내가 만든 만큼 누리는 것이며, 오직 내 인생은 나의 것일 뿐이라는 사실을 명심하자.

50
건강하게 사는 법

천하를 얻어도 건강을 잃으면 무슨 소용이냐는 말이 있듯이, 건강은 인생에서 가장 중요한 것이다.

그런데 건강이라고 하면 대체로 신체적인 기능을 유지하거나 보강하는 것을 생각할 뿐, 정신적인 건강 또한 얼마나 중요한가에 대해 생각하는 사람은 그리 많지 않은 것 같다.

육체가 병들어도 무용지물이 되지만, 정신이 나약해져 의욕이 상실되고, 목표 감각이 없어지고, 쉽고 편하고 재미있게 사는 것에만 관심을 가지는 사람 역시 육체가 병든 것 못지 않게 정신이 병들어 있는 것이다.

사람의 정신이 얼마나 중요한가, 또 육체에 미치는 영향은 얼마나 큰가? 불치의 병이라고 알고 있는 암조차도 마음가짐에 따라 얼마든지 호전될 수 있다고 한다.

암의 정신요법으로 세계적 권위를 가지고 있는 미국 시카고 대학의 류샨 박사는 다음과 같이 말한다.

"지속적으로 자기발전을 추구하는 사람, 즉 자기의 풍요로운 생활을 위해서 불타는 희망을 갖고 있는 사람은 암에 가장 잘 저항할 수 있는 사람이다."

아무리 무서운 암이라고 해도 인간의 강한 의지를 꺾을 수는 없다는 것이다.

이런 예는 일본에서도 볼 수 있다. 일본의 노인문제 전문가 스기무라가 100세 이상 장수한 사람들을 만나본 결과, 다음과 같은 공통점을 발견했다.

"첫째로, 끊임없이 발전하고 변화하려는 마음자세를 갖고 있었으며 둘째로, 가난하지만 열심히 살려고 노력하는 생활태도를 가지고 있었다."

이런 사실로 미루어 볼 때, 우리는 적극적인 마음가짐과 건강이 밀접한 관계를 맺고 있다는 사실을 확인할 수 있다.

❀

그렇다면 적극적인 마음가짐과 강한 정신력을 지니고 지속시키기 위해서는 어떻게 해야 할까?

우선, 자기가 원하는 목표(目標)를 가져야 한다.

현대 성공철학의 거성으로 알려져 있는 나폴레온 힐 박사는 그의 저서 〈생각하라. 그리고 부자가 되라〉는 책에서 다음과 같이 말하고 있다.

'무엇을 갖고 싶은가? 그것을 결정하는 것이 인생의 제 1보이다. 강렬한 소망은 반드시 실현된다.'

❁

다음은 몸을 기민하게 움직여야 한다.

특히 아침에 일찍 일어나서 활기차게 행동하는 것이 중요하다. 아침의 기분이 하루종일의 기분을 좌우하기 때문이다.

미국의 성공학 강사로 유명한 지그 지글러는 그의 저서 〈정상에서 만납시다〉에서 다음과 같은 실천 방법을 권하고 있다.

아침에 잠자리에서 눈을 뜨면, 뒤척이지 말고 벌떡 일어난다. 그리고 딱! 딱! 딱! 손뼉을 세 번 친다. 그 다음은 큰 소리로 외친다.

"오늘도 즐거운 하루가 시작되는구나!"

우리나라의 조용기 목사도 설교 첫머리에 항상 '오늘도 참 좋은 아침입니다' 하고 시작한다.

또한 아침 일찍 일어나서 좋은 아침이라고 자기암시를 주고 난 다음에는 빨리빨리 걸어다니는 것이 중요하다. 빨리 걸으면 어딘가 활기가 생기고 마음에 열의가 넘치게 되기 때문이다. 기민한 동작이 적극적인 마음을 갖게 만든다.

미국 심리학계의 원로 윌리엄 제임스 박사는 '인간의 감정과 행동은 병행한다'고 했다. 그래서 명랑한 척하고 행동하면 명랑해지고, 용감한 척하고 행동하면 용감해진다. 즉, 적극적으로 살고 싶으면 적극적으로 몸을 움직여야 한다.

✻

그 다음에는 효율적인 시간관리를 해야 한다. 아무리 목표를 갖고 기민한 동작을 계속한다고 해도 시간의 사용법이 서툴면 효과는 반감한다.

하루는 24시간, 누구에게나 평등한 것이 시간이다. 그러나 사용하는 방법에 따라서 결과는 다르다.

여기 효율적인 시간관리의 세 가지 방법을 소개한다.

첫째, 파레토의 80:20의 법칙을 실천한다. 파레토라는 사람이 권하는 방법은 다음과 같다.

우선 아침에 일어나 그날에 해야 할 일을 하나하나 메모하고, 그 다음에는 메모한 것 가운데 중요한 것부터 우선 순위를 정한다. 그리고 우선 순위대로 하나씩 처리해 나간다.

만약 처리해야 할 열 가지 사항 중, 두 가지밖에 처리하지 못하더라도 하루에 할 일의 80%를 이룬 셈이 된다. 실제 처리한 일의 가지 수는 20%밖에 안되지만, 중요한 것을 우선 순위로 골라 두 가지를 처리했다면, 중요성으로는 80%를 차지한 셈이 되기 때문이다.

둘째, '자투리 시간'을 낭비하지 말고 활용해야 한다.

일하는 것도 아니고 쉬는 것도 아닌, 엉거주춤하게 보내는 시간이 얼마나 많은가?

책이라도 몇 줄 읽든가, 아니면 뜨개질이라도 하든가, 무엇인가 열심히, 잠시도 멍청하게 있지 말고 5분이든 10분이든 열중해서 몇 년 동안 계속된다면 큰 시간이 되는 것이다.

셋째, TV에 빼앗기는 시간을 조절해야 한다.

TV는 대화를 단절시키고 사고기능의 저하를 가져와 사람들은 보통 '바보상자'라고 일컫지 않는가?

저녁 내내 TV앞에서 연속극에 혼이 나가 앉아 있는 주부들이 어디 하나 둘인가? 못 배운 사람은 못 배운 대로, 배운 사람은 배운 대로, 저녁은 저녁대로, 아침은 아침대로 온통 시간을 TV에 빼앗긴다고 생각하면 인생이 너무 허무하지 않은가?

보다 더 충실한 마음가짐과 강한 정신력을 지녀서, 정신건강은 물론 육체건강까지 마음먹은 대로 이룰 수 있는 멋진 삶을 살 수 있도록 노력하자.

51

최고가 되기 위해 떠나는 여행

나그네 한 사람이 먼 길을 떠나고 있었다. 한참을 가다 느낌이 이상해서 뒤를 돌아보았다. 굶주린 곰 한 마리가 입을 떡 벌리고 쫓아오는 것이 아닌가? 혼비백산을 한 나그네는 정신없이 도망을 쳤다.

그러나 나그네 앞에는 천길 낭떠러지가 놓여 있었다. 뛰어 내리자니 죽겠고, 가만히 있자니 곰한테 먹히겠고, 이러지도 저러지도 못할 상황에서 다급해진 그는 낭떠러지로 뛰어내리고 말았다.

그때 나그네는 낭떠러지 중간에 자라난 나뭇가지를 휘어잡고 대롱대롱 매달려 구사일생으로 생명을 건졌다. 살았구나 싶어 아래를 내려다보니, 이번에는 굶주린 호랑이가 입을 떡 벌리고 있는 것이 아닌가?

기가 질린 나그네는 그만 눈을 꼭 감았다. 잡고 있던 나뭇가지를 다시 한 번 힘주어 움켜잡으며 식은땀을 흘리고 있는데, 설상가상으로 흰 쥐와 검은 쥐가 나타나서 잡고 있는 나뭇가지를 갉아먹고 있는 것이었다. 참으로 나그네의 운명은 비참했다.

딱한 처지에 있는 나그네의 눈에 빨갛게 익은 딸기 하나가 들어왔다. 싱싱하고 먹음직스럽게 익은 딸기를 보는 순간, 나그네는 낭떠러지 밑의 호랑이도 잊어버리고, 낭떠러지에 매달려 있는 위태로운 자신도 잊어버린 채 얼른 딸기를 따서 입에 넣었다.

그는 딸기를 오물거리며 말했다.

"아참, 맛있다. 꿀보다 더 달구나!"

이것이 인생이고 이것이 삶이란다. 정신없이 쫓아오는 곰이 우리의 과거라면, 언덕 아래서 어흥 거리고 있는 호랑이는 우리 앞날의 죽음이다. 또한 검은 쥐는 밤이고, 흰 쥐는 낮이라는 시간이다.

※

우리는 이러한 찰나의 인생을 살면서도 살겠다 죽겠다 넋두리를 하며 시간을 허비하고 있다. 누군가 '인생이란 최고가 되기 위해서 떠나는 여행'이라고 했다.

짧은 일생을 살다 가면서도 인간은 최고가 되려는 마음, 자기실현의 욕망을 갖고 산다.

프랑스의 과학철학자 바셜라드는 다음과 같이 말했다.

'자존심은 미래에 살고, 한없는 의욕에 산다.'

자존심은 자기신뢰와 자기존중을 포함하는데, 자기존중은 자기에 대한 순수한 관심으로, 자기를 사랑하는 것을 말한다. 자기존중을 위